Trilogía de la huida

Dulce Chacón (Zafra, 1954-Madrid, 2003), poeta y novelista, publicó los libros de poemas *Querrán ponerle nombre* (1992), *Las palabras de la piedra* (1993), *Contra el desprestigio de la altura* (Premio de Poesía Ciudad de Irún 1995) y *Matar al ángel* (1999), todos ellos recogidos en el volumen *Cuatro gotas* (2003). Como narradora, a su vez, publicó las novelas *Algún amor que no mate* (1996), *Blanca vuela mañana* (1997), *Háblame, musa, de aquel varón* (1998), *Cielos de barro* (Premio Azorín 2000) y *La voz dormida* (2002), Premio al Libro del Año 2002 del Gremio de Libreros de Madrid, y traducida al francés y al portugués. También es autora de la obra de teatro *Segunda mano* (1998) y de la versión de *Algún amor que no mate* (2002), nominada a los premios Max 2004 a la mejor autora teatral en castellano.

Biblioteca
DULCE CHACÓN

Trilogía de la huida

Algún amor que no mate
Blanca vuela mañana
Háblame, musa, de aquel varón

DEBOLS!LLO

Papel certificado por el Forest Stewardship Council®

Primera edición en Debolsillo: febrero de 2016
Tercera reimpresión: enero de 2019

© *Algún amor que no mate* (1996), *Blanca vuela mañana* (1997),
Háblame, musa, de aquel varón (1998), herederos de Dulce Chacón
© Juan Cruz Ruiz, por el prólogo
© 2016, Penguin Random House Grupo Editorial, S.A.U.
Travessera de Gràcia, 47-49. 08021 Barcelona

Printed in Spain – Impreso en España

ISBN: 978-84-663-2956-9 (vol. 1136/1)
Depósito legal: B-25.849-2015

Impreso en Novoprint, Sant Andreu de la Barca (Barcelona)

P329569

Penguin
Random House
Grupo Editorial

Índice

La fuerza de la melancolía

Es curioso: ahora que empiezo a escribir de Dulce, de Dulce Chacón, es la mañana de Reyes del año 2007, un día como aquel en el que acudimos los dos, ella y yo, al entierro de Juan Benet, y después fuimos, también juntos, a entrevistar a Juan Carlos Onetti. El entierro de Benet fue tristísimo, como todos los entierros; en aquél, como en otros que ha habido en otros tiempos, corría el sentimiento de que no sólo enterrábamos a un gran hombre, y a un amigo, sino el símbolo de una época, y de un mundo; en medio de un frío inaguantable, perverso, los que asistíamos a la ceremonia padecíamos la sensación de estar ante el final simbólico de un tiempo y de una manera de la inteligencia, e incluso del candor: un candor secreto, el candor de Juan Benet.

De aquella mañana recuerdo, sobre todo, el calor de Dulce, que siempre estaba dispuesta a creer en el porvenir incluso en medio de los instantes más duros; por eso, en lugar de adentrarse en la tristeza del momento, y del lugar, asumió la eventualidad de la entrevista inmediata con Onetti como una aventura que nos iba a restituir cierta armonía, la felicidad que buscaba no para sí sino para los otros; derrochaba esa generosidad, la hacía llegar a los demás con una risa que era sincera, potente, íntima, y lo hacía con humildad, sin pedir nada a cambio; a cambio sólo pedía ser feliz.

Hoy, catorce años después, esa sonrisa, y esa risa, sigue siendo, para mí, el símbolo mayor de su paso por la vida; es una actitud que estaba en su manera de ser y que está en su literatura, que yo tuve el privilegio de *ver* escribir. Y ese calor, con el cual regalaba afecto y solidaridad, estaba en ella, en su modo de relacionarse con los otros, y estuvo también en su literatura; esta *Trilogía de la huida* es una cabal expresión de su apuesta por la vida; nace, la *Trilogía,* de su observación de lo que pasa, de los fracasos a los que está abocada la vida de pareja, atiende a lo que les sucede a las ilusiones, del amor y de la felicidad, y es un alegato social que alerta al hombre, a sus protagonistas, contra el cinismo y contra la desidia: el amor hay que alimentarlo de verdad, de belleza y de aventura. Cuando entra en la vida la mezquindad, aquélla se derrumba, y se acaba la risa, y la melancolía da paso a una tristeza infinita.

Ésa fue su manera de *verlo,* y desde esa manera de ver la vida nace su literatura, su apuesta literaria: sobre la pareja y sobre la huida. Escribía con fuerza, con dedicación, como si el ruido del que proviene la experiencia se hiciera silencio, y sosiego, a la hora de contarlo, a la hora de leerlo, a la hora de recordarlo. Escribía lentamente, en papeles sobre los que delineaba una letra grande, armónica, acostada. Decidió escribir como quien abre una cortina.

Apostó por la literatura, y ganó, hasta el final. Murió apostando, soñando libros; soñó un título y se lo dejó a su hermana gemela, Inma, que lo convirtió luego en una novela feliz, *La princesa india;* cuando salió este libro, debido a su hermana idéntica, muchos vimos otra vez la mirada de Dulce sobre el papel, el encanto de su alegría, porque Inma la ha prolongado...

La apuesta de Dulce fue una apuesta que no halló desmayo, hasta que al final la daga peor la derrumbó. Pero esa daga no fue capaz, nunca, de arrebatarle la fuerza de la ternura; a veces recordaba con ella la frase de Ernesto Guevara, «hay que endurecerse pero nunca perder la ternura»; ella convirtió esa máxima en una manera de mirar la experiencia, de vivirla, de hacer mejor cada instante de la vida. Está en sus libros, y está en nuestra memoria, en sus momentos finales; esa energía era indestructible; la sobrevivió.

Así pues, catorce años después de haberla visto pasar de la tristeza a la esperanza en una sola mañana me enfrento a la página en blanco para escribir de Dulce, de Dulce Chacón, en el frontispicio de un volumen que tampoco podrá resumirla. Porque Dulce era más que sus novelas o sus poemas.

La conocí de noche, en un café de Madrid, Libertad 8, rodeada de risas y de música. Tenía un pelo negro y largo, casi azabache; me gustó tanto aquel pelo que, al pasar por su lado, lo agarré con suavidad, una de esas noches; en medio de aquella algarabía que había todos los días en Libertad 8, el café de nuestros mejores años, no era extraño ese gesto de camaradería; entonces, en aquel entonces, daba la impresión de que todo afecto era posible, y nadie se asustaba porque se pasara de los piropos a las manos; Dulce me devolvió el gesto, con la naturalidad de una niña, y rió con la alegría que luego sería su divisa, su marca, su modo de relacionarse conmigo y con el mundo. Reía, reía siempre, y cuando no tenía de qué reír buscaba risa. Para los otros, para hacer felices a los otros.

Esa noche nos fuimos luego a bailar y a cantar a otros lugares, hasta que nos dieron las horas que dice Joaquín Sabina que dan a los que buscan en el amanecer la risa de la vida. Y nos reímos. ¡Como si estuviéramos en una playa!

Tenía, entre otras virtudes, la de ser una poeta ya con voz propia, pero no te imponía una voz como se imponen los egos. Era una mujer franca, abierta, siempre risueña, pero no te imponía nada. Ni sus libros ni sus versos. Le gustaba estar con gente, pero también le gustaba la soledad; era muy familiar; su madre, el recuerdo de su padre, su gemela Inma, sus hijos, sus numerosos hermanos eran materia abundante de su conversación, de su preocupación y de su alegría; siempre tenía vericuetos que le permitían salir de los atolladeros como si estuviera dándole pespuntes a una fiesta; sacó adelante a sus hijos, los puso en la vereda de la felicidad, con generosidad y alegría, con una infinita, invariable esperanza.

La amistad fue un factor que dominó su vida como una vocación que competía, en buena lid, con la propia escritura; era capaz de dejarlo todo (los libros, los amores, la poesía) por acompañar a un amigo o a una amiga, y eso ocurrió también cuando la escritura, la publicación de los libros, le sonrió más, le deparó mayores éxitos.

Puede decirse en su caso que no cambió de amigos porque hubiera cambiado de suerte (literaria, económica), sino que profundizó en ellos; de esa larga relación con la amistad, que al principio contemplé de cerca, hay algunos símbolos mayores, entre otros: Blanca Porro, la azafata que está en el trasunto de *Blanca vuela mañana,* el pintor José Hernández y su mujer Sharon, en cuyas casas, en Madrid, en Málaga, halló siempre cobijo su esperanza, su desilusión y su alegría, y José María Alfaya, un hombre bondadoso, una especie de oso rojo y grande y cariñoso, que le puso música a su vida en numerosas tertulias, en multitud de juergas nocturnas en las que todos cantábamos como si acabáramos de nacer.

Ella era, en este caso, la acompañante principal, la que llevaba no sólo el ritmo sino el ánimo del ritmo. Ahí, en esas noches, en muchas de las cuales estaban también algunos de sus hermanos, Dulce era, exactamente, *la voz cantante.* Cantaba una versión peculiar, sensual, erótica, humorística, de *Caperucita,* y todos nos tronchábamos de la risa aunque la hubiéramos escuchado cien veces. Porque Dulce y Alfaya siempre la convertían en una novedad: por la expresión, por el ritmo, por la alegría.

Su manera de ser era la de la alegría.

Entraba ella y entraba la alegría en la vida.

En tiempos de mayor reposo, cuando ya notó ella que su voz era madura, presta para el salto narrativo, para contar la experiencia como si fuera un mundo, Dulce dejó a un lado (si puede decirse así) la poesía, no la cultivó tanto, y abordó la novela. Recuerdo como si fuera hoy el día en que eso ocurrió, cuando decidió que *ya* iba a ser una novelista. Se puso en una mesa, sola, en una esquina del salón de la casa, abrió un cuaderno largo, y empezó a escribir. Fue un día concreto, preciso, a una hora precisa que también está en mi memoria, la media tarde de un sábado. Al cabo de unas horas lo anunció: «Estoy escribiendo una novela». No quiso decirme el título, «ya lo verás»; fue *Algún amor que no mate*.

Perseveró, escribió con pasión, y con detenimiento, pero también en secreto; del mismo modo que no abrumaba a los amigos (al contrario de lo que hace tanta gente, yo incluido, con sus propios textos), ella debía de hablar de ello tan sólo con sus hermanas, y sin duda con Blanca Porro, que era su confidente diurna y nocturna, la mujer que hizo de la amistad con Dulce una de las bellas artes.

Un día, un 23 de abril, porque era la fiesta habitual del Rey con los escritores, fuimos juntos, Dulce y yo, al Palacio Real, y cuando acabó (al menos para nosotros) aquella reunión de escritores revoloteando en torno a sus majestades salimos a la calle pasando por los majestuosos pasadizos de la residencia oficial de los Reyes. En una de las escalinatas me encontré con Enrique Murillo, que entonces era editor, como yo mismo, y los presenté; entre ellos se produjo un flechazo literario, inmediato, y fue Murillo quien en seguida, esa misma noche, creo, animó a Dulce a convertirse en una escritora de su grupo, que entonces era Plaza y Janés.

Dulce se animó en seguida, ¡ella se animaba en seguida!, le envió su manuscrito a Murillo, y éste lo publicó casi inmediatamente; tuvo un éxito fulgurante, y le procuró a Dulce la felicidad que merecía, la felicidad literaria, una especie de plenitud que tanto se parece a lo que Truman Capote llamaba *las plegarias atendidas*. La vida le correspondía, le devolvía la alegría, y el fervor, que ella le había dado. La gente saludó el libro como una obra cálida, diferente, llena de ingenuidad, de calor y de gallardía; desde que abrías el libro, que estaba dedicado a «Ellos», advertías, a bocajarro, hasta qué punto Dulce estaba poblada de afecto, el que daba y el que esperaba: en la *otra* dedicatoria, la que complementaba aquella general («Este libro está dedicado a Ellos»), estaban los nombres de *todas* sus amigas, una a una, como si hubiera hecho un frontispicio de lo inolvidable, como si quisiera abrazar en una página a las personas que hacían posible que, cada día, su vida fuera la probabilidad de una fiesta. Y a ambas dedicatorias seguía una declaración de principios para la que contó con la complicidad de Oscar Wilde: «Porque todos los hombres matan lo que aman pero no todos mueren por ello».

No era una declaración baladí, ni estaba ahí porque Wilde fuera un buen bastón para cualquier explicación literaria; era una honda reflexión de Dulce Chacón, que sí podía dar la vida por aquello que amaba.

Aquel libro fue un punto de inflexión en su vida; lo escribió por necesidad pura, le salió del alma, lo abordó, además, con materiales puramente narrativos, sabía que ahí no tenía por qué servirse de artefactos poéticos, y visitó el amor y sus contrariedades con la pasión de quien sabe que la melancolía es (como dice Orhan Pamuk) «la fuente del entusiasmo», o por lo menos del entusiasmo literario.

El libro sorprendió porque Dulce Chacón lo abordaba con una madurez que no es común en los primeros libros, y porque disimuló, hasta los límites en que era posible, el latido autobiográfico, que parecería inevitable en cualquier novela primeriza. Pero lo cierto es que ella se aprovechó, por decirlo así, de la experiencia que contaba para explicar también la relación con los hombres, y describió con sabiduría poética, con hondura, el desdén de éstos hacia la ternura y hacia el amor; fabricó, además, con materiales puramente narrativos, novelescos, una novela conmovedora y extraña, de una densidad íntima que impregnaría luego ya toda su escritura de ficción.

Tampoco dejó que el impulso de la rabia (hacia los hombres, hacia sus desdenes) abortara el sentido del humor, y con todos esos materiales (los propios, los imaginados) construyó una fábula que también parecía un manifiesto en el que las mujeres declaran de dónde procede la culpa del final del amor, la destrucción de la ilusión, que es una forma de la armonía. A veces leíamos juntos unos versos de Pablo Neruda (la *Oda a las cosas rotas*), y le poníamos símbolos propios a lo que el chileno evocaba: «Las cosas rotas, las cosas que nadie rompe / pero se rompieron»... Dulce optó por la ficción pura, quizá porque así se sentía más libre, o, quizá también, porque de ese modo lo que podría haber sido la expresión dramática de una experiencia acababa como símbolo de la realidad que vivían y viven millones de mujeres. Una ficción total, pero encarnada, enraizada en la experiencia de un universo que ella contribuye a variar con la emoción de su literatura.

Ese libro fue una inauguración bellísima, trascendental, de su vida como narradora, y significó el principio de un cambio en su propia vida; hasta ese momento, en medio de su propia alegría, de su alegría natural, había tenido que luchar contra corriente, contra la corriente económica y laboral, pero *Algún amor que no mate* le procuró éxito literario, reconocimiento, y le abrió perspectivas profesionales que acaso nunca soñó antes, aunque fuera de natural tan soñadora. Se hizo dramaturga, participó en debates y en coloquios, fue estandarte de manifestaciones de solidaridad, viajó, conoció otros mundos, voló, pero tuvo en la tierra un punto de referencia: la amistad, la sencillez, la vida.

Ése fue el impulso que marcó en seguida la escritura de *Blanca vuela mañana,* la novela en la que la pareja, y su destino fatal de fracaso, iba a ser (como en *Háblame, musa, de aquel varón,* el tercer tramo de esta *Trilogía de la huida*) el asunto, el revés y el derecho de la trama. Si en la primera era el hombre el origen del fracaso, por su falta de decisión y de ternura, en esta nueva entrega novelística de Dulce en *Blanca vuela mañana,* la que le dedicó a su amiga Blanca Porro, aborda la esperanza de la búsqueda de un amor nuevo, distinto, similar a las hermosas historias de amor que la protagonista ve a su alrededor. Se diría que ambas obras son concomitantes, o continuas, y es natural que así lo parezca o que así lo sea, no sólo porque las conduce la misma mano sino sobre todo porque las aborda idéntica experiencia, e idéntica esperanza, y parecida frustración. Es la novela de la ambición y de la entrega, y retrata a Dulce, a lo que quería de la vida, como narradora, como mujer y como poeta.

Y, en fin, la tercera entrega, *Háblame, musa, de aquel varón.* El éxito literario, que la había acompañado en las dos novelas que había publicado ya, no había cambiado la manera de abordar su relación con la literatura, y con la vida; Dulce siguió siendo tierna, alegre, melancólica, fascinada ante las sorpresas de la vida, humilde, se siguió sorprendiendo de la vanidad y de la soberbia, se extrañó ante la envidia, y la sufrió, y fue fuerte ante la maledicencia que acompaña a todo éxito; se hizo más fuerte, pero conservó la ingenuidad que hacía que su risa fuera esa espléndida explosión de alegría que a tantos nos resulta inolvidable. Se hizo más fuerte, pero jamás iba a perder la ternura...

Vivía entre los otros como una esponja, escuchando historias, haciéndoselas contar; se diría que estaba dispuesta a vivir su vida y a vivir las vidas de otros, y a hacer que éstas fueran mejores en la vida real, y que existieran como mundos propios en sus libros. En *Háblame, musa, de aquel varón* Dulce entra en la realidad y se la apropia, y la hace vivir en su novela, a partir de mimbres que están en sus otros libros pero que aquí se trascienden, se hacen más ajenos a ella misma, y más ricos también.

Ya era una novelista en el sentido más fundamental del término; dotada para la observación de la vida hasta sus últimas consecuencias, guardaba la capacidad de ternura suficiente como para no dejarse contaminar del cinismo que a veces anima a los que a fuerza de ser narradores se convierten en espectadores.

De esa capacidad de absorción de lo que ocurría alrededor surgió ese libro, *Háblame, musa, de aquel varón,* un título del que ella estaba muy orgullosa y que partía de aquel episodio de la *Odisea* de Homero: «Háblame, musa, de aquel varón de multiforme ingenio que, después de destruir la sacra ciudad de Troya...». Era, por así decirlo, la novela en la que salía al mundo; ingresaba en su escritura el universo del cine, la aventura de la inmigración, abordaba el nacimiento del racismo y la xenofobia en España (hasta entonces, como no había habido inmigración, podíamos permitirnos el lujo de decir que no éramos racistas), pero todo ello lo hacía también desde lo que era la verdadera columna vertebral de sus libros, la sombra de un matrimonio fracasado...

Los tres libros de esta *Trilogía de la huida* tienen, pues, ese origen común, la melancolía que deja en las personas la lucha que parte de la evidencia de un fracaso: la pareja fracasó, pero hay que reconstruir el amor. Dulce no abordaba ese asunto con un propósito previo, ella no hacía teoría de lo que iba a escribir, y no escribía nada como una teoría; abordaba las novelas con la misma frescura, y con la misma libertad, con la que abordaba los poemas, como exabruptos de su sentimiento, y en el fondo de sus sentimientos, en el origen de su melancolía, estaba la evidencia, y la rabia, ante ese fracaso.

Aún escribiría otro libro grande, magnífico, *La voz dormida,* que nacía de su voluntad de indagación en un episodio cruel de la vida de las mujeres en España, en la larga guerra civil española, que duró desde 1936 hasta casi ahora mismo... Trabajó como una investigadora literaria, buscó vidas y documentos, habló con muchísima gente, y convirtió luego la aparición de ese libro, que editaría Alfaguara en 2002, poco antes de la fatalidad de su muerte, en una reivindicación, en una declaración de amor por esa gente que sufrió... Ya la escritura de Dulce, su compromiso social y político, su hermosa relación con la solidaridad, la había hecho volar; la requerían de todas partes, y ella daba su energía como si fuera una adolescente, como si hubiera empezado a vivir otra vez, feliz y plena; estaba llena de proyectos, y conservaba intacta su risa, su íntima alegría.

Hasta que un día, en el verano de 2003, acaso en la mitad más calurosa del verano, sonó mi teléfono cuando yo estaba al borde del mar, en una playa de Tenerife. Ella estaba en Málaga. Su voz sonaba apagada, mustia, dotada de un velo grisáceo que no pude arrancarle mientras hablamos. Le habían detectado un mal cuyo origen aún se desconocía, y lo cierto era que ese mal estaba sumiéndola en un estado de rarísima tristeza. Dulce triste no era algo extraño, porque lo estuvo muchas veces; extremadamente sensible al dolor y sobre todo a la mezquindad, se sumía a veces en episodios efímeros pero profundos de tristeza, y salía de ellos como los pájaros salen de su aparente letargo; era, como el personaje de Ernest

Hemingway del que yo le hablé algunas veces, «alguien que había conocido la angustia y el dolor pero que nunca había estado triste una mañana»... Y ese día Dulce supo que algo muy cruel, muy duro, atravesaba su cuerpo y llevaba su melancolía a un pozo muy profundo de nostalgia...

La animé, le dije que cuando concluyera agosto iríamos juntos a un médico que iba a animarla, que aquel pasaje de tristeza era un pasaje que iba a acabar pronto, que iba a volar de nuevo, ya vería... Recuerdo que cuando acabé de decírselo sacó las fuerzas de lo hondo de su ternura, y de su rabia, y gritó «¡Síííí!»... Supe en seguida que había sido para animarme a mí.

Cuando empezó septiembre, me llamó de nuevo por teléfono y me dijo que ya estaba en manos de un médico que iba a ayudarla, y que seguía a la espera de un diagnóstico que le diera noticia del origen de su melancolía. Después, en noviembre, con una tranquilidad que aún me hiela el ánimo, me llamó para decirme que el diagnóstico estaba confirmado, que era imposible revertirlo... Las cosas se sucedieron con la rapidez del vértigo; y ella asumió el dolor del futuro con una entereza que no conoció desánimo; se hizo preguntas, pero se hizo proyectos; tuvo alrededor un afecto que parecía espejo del que ella dio; nos pidió a Julio Llamazares y a mí, que éramos amigos suyos, que fuéramos a verla, y lo hacíamos como si peregrináramos hacia lo mejor de nosotros mismos; en esas visitas nos confortaba ella a nosotros, y nosotros íbamos y veníamos con el ánimo destrozado por la evidencia de que ni siquiera su alegría le daría fuerzas para detener, o posponer, aquel destino que convertía en final una vida que siempre había recomenzado.

Algún tiempo después, este 6 de enero de 2007, cuando escribo otra vez sobre Dulce, en la evidencia del pasado, no puedo sentir otra cosa que amor y alegría por lo que nos dio, y rabia por ese muro que la vida le hizo como un arañazo en el alma. Cuando esta mañana he hablado con su hermana Inma, como si escuchara esa voz y la sintiera cerca otra vez, ésta me dijo que ya tenía Dulce cuatro nietos, y que la última se llama Dulce. Hay gente que ya no está, pero sigue enviando cartas, abrazando el mundo, diciendo desde donde sea que no acaba jamás la alegría de las almas generosas. Dulce era así; su mensaje se prolonga, su alegría no acaba nunca.

JUAN CRUZ RUIZ

ALGÚN AMOR QUE NO MATE

Este libro está dedicado a Ellos.

Y a:

Inma, Blanca, Sara, Alessandra, Aurora, Angelika,
Juana, Gloria, Montserrat, Piedad, Montse,
Gloria, Ida, Ruth, Berta, Delia, Maite,
Luisa, Mía, Luzma, Mariam, Itziar,
Cristina, María, Dolores, Marta,
Guiomar, Carmela, Eva, Rocky, Zazo, Melania,
Julia, Alicia, Eva, Aurora, Sonsoles, Charo, Maite,
Pachy, Cheché, Clara, Concha, Mercedes, Marga,
Lucía, Mar, Lourdes, María, Piedad, Elvira,
Francisca, Katja, Utah, Lola, Marta,
Olivia, Amaya, María, Elena, Carmen,
Ana, Pili, Maite, Marigliana,
Nuria, Marisol, Pilar, Esperanza, Susana,
M.ª Jesús, M.ª Elena, M.ª Dolores, Piedad, Lourdes,
Ida, Pachy, Mamerta, M.ª Antonia, Pureza, Isla,
Almudena, Aleja, Pirusca, Arantxa,
Sigrid, M.ª Laura, Ailine, Ángeles, María,
Clara, Ana, Lolita, Angelita, Carmen, Isabel,
Carmina, Mari Carmen, M.ª Cruz, Paz, Magüi,
Dina, Antonia, Carmen, Aurora, M.ª José, Dachmar,
Paquita, Fanny, Graciela, Um, Lucía, Margarita,
Josefa, Chamaca, Rosa, Isabel, Luisa, Liliana,
Charo, Mirella, M.ª Carmen, Maribela, Kitty,
Blanca, Faci, Yolanda, Chon, Rosa, Nuria, Marta,
Cristina, Dulce, Pilar, Laura, Gabriela,
Cuqui, Laura, Ulrike, M.ª Eugenia, Luna, Sharon,
Rosario, Ana, Renate, Isabel, Izaskun, Helen,
Donatella, Anna Lisa, Rita, M.ª Jesús,
Olga, Ruth, Eva, Pili, Mercedes, Paca, Lupe,
Victoria, Ana, Fátima, Chus, Mamen, M.ª Carmen,
Paloma, Alicia, Maite, Mirta, Teresa, M.ª Jesús,
María, Concha, Gloria, Julia, Alicia, Inma, Conchi,
M.ª José, Soledad, Leonor, Mar, Ana, Rosario,
Cristina, Mar, Ester, Paz, Cora, Paca, Elisa, Laura,
Reyes, Juncal, Marta y Rosa.

Porque todos los hombres matan lo que aman
pero no todos mueren por ello.

OSCAR WILDE

Hace muchos años que no hago el amor. No es una queja. Vivo muy bien así. Sin la obligada costumbre. Mi marido y yo nos echábamos juntos la siesta. Él era muy cumplidor, y cumplía. Pero cuando murió su padre decidió ir a comer todos los días a casa de su madre. La viudez le afectó mucho a mi suegra, por eso su hijo decidió sacrificar nuestras siestas, en aras del amor materno. En realidad siempre fue así, muy sacrificado en aras del amor materno.

Y digo que no hicimos el amor nunca más, no porque no tuviéramos tiempo, sino porque se nos fueron pasando las ganas de coincidir.

De recién casados hacíamos el amor también por las noches. Con el paso del tiempo me empezaron a dar dolores de cabeza a la hora de cenar y me iba a la cama un poco antes que él. Me ponía a leer y, cuando le oía acercarse a la habitación, dejaba caer la revista y me quedaba dormida. Él intentó muchas veces despertarme, me acariciaba y me besaba, pero yo seguía durmiendo. Al principio se enfadaba. Decía que no entendía cómo podía leer con dolor de cabeza y quedarme tan profundamente dormida en un segundo. Se daba la vuelta, de muy mal humor, y refunfuñaba. Luego se ponía a roncar y a mí se me pasaba el dolor. Si alguna vez tardaba en roncar era porque, en lugar de enfadarse, se había quedado muy triste. Entonces yo me despertaba y le decía que tenía la regla, le acariciaba el pelo y él se dormía tranquilo. Poco a poco se fue acostumbrando a que la noche es para dormir.

En la siesta era otra cosa. Se tendía a mi lado sin esperar nada y poco a poco nos deseábamos los dos. Yo nunca sentí que forzáramos el deseo. Pero por la noche era distinto, parecía una obligación.

Desde que mi marido empezó a comer en casa de su madre ya no dormimos la siesta.

Quince años para mayo que murió mi suegro, el pobre.

Mi suegra se quedó muy triste cuando murió mi suegro, ésa es la verdad. Llevaban varios años separados pero seguían queriéndose mucho. Comían juntos todos los días, aunque mi suegra había vuelto a casarse. Al segundo marido no le gustaban esas confianzas. En realidad no le gustaba nada mi suegro, por eso comía siempre fuera de casa, para no encontrárselo. Y también por eso, cuando mi suegro murió, no le sirvió a mi suegra de consuelo. Ni siquiera en el entierro supo qué hacer. Mi suegra seguía el féretro llorando, del brazo de su hijo. Y el segundo marido venía conmigo detrás. Cuando los enterradores hundieron la caja en la fosa y tiraron de las sogas, ella se arrodilló en el suelo gritando: ¿Qué te he hecho yo? ¡Dios mío! ¡Dios mío! ¿Qué es lo que te hemos hecho? Su marido intentó levantarla cogiéndola de los hombros pero ella no consintió. Sólo su hijo pudo arrancarla de allí.

El rechazado se acercó a mí. ¡Uno de nosotros dos será el siguiente!, me susurró al oído, mirando alejarse al hijo y a la madre. Cómo se abrazaban. Cómo lloraban. Me dejó con un ¿qué? colgando de los labios y se fue, después de arrojar a la fosa un ramo de claveles.

Yo me quedé sola sin saber qué hacer. Sin saber adónde mirar, el sonido de la tierra golpeando el ataúd me asustaba. No sabía si quedarme hasta que lo cubrieran del todo, o marcharme. Fue mi prima quien me rescató del desconcierto. Me tomó del brazo y me dijo: ¡Vamos!

Mientras caminábamos hacia la salida, donde mi suegra y mi marido recibían las condolencias de una vecina, demasiado efusivas por cierto, mi prima me advirtió: ¡Hay que decir a todo el mundo que ha sido un ataque al corazón!

La facilidad que tienen los hombres para dormirse es algo que molesta muchas veces a las mujeres. Y digo a las mujeres porque no me molesta sólo a mí, lo he hablado con otras y también les pasa. Sin ir más lejos, hace poco Prudencia me contó que discutió en la cama con su marido. Ella estaba muy afligida y lloró un ratito, para ver si él se acercaba y le hacía un arrumaco, pero el muy simple se puso a roncar como los de San Martín. Me la imagino a la pobre levantándose para llorar a gusto y no despertarlo, porque encima somos así de generosas, y acercándose a la ventana para mirar a la calle y comparar la soledad con la tristeza. Hay que ver qué sola puedes llegar a estar de madrugada, llorando sin poderte contener, mirando por la ventana como si por la calle fuera a pasar la solución. La pobre Prudencia estuvo así hasta las seis, se tomó una tila y volvió al lado del simple con los ojos como sandías.

Y luego aguanta que por la mañana te digan: Qué mala cara tienes, ¿qué te ha pasado en los ojos? Y no quieres decir que no has dormido en toda la noche, porque te sientes hasta ridícula. Lo miras de abajo arriba y te dan ganas de contestar que has estado ensayando el himno nacional de Australia. Tan ricamente.

A Prudencia le molesta mucho que su marido la trate de ignorante. Porque una, aunque no tenga estudios, ignorante ignorante no es. Él se cree muy instruido porque escucha la radio todo el día y lo que pasa es que tiene la cabeza llena de ideas de otros. Todo va bien si oye siempre los mismos programas, pero cuando los cambian menudo lío se hace el pobre. Y también piensa que es más ilustrado que ella porque lee siempre el periódico mientras cenan. Se sonríe si Prudencia le hace un comentario, con aires de superioridad y casi con desprecio. ¿Qué entenderás tú? Y digo yo, como de sus cosas no habla con ella, para qué querrá que entienda. Sin embargo, si Prudencia le explica algo que él no comprende, le contesta: Es que tú eres muy lista. Con un tono...

Y es que una mujer no debe enmendarle la plana a su marido. Nunca. Llevan muy mal esa humillación de que su señora esté por encima de ellos en cualquier cosa.

Pero es verdad que Prudencia es muy lista. Sus amigas sí lo saben, porque con las mujeres es distinto, se puede ser lista y no pasa nada. Sus amigas saben lo que es un caldo de cultivo gracias a ella. Una tarde les explicó que la relación con su marido es un caldo de cultivo. Que llegará un día en que recoja la cosecha y entonces se va a enterar, que en el fondo él no se entera de nada porque es un insustancial. Y Prudencia de sustancias sabe mucho.

Desde que dejamos de hacer el amor, mi marido y yo hablamos menos. Durante el acto yo le preguntaba cosas y él me decía: Sí, cariño; sí, cariño. O sea, que me escuchaba. Pero desde que murió su padre debe de ser que lo habla todo con su madre.

Mi suegra nunca me ha tenido mucho aprecio. Me decía, de novios, que yo le iba a robar a su niño. Medía casi dos metros y le seguía llamando su niño. A mí, la verdad, no me hacía mucha gracia, pero no decía nada porque a él no le molestaba. Qué iba a decir yo.

Un día me enfadé. Faltaban dos meses para la boda y me dijo mi novio que la teníamos que retrasar. Su padre se había ido de casa y no podía dejar sola a su madre. Mi niño, mi niño, decía ella. Entonces sí solté por esta boquita que ya estaba bien de tanto niño. Pero me convencieron a base de lástima. ¡Pobrecita, decía mi novio, ha sido una separación muy dolorosa! ¡Nadie se lo esperaba! ¡Y mucho menos ella! ¡Mi padre no está bien, quizá cuando mejore regrese! Y así, con la esperanza de que mi suegro se lo pensara mejor, pasaron dos años. Pero mi suegro no regresó nunca con mi suegra, sólo iba a comer con ella.

Después de dos años mi suegra conoció a un representante de comercio. Él se enamoró como un colegial y le propuso casarse. Ella desde el principio le puso claro el estado de las cosas: su primer marido seguiría comiendo en su casa. El representante aceptó la condición y mi suegra se dejó querer y consintió en pensar en boda.

Por fin mi novio y yo podíamos casarnos.

El marido de mi suegra le regala todos los días un clavel. Al principio ella los iba acumulando hasta que tuvo un gran ramo, la mitad estaban mustios pero ella no quería tirarlos. Cuando se dio cuenta de que tendría clavel diario, tiraba uno y reponía. Pero eso era en los comienzos, después de los años es él quien pone y quita. Yo no he visto un amor tan grande. Porque es que hay que ver lo que debe de ser llegar con el clavel, un día y otro y otro, y que ella ni siquiera los mire.

No sé qué tendrá mi suegra con los hombres, porque al primer marido también lo tenía así, *embobaíto,* hasta que se marchó, nunca supe el porqué.

Fue mi prima la que me dijo que mi suegro se había ido de casa. Siempre hemos sido muy buenas amigas y en cuanto se enteró vino a contármelo. Resulta que vio salir a mi suegro llorando con dos maletas, eso me extrañó y fui a ver qué pasaba.

Entonces fue cuando mi suegra y mi novio me dijeron que de momento no podíamos casarnos. Abrazados, llorando los dos, me lo dijeron. Pero sin ninguna explicación de por qué se había ido mi suegro. Cada vez que preguntaba me decían que eran cosas suyas, hasta que me cansé de preguntar.

Nadie sabe de dónde salió el representante, sólo se sabe que apareció un día del brazo de mi suegra con un clavel en la solapa. Era un hombre muy educado, nunca interrumpía a mi suegra cuando ella estaba hablando, y si era él quien hablaba y mi suegra le interrumpía, él siempre le pedía perdón. Mi suegra lo llevaba a todas partes y se decían los dos cariño mío, por eso no nos extrañó a nadie cuando dijeron que iban a casarse. A mi novio y a mí nos vino muy bien, aunque a él no le gustara nada que su madre se volviera a casar. Pero menos le gustó la idea de mi suegra de que celebráramos una doble boda. Menos mal que se negó, porque menudo lío que la madrina fuera también una novia. Además, mi marido no quería saber nada de la boda de su madre, así es que como nosotros ya habíamos esperado bastante nos casamos los primeros, los dos solos, y su madre en nuestra boda fue únicamente la madrina.

Hace años que sabe Prudencia que su marido tiene una amante. Al principio sufrió mucho, se ponía a llorar mientras planchaba y lo tenía que dejar porque mojaba la ropa, y no le parecía eso muy limpio. Poco a poco se fue acostumbrando y le encontró las ventajas: que comiera fuera de casa todos los días le evitaba hacer la comida y le salía más barato y, como dejaron de hacer el amor, ya no tenía que buscar excusas cada vez que él la requería.

Y es que a Prudencia hacía mucho tiempo que ya no le apetecía lo más mínimo, dice que quería a su marido como a un hermano. Y digo yo que eso no tiene ni pies ni sentido, cómo alguien va a querer al hermano por marido. Pero Prudencia sí. Y en las siestas tenía que fingir. Y después ya no hubo siestas. Ya no tuvo que jadear hasta que él acabara, ni decir que sí cuando él le preguntaba si le había gustado. Porque los hombres necesitan saber que son muy hombres y hay que decirles que lo hacen muy bien.

Eso me contaba Prudencia.

No se acuerda Prudencia de cuándo empezó a pensar en el menú del día siguiente mientras hacía el amor con su marido. Sabe, eso sí, que al principio no pensaba en nada. Sentía, sólo sentía. El roce de los cuerpos, las caricias, los besos, la humedad. La invasión de los sentidos. El olor, el sabor, susurros y miradas, sin prisa. Y eso era ternura. Ella se dejaba llevar, sin cálculo, sin saber adónde. Se entregaba y recibía. Y eso era sosiego. Era también pasión cuando los dos se enredaban, cuando se comían mutuamente, con ansia, cuando coincidían en el éxtasis. Entonces se decían: Esto es como volar.

Pero llegó un día en que Prudencia empezó a pensar, y no recuerda cuándo. Un día cualquiera el placer se convirtió en búsqueda de placer. Un día en que no sintió esa invasión de los sentidos, sino la del cuerpo de su marido, su peso sobre ella, y la prisa por volver a ser dos. Ella pensaba en la cesta de la compra mientras esperaba el final con paciencia. Cuando él se retiraba, ya casi dormido, Prudencia sabía qué iban a comer mañana; y qué precio tenía que pagar. Día a día.

Hasta que llegó el asco.

¿Me conoces? ¿Me conoces? Mira quién ha venido a verte. ¿Quién es, le conoces? Todo el mundo me pregunta lo mismo, incluso Prudencia. Como si yo fuera idiota. La verdad es que no entiendo a Prudencia algunas veces, porque ella debería saber que no lo soy.

Mi marido está preocupado y vino a verme esta mañana con mi suegra. Me trajeron bombones y flores y se quedaron un ratito. Se fueron pronto porque mi suegra es muy sensible y le deprimen los hospitales.

Es Prudencia la que se queda conmigo, por eso me extraña en ella tanta tontería.

Desde que estoy en el hospital, Prudencia me mira de una forma muy rara. Me mira fijamente a los ojos y se le caen las lágrimas. No sé si le da pena que me muera o si tiene miedo a que no me muera.

Prudencia, me gustaría saber en qué piensas cuando me miras así. Sé que no querías hacerme daño. Que estás cansada y sólo puedes descansar mientras yo duermo. No me mires así. Te prometo que dormiré mucho para que tú no sufras. Pero no me des más pastillas, porque me hacen recordar tu vida, la mía. Y en medio de este sueño ya no sé cuál estoy perdiendo.

Te quedas callada como si ya lo hubieras dicho todo. Se te ha metido la tristeza tan hondo que ni siquiera buscas consuelo en hablarme. A ti que tanto te gusta. Digo yo que es mejor así, porque hoy yo no tengo ganas de escuchar tus penas.

¿Cómo pudiste creer que tu suegro se suicidó? Ya sé que cuando fue a visitarte estaba muy triste. También sé que tú no le pudiste consolar. Que te hacía unas preguntas muy raras y no le contestaste ninguna. Es verdad que el pobre lo pasaba fatal. La gente es mala y comenta. Se decía que bebía demasiado y que, más de una vez, el marido de mi prima tuvo que meterlo en la cama. No le gustaba vivir en la pensión y se pasaba el día en el bar. Dicen que seguía enamoradísimo de su ex mujer. Que tenía celos de su propio hijo y que por eso se separó.

Fue la tristeza la que le mató, Prudencia. Que Dios lo tenga en su Gloria. Esas ideas que se le metieron en la cabeza. Triste se acostaba y triste se levantaba sin saber para qué.

Hay veces que los corazones se rompen de verdad.

Mi suegro, el de verdad, el primero, se tomó muy a mal la boda de su mujer. Mi prima me contó que su marido lo vio un día llorando en el bar, como un niño. Dice que nunca dejó de pensar en ella. Parece ser que intentó volver más de una vez, pero mi suegra es muy propia y no se lo consintió, eso de que la dejara plantada le dolió en el orgullo, y le dijo que las cosas estaban así, que si él había decidido separarse era ella quien decidía casarse otra vez. Y digo yo que cuando uno se separa, se separa, y eso de comer con ella todos los días no le debía de parecer a él mucha separación. Pero dicen que el pobre aceptó el divorcio y la boda. No le quedaba más remedio, y se conformó con seguir yendo a comer a su casa todos los días, aunque ya no iba tan contento como antes, porque hasta entonces no perdió la esperanza de que mi suegra le dejara volver con ella. Le falló la estrategia, la que usan algunos al marcharse para ver si el otro reacciona. Dice mi prima que muchas veces se iba al bar a tomar el café y se quedaba muy serio mirando al aire. Hay veces que uno cree que ha abierto una puerta y al abrirla la ha cerrado para siempre, decía.

Prudencia sabía pedir las cosas sin que el marido supiera que las estaba pidiendo. Pero eso era antes de que su marido fuera su hermano. No tenía más que decirle que había visto un vestido muy bonito, o que en el bar de abajo las tapas estaban muy ricas, o que habían estrenado una película estupenda, o que hacía mucho tiempo que no iban a casa de sus padres. Tenía arte para insinuar. Pero lo perdió. Como todo. Al creer que era su marido el que le tenía que dar. Empezó a pedir, y se equivocó de parte a parte, porque el marido supo que era él quien le podía dar, o no dar. Eso es el poder.

Empezó a pedir y entregó el poder.

En el banquete de nuestra boda no sabíamos dónde colocar al novio de mi suegra. Como ella era la madrina se puso a la izquierda de mi marido y a su lado sentamos a mi suegro, pero con el novio no sabíamos qué hacer. A mi derecha estaban mi padre y mi madre. Después de mucho pensar, lo colocamos en la primera mesa con mis primos.

Mi prima me contó que fue muy violento, porque no sabían de qué hablar, y que de vez en cuando mi suegra y él se miraban poniéndose ojitos tiernos, y entonces mi marido y mi suegro miraban para otro lado con cara de mal humor.

Habría sido mejor que él no fuera, pero mi suegra se empeñó.

En la noche de bodas, el marido de Prudencia llamó por teléfono a su madre. Prudencia creyó que era una costumbre y llamó a la suya. La madre le echó tal bronca que se puso a llorar. Que ya no eres una niña, le decía. Qué va a pensar tu marido. Y ella no entendía nada, la pobre. Se metió en la cama toda compungida y no supo decirle al marido el motivo de su llanto. Él pensó que tenía miedo a la primera vez. Había oído decir que el pudor de la recién casada se parece mucho al miedo. Le acarició la cabeza y le apartó las lágrimas con los dedos, la acurrucó en su hombro y esperó a que dejara de llorar. Mientras Prudencia esperaba a que le hiciera el amor, y continuaba llorando sin entender nada, él siguió esperando a que dejara de llorar. Así pasaron la noche de sus bodas.

Durante tres días y tres noches Prudencia esperó con lágrimas la pérdida de su virginidad. Y el marido de Prudencia esperó a que dejara de llorar, soportando sus lágrimas con paciencia. Sin atreverse ninguno a decir al otro qué era lo que estaba esperando. Hasta que se echaron la siesta por primera vez. El marido se recostó sobre Prudencia y al sentir el roce de su pecho empezó a besarlo lentamente. Prudencia se dejó hacer mientras le acariciaba el pelo. Se excitaron los dos y comenzaron a besarse los labios. Después cerraron los ojos. Te va a doler un poco, le dijo. Y ella contestó: No importa. Y gritó con el dolor que tanto había esperado. Lloraba, esta vez los dos sabían la razón.

Si se asomaba a la ventana y veía gente por la calle, Prudencia entristecía, la miraba caminar y era como si aquellos pasos la llevaran a ella hacia ninguna parte, siempre los mismos, que acababan siempre en la misma esquina, como si le recordaran los que ella nunca había dado, la vida perdida frente a aquella ventana donde se miraba como en un espejo, donde veía sus propios pasos, repetidos, sin haberlos dado siquiera, sus días idénticos. Todo paso de otro la llevaba y la traía, y hacía que su mundo fuera cada vez más pequeño. Prudencia se daba cuenta, pero seguía mirando ensimismada, limitándose a mirar, a mirarse, entonces se veía triste y lánguida y se ponía a llorar, a compadecerse. Eso de compadecerse le encantaba a Prudencia. Sentía dolor cuando veía a una pareja besándose, pero sentía más dolor aún si los veía correr agarrados de la mano, riéndose. El amor en los otros era lo mismo que una explosión que le diera en los ojos. Daba penita verla, se tapaba la cara con las manos y lloraba tanto que aunque se la lavara con agua fría, para disimular, su marido le preguntaba siempre si le había pasado algo.

Pero también se ponía lánguida si no veía pasar a nadie. Veía en la calle desierta su propia soledad, entonces dejaba la mirada perdida y se dejaba llevar hasta hartarse, digo yo que de aburrimiento. Pero también lloraba. Es raro que a Prudencia nunca le haya dado un cólico de sí misma, aunque a lo mejor el llanto es eso.

Prudencia y yo hemos estado siempre juntas. Nadie habla con Prudencia y ella sólo habla conmigo.

Prudencia, ¿estás ahí? ¿Por qué me diste tantas pastillas? Me arde el cuerpo por dentro. Siento como si me hubieran metido una esponja mojada en la boca. Se ha secado poco a poco, está creciendo y se me cuela entre los dientes. Así tengo la boca, Prudencia, no me cabe la lengua, habla tú por mí. Dile a tu marido que hoy no quieres estar sola, que el mundo se ha hecho demasiado grande. Dile que has acabado de limpiar el comedor, has sacado brillo a los muebles y encerado el suelo del cuarto de estar. Ya has fregado la loza, ya has lavado y planchado, también la camisa que él quería esta mañana. Dile que ayer no lo hiciste porque el cansancio se te metió en el cuerpo y te pesaba tanto que no podías levantarte. Y que no se enfade más.

A la boda de mi suegra mi marido no quiso ir. No soportaba al novio. De pretendiente lo aguantaba, pero a la boda se negó rotundamente. No entendía por qué mi suegra tenía que volver a casarse. Jamás aceptará al representante como marido de su madre. Nunca lo llama por su nombre. Cuando se dirige a él dice: ¡Oiga!

Yo lo conozco poco y cuando me ve aparta la vista, como huidizo.

Creo que mi suegra lloró mucho la pobre. Fue la única vez que no pudo con su niño. Testarudo. No hubo manera de convencerle. Ni siquiera por evitar el sufrimiento de su madre. Yo hubiera ido pero, por supuesto, mi marido me lo prohibió. Mi suegro sí fue, el pobre, porque después del divorcio la quería más y valoraba mucho su amistad. Digo yo que será por eso que el representante no tragaba a mi suegro. Por eso no podía consolarla cuando se murió. Y por eso mi marido tiene que ir a comer con su madre, para darle el consuelo que no tiene en casa.

El segundo marido de mi suegra vigilaba de cerca al primero, debe de ser que no estaba muy seguro de que la relación con su mujer fuera simple y llanamente gastronómica. Mi prima le vio muchas veces escondido detrás de la esquina de su casa, a mediodía; se quedaba allí hasta que veía salir a mi suegro. Dice mi prima que un día el representante siguió a mi suegro, ella fue detrás, porque se temía lo peor, y vio cómo le hablaba y se metían los dos en el bar. Entonces mi prima avisó a su marido y se fueron a tomar un café, se sentaron al lado de ellos. Luego me contó que estaban muy tensos, que ninguno miraba al otro y parecía que no sabían qué decirse. Pero yo me figuro que si el representante se decidió a hablar con mi suegro sabía muy bien lo que quería decir, porque es hombre de pocas palabras. Vieron que el representante titubeaba, pero eso a mí no me extraña, el pobre lo debía de estar pasando fatal. «Su mujer, digo, perdón, mi mujer...», «... nunca me habla de usted, siempre de su hijo...», «... me habla de su hijo, en su casa, es decir, en mi casa, perdón...», «... yo no lo entiendo, porque a mí me gustaría, usted sí va todos los días, sí, sí, ya sé...», «... son amigos, pero su hijo...». Mi prima y su marido no escuchaban bien toda la conversación y vieron cómo a mi suegro se le iba demudando la color, se quedó lívido y llamó al camarero, pagó y se marchó.

Los hombres necesitan de mucho mimo y mucho cuidado. Son como los niños, que si no los tienes bien atendidos se te echan a perder. O como las plantas con eso de que hay que regarlas, también son así.

Yo disfruto teniendo a mi marido limpio y aseado. Cuando se enfada si no le tengo listo un pantalón, el que quiere ponerse, aguanto la bronca, porque sé que me la merezco. Y es que, como él dice, no tengo otra cosa que hacer y es mi obligación. Soy yo la primera que siente no haber averiguado que era el único que estaba sin planchar. Entonces tiene fácil solución porque se lo plancho en un momento.

Lo malo fue aquella mañana que justo quería la única camisa que tenía sucia. No me quedó más remedio que admitir que soy una descuidada, pedirle perdón y decirle que no volvería a pasar. Sin rechistar ni esto cuando me obligó a lavarla a mano con agua fría a las siete de la mañana, delante de él, secarla con el secador de mano, plancharla y guardarla en el armario bien dobladita, mientras él se ponía la que yo le había preparado.

Es mejor estar al tanto para que estas cosas no sucedan, espabilar y tenerlo todo al día, para que él no se disguste y no tenga que irse al trabajo de mal humor.

Hay médicos que se tendrían que haber dedicado a otra cosa. Por ejemplo éste, que me pregunta por qué me tomé las pastillas, y cuando le contesto que me las dio Prudencia, me dice que quién es Prudencia. Como si no la estuviera viendo, pobrecilla, después que se pasa conmigo todo el día.

Y es que no puede vivir sin mí, como no tiene hijos. A mí también me los negó Dios y me resigné a su sabiduría. Pero Prudencia no, cree que son una bendición y que ella está maldita. Por eso se encuentra tan sola, porque echa de menos a los hijos que no tuvo.

Los primeros años de matrimonio lloraba cuando le venía la regla, como si perdiera un hijo. Tiene que ser horroroso que se te muera uno cada mes.

Prudencia, hija, qué mal lo has hecho todo. Y ahora ya no tiene remedio. Siempre quisiste cambiarte por alguien, y nunca supiste por quién. Pero contigo misma no has estado a gusto en la vida. Con lo fácil que es. Hasta en el entierro de tu suegro te quedaste mirando la caja, como alelada, pensando que hubieras querido que la gente llorara por ti.

No sé por qué te complicas tanto la existencia. Te fabricas recuerdos que hubieras querido tener. Los piensas tanto que al final crees que son verdad. Como esa vez que me decías que la vida habría sido distinta si no llegas a casarte con tu marido. Nunca has sabido qué es lo que querías. Por eso nunca has querido escoger, por miedo a arrepentirte. Pero tampoco te conformas con lo que te toca. Fantaseas pensando que habrías tenido hijos. Inventas los nombres que tendrían. Les enseñas a hablar. Los cuidas cuando están enfermos. Los llevas a la escuela y les haces helados, que luego tengo que comer yo. Disfrutas recordando cuando empezaron a caminar y lo contento que se puso el padre cuando nació el chico. Y me lo cuentas a mí. A mí me da pena, Prudencia, y no te niego nada.

Pero ahora vamos a dejarnos de sueños. Estoy cansada. Tú también estás cansada. La fábrica de los recuerdos posiblemente tiene un fallo muy grande: tú recuerdas a tus hijos pero sabes que tus hijos no te recordarán.

Prudencia se levanta todos los días antes que su marido. Le prepara el desayuno y la ropa que va a ponerse, y luego enciende la radio para que él se despierte con las noticias. Hace muchos años que lo hace así.

Cuando se casaron se levantaba antes el marido, sin hacer mucho ruido para no despertarla, y tomaba el café en el bar de la esquina. De esta forma, ella podía dormir un poco más.

Prudencia sospechó que a su marido le molestaba que se quedara en la cama cuando empezó a hacerle reproches con bastante frecuencia. Si ella decía que no había tenido tiempo de hacer algo, o aunque dijera que estaba cansada, él siempre le contestaba lo mismo, que se pasaba el día durmiendo. Pero cuando se dio cuenta definitivamente fue cuando él, al levantarse, tiraba de las mantas dejándole las espaldas al aire. Prudencia volvía a taparse y el marido ponía la radio a todo volumen mientras se afeitaba. Como ella no podía volver a dormir, se levantaba y preparaba el desayuno y él le decía: ¡Ay qué bien, cariño, un café calentito! Aunque no lo hiciera con cariño.

Así fue como ella se acostumbró a hacer el café todos los días y él dejó de llamarla cariño.

Cuando Prudencia se cayó al salir de la bañera estuvo en el suelo tirada cinco horas. Resbaló. A veces pasa. Lo malo no fue el dolor, sino el frío. Dice que pasó más frío que en toda su vida. Menos mal que, como pudo, alcanzó una toalla y se tapó, no le servía de mucho pero de vez en cuando se la quitaba un ratito y cuando sentía que se helaba se volvía a arropar. Así se consolaba de que podía ser peor. Gritó pidiendo socorro hasta quedarse ronca. La voz le salía muy rara con la tiritona, como la de las muñecas antiguas que decían mamá. Calculó el tiempo por los rosarios que rezó pidiendo que su marido llegara pronto. Aprendió a rezarlo contando con los dedos y desde entonces lo reza siempre así.

Dice que no paró de llorar en todo el rato. Le cogió tal miedo a la bañera que no se atreve a meterse sola, y mucho menos a salir. Se arrastró hasta la puerta, pero no pudo levantarse a descorrer el pestillo. La pobre, en medio de la tiritona, el llanto y el rosario, se pasó las cinco horas esperando el ruido de las llaves al abrir la puerta, como un milagro. Y el ruido no acababa de llegar, porque el marido, justo ese día, se fue a jugar la partida de mus sin avisar a Prudencia.

Para que luego le preguntara qué hacía tirada en el suelo arropada con una toalla. Eso fue lo primerito que le preguntó. Al llegar a casa, y ver que Prudencia no estaba en la cama, se puso a llamarla a gritos. Hasta que pasó un buen rato no oyó cómo ella pedía socorro con la poquita voz que le quedaba. Y le echó la bronca por no haber hecho un esfuerzo por levantarse. Enfadado porque tuvo que romper la puerta del cuarto de baño para entrar.

Y es que hay gente que cuando le remuerde la conciencia arremete contra los demás. Como Prudencia sabe que tiene un elemento así en casa, no se atrevió a decirle a qué hora se había caído, para que él no se sintiera culpable por llegar tan tarde. Cuando se lo preguntó, contestó que sólo hacía un ratito.

Fue Prudencia quien le dijo que pidiera ayuda, porque él no la podía levantar solo y se puso tan nervioso que no hacía más que gritar. La ingresaron con una pierna rota y con pulmonía.

De esto hace ya mucho tiempo, pero todavía cojea.

¿Oyes mi corazón, Prudencia? Me golpea en la boca como si llamara a una puerta. Dile al médico que me mire la garganta, porque es muy raro que yo sienta ahí el corazón. Acércate. ¿Lo ves tú? No me deja respirar. Va cada vez más deprisa y, a veces, se para en seco y me parece que me voy a caer. No sé qué es más angustioso. Este ahogo. La carrera. El vértigo. La caída. Ponme en el suelo. Quiero estar cerca de la tierra. Prudencia, Prudencia, escúchame, ponme en el suelo. Quítame el suero. Dile al médico que me mire la boca, porque sigue ahí el corazón y no me deja dormir. Quiero dormir. Diles que me dejen dormir. Pero en el suelo, que me dejen dormir en el suelo.

Dame la mano, que me voy a caer.

El primer beso a mí no me gustó nada. Estábamos mi novio y yo en el parque. Él me había dado la mano por primera vez. Paseábamos. Me acariciaba la mano y me miraba de reojo para ver si yo la retiraba. Pero no la retiré. No señor. Yo estaba encantada, porque hacía meses que me rondaba sin atreverse. Cuando me cogió la mano, yo me hice la loca como si no fuera mía. Entonces fue cuando me miró con disimulo, y me la apretó muy suavemente. Yo se la apreté a él, y así tomó confianza. Se volvió hacia mí. Se inclinó hacia mis labios. Cerré los ojos. Sus labios en mis labios. Mi estómago saltaba. Creí que era un beso. Abrió mi boca con su boca. Se taponaron mis oídos. Mis dientes contra sus dientes. Mis piernas temblaban. Y la lengua. Eso ya no. Sentí su lengua en mi boca como un cuerpo extraño y húmedo; yo no esperaba semejante penetración, quedé turbada. Le miré con una mezcla de escrúpulos, asombro y desencanto, y salí corriendo pensando que era un pervertido. Mi novio corrió detrás. Me alcanzó enseguida, claro. Yo estaba llorando. Me secó las lágrimas con los dedos y me acarició la nariz. Nenita, me dijo, mi nenita.

Es normal que los hombres vayan de putas. Eso es lo que dice mi prima. Que los hombres necesitan más sexo que las mujeres y que como nosotras nos negamos a su apetito voraz, ellos tienen que saciarlo de alguna manera. Y dice que es mejor que vayan de putas a que se echen una amante. Porque las amantes traen más complicaciones, con aquello de la costumbre les cogen cariño y luego ellas creen que tienen derechos, sobre todo si les da por parir.

Yo creo que mi prima dice eso para consolarse, porque su marido es un putero. Cuántas veces la habremos oído quejarse en las meriendas, que si acompaña a los amigos no le importa, porque de alguna manera se tienen que divertir, pero, a nada que se descuida, se le va solo de putas. Y eso no le hace ninguna gracia a mi prima. Digo yo que no sé qué necesidad tendrá el marido de contárselo, porque es que se lo cuenta. Ella se enciende y nos lo cuenta a nosotras, porque a ella le encanta contarlo todo. Y encima pretende que le demos la razón cuando nos dice que es normal, que los hombres van de putas por variar.

Prudencia deseaba un hijo, sin embargo Dios se lo negó desde el principio. Ni ella era estéril ni su marido tampoco. Dicen que de tanto desearlo no podía quedarse embarazada. A medida que pasaban los meses, y los años, se le fue viniendo una tristeza que no compartió nunca con nadie. Sólo a mí me contaba Prudencia sus cosas. Se volvió arisca con su marido. Su marido se volvió arisco con ella, y no la soportaba. Ya no dormían juntos la siesta. Él decía que se iba a comer con su madre todos los días con la excusa de que su padre había muerto. Pero Prudencia sabía bien que no era precisamente en casa de su madre donde comía.

Prudencia cometió un error. Y los errores se pagan. Creyó que su vida era la de su marido y, cuando quiso darse cuenta, el marido tenía su vida y ella no tenía la propia. Todo lo hacía calculando si a él le gustaría y jamás se preguntó qué le gustaba a ella.

Cuando se casó jugaba a las cartas con sus amigas los martes y los jueves. Después de la partida merendaban juntas y hablaban de sus cosas. Los martes en casa de mi prima y los jueves en la suya. Hasta que el marido le dijo que hacían un nido de cotillas. Cuéntame lo que le cuentas a tu primita, decía. Tanto hablar, tanto hablar, pero ¿de qué tenéis que hablar? ¿No tenéis otra cosa mejor que hacer? Y si algún martes él no iba a trabajar, cuando la veía arreglarse para salir, le decía que se fuera con sus amiguitas, que seguro que se lo pasaba mucho mejor que con él. Qué barbaridad, qué poco te gusta estar en casa. Con lo a gusto que estaríamos aquí los dos viendo la tele.

Hasta que Prudencia empezó a aburrirse con sus amigas, a pensar que él tenía razón. Las oía hablar de sus problemas y poco a poco fue perdiendo el interés. Escuchaba la charla desde lejos. Un día le dijo el marido que los pasteles engordan, con tanta merienda, y ella le dio la razón. Abandonó las partidas y las meriendas y le contó al marido que ya estaba cansada de tanta arpía.

Desde entonces, como las cartas no le han dejado de gustar, Prudencia juega solitarios por las tardes y eso al marido no le importa.

Es raro cómo cambian las cosas después del matrimonio. Y a Prudencia le extraña. Recuerda que, cuando eran novios, su marido estaba muy pendiente de ella, le hacía regalos, le mandaba flores y la llamaba por teléfono todo el rato. Después que se casaron, él perdió el interés. Y ella se quejaba a sus amigas. Lloraba y les decía que ya no la quería.

No fue un cambio repentino. Estaban muy enamorados cuando se casaron. El caso es que Prudencia anduvo mucho tiempo dándole vueltas y no encontró ninguna explicación.

No entendía por qué su marido empezó a ponerse arisco con ella. Un día Prudencia le pidió una caricia. ¡Ay hija, qué pesada eres!, le dijo; y le dio un beso en la mano, como a un obispo. Tampoco sabía por qué dejó de sacarla de paseo por las tardes y se iba con los amigos a jugar al mus. La pobre, si le decía que le apetecía salir, él le preguntaba si no tenía cosas que hacer en casa. Su marido empezó a tomar decisiones sin contar con ella y Prudencia empezó a sufrir. Prudencia aprendió a esperar, y su marido aprendió a hacerla esperar. Un día no la llamaba para decir que no iría a cenar, otro se olvidaba de su aniversario. Ella se ponía muy triste y él le decía que no era para tanto.

Prudencia estaba que daba lástima, la pobre, y mi prima intentaba consolarla diciéndole que los hombres son todos así, raritos, y que cuando se casan creen que han firmado un contrato de compraventa y que ya son dueños de la mujer y no tienen que preocuparse de más.

En el fondo, mi prima y las amigas disfrutaban mucho viendo a Prudencia perder la cara de contenta que tenía cuando se casó, eso les hacía sentirse mejor, por comparación, no porque ellas fueran más felices, sino porque eran un poco menos desgraciadas que Prudencia.

Los maridos se quejan si sus mujeres engordan, si no se cuidan, y si les reciben en bata cuando llegan a casa. Hay que ver qué pintas tienes, hija, le dice su marido a Prudencia cuando la encuentra sin arreglar. Y es que es verdad, a veces está hecha una facha. A ella le parece una tontería eso de arreglarse, total, para asomarse a la ventana, incluso si saliera a la calle le daría lo mismo. No se da cuenta de que es normal que a los hombres les guste presumir de mujer ante la gente, y también que la quieran disfrutar en casa. Ella dice que sería normal si ellos lo hicieran también, que lo que no es de recibo es que ellos no se tengan que cuidar, que se dejen crecer la barriga, por ejemplo, la curva de la felicidad la llaman, cuando sólo es dejadez. La tripa es el trofeo de una batalla ganada sin luchar.

Prudencia se queja muchas veces de que su marido es de los que piensan que la mujer tiene que estar en casa, como una santa, haciéndoles la comida, eso sí, arregladitas. Ellos engordan y ellas tienen que mantener la línea.

Y digo yo, qué manía tienen los hombres con que su mujer sea una santa, como su madre.

Prudencia poco a poco le fue perdiendo el respeto a su marido, al mismo tiempo que él se lo perdía a Prudencia. No sabe si perdió antes el amor o el respeto, pero también dejó de amarle; no sabe a ciencia cierta cuándo empezó a variar la cosa. Y digo yo que de eso no se percata uno nunca, que cuando te quieres dar cuenta está batida la yema con la clara y ya no se puede separar.

Al enterarse de que él andaba con otra decidió divorciarse. Lo pensó mucho antes de decírselo al marido; no sabía cómo. Un día se armó de valor y le dijo que estaba harta de comer sola, harta de estar en casa todo el día, harta de su suegra y harta de él. Que se iba a casa de su madre por un tiempo y que ya le avisaría si pensaba volver.

El marido no podía creerlo. Jamás había visto así a Prudencia. Se puso hecho una bestia y le gritó que no le haría pasar por esa vergüenza. Que no se le ocurriera nunca más venirle con esas pamplinas. Prudencia le dijo que no eran pamplinas, que era una cosa muy seria, que la tenía muy bien pensada. ¿Quién te ha dicho a ti que tienes que pensar? Tú no te vas a ninguna parte, ni muerta te vas, se acabó la discusión. Y le dio dos bofetadas que la tiraron al suelo.

No le dolieron en la cara, sino al lado del alma, en ese rincón que no se le puede enseñar a nadie, pero a mí Prudencia sí me lo enseñó.

Y también me enseñó un dolor más negro. Porque el marido se asustó cuando vio que la había golpeado tan fuerte. Se agachó, le cogió la cabeza entre las manos, le apartó el pelo de la cara y le secó las lágrimas con los dedos.

Sois terribles las mujeres cuando os ponéis a pensar. La acurrucó en su hombro y se puso a besarla en la boca. Ella se resistía y le decía que no, que no, que por favor la dejara. Pero él siguió sin escucharla, le secó las lágrimas con la lengua. Déjame, aparta, gritaba Prudencia. Se revolvía asqueada. Entonces la miró como un poseso y se le encendieron los ojos. Quieta, nena, quieta, le decía entre dientes mientras la sujetaba. Y allí mismo, en el comedor, la violentó dos veces.

Deberías haberte rebelado contra tu marido, no contra el mundo. Sí que hay sitio para ti, lo que pasa es que no lo has buscado, el mundo te ofrece cosas pero tú prefieres no verlas, para no tener que tomar decisiones, con esa manía tuya de no saber qué escoger. Te has limitado a aceptar tus desgracias y a contármelas a mí. Eso no es suficiente, Prudencia, ya lo has visto. Ni al portal de tu casa has llegado con eso, al revés, te fuiste metiendo más adentro y acabaste conformándote con mirar la calle desde la ventana. No debiste consentir que tu marido te prohibiera salir sin él. Lo de la pierna era una excusa muy tonta, con la muleta te apañabas muy bien, igual que ibas a casa de tu suegra los domingos hubieras podido ir con tu prima y tus amigas, o a casa de tus padres.

Qué sola te quedaste. Sólo me tenías a mí, y a tu prima, que iba a verte de vez en cuando. A pesar de todo es buena persona y no le importa soportar los gestos huraños de tu marido, y menos mal que ella nunca supo cómo la ponía cuando se iba.

Se le quemó la comida justo el día que sus padres iban a comer a casa. Se puso nerviosa porque hacía muchos años que no la visitaban, desde un día que su marido despreció a Prudencia delante de ellos y no se pudieron callar. Salieron en defensa de su hija y el yerno los echó a la calle. No consintió que volvieran, y él tampoco fue a verlos más. Decía que no tenía que aguantar que nadie se metiera en su vida, que si sus suegros no le querían peor para ellos, que no les necesitaba. A partir de entonces, Prudencia iba sola a casa de sus padres de vez en cuando, hasta que se cayó en la bañera.

Hacía pocos días que le habían dado el alta y quería celebrar su recuperación. Le parecía una buena excusa para que su marido se reconciliase con sus padres. Ya habían coincidido en el hospital varias veces y se saludaron cortésmente. De manera que convenció a su marido para que la dejara invitarles a comer.

A pesar de que Prudencia andaba todavía con dos muletas, se las arregló muy bien. En la cocina trabajó sentada. Lo dejó todo dispuesto para que su madre sólo tuviera que servir la comida, eso sí que ella no podía hacerlo, pero lo demás estaba todo listo. Los aperitivos, el primer plato y el postre estaban preparados en el frigorífico y el asado lo dejó en el horno. Había acordado con su prima que ella vendría a poner la mesa y que después volvería por la tarde a recogerlo todo y se quedaría a tomar un café. De manera que ya era cuestión de esperar. Le sobró tiempo para arreglarse y rezar un rosario para que todo saliera bien.

Pero olvidó apagar el horno. Cuando llegó su prima lo primerito que dijo fue que olía a chamusquina. Anda que sí, hija, que tienes una suerte tú. Cambiaron el asado de fuente y lo rociaron con vino para disimular el sabor. Airearon la casa y echaron ambientador por todos los rincones. Todo tiene solución, mujer, decía la prima al ver la cara de apuro de Prudencia.

Cuando el marido probó el asado la miró de reojo y dijo que sabía a quemado. La madre rió y recordó que la primera vez que fueron a comer a casa de los recién casados, a Prudencia se le quemó el pavo por arriba y por dentro le quedó crudo. ¡Cómo rieron todos en aquella ocasión de la cocinera inexperta!; acabaron comiendo huevos fritos. ¿Te acuerdas? El yerno le contestó: Ya tendría que haber aprendido a cocinar, ¿no le parece? Todos callaron. Se dirigió a Prudencia con el gesto torcido: ¿Qué vamos a comer ahora, nenita? La madre se ofreció a freír unos huevos. Siguiendo la tradición, dijo el padre, sonrió a su hija y le tomó la mano. La tradición es que quien invita a comer en su casa hace la comida, respondió el yerno, y le dijo a Prudencia que fuera con él a la cocina. Te empeñaste y ahora me estás poniendo en ridículo, añadió, mientras le colocaba las muletas bajo los brazos. Aún el suegro intentó quitar hierro al asunto y terció: Somos todos de confianza, no hay ningún problema, el asado no está tan mal, se puede comer. El marido de Prudencia respondió cogiendo la fuente y tirando la carne a la basura. Y al final comieron los huevos que frió la madre, porque no consintió que su hija cocinara haciendo equilibrismo con las muletas.

Cuando llegó la prima el ambiente estaba tan enrarecido que los padres de Prudencia aprovecharon el movimiento para salir corriendo. Fue la última vez que pisaron la casa de su hija.

En el último cumpleaños de su marido Prudencia hizo una tarta de chocolate. No le compró nada porque dice que los regalos hay que hacerlos por cariño, no por compromiso, además tenía la excusa perfecta: los regalos tienen que ser una sorpresa y si ella le pedía dinero para comprarlo anulaba la sorpresa. Digo yo que le podía haber dicho que necesitaba algo para la casa, pero a Prudencia no le gusta mentir, ni le gusta pedirle dinero a su marido, porque luego le tiene que justificar en qué se lo gasta. Tampoco él le había regalado nada en su cumpleaños a Prudencia, así es que estaban en paz.

Cuando llegó por la noche ella le estaba esperando con la tarta en la mano y las velas encendidas, esto sí que lo hizo por cumplir, para que su marido no pudiera reprocharle nunca que se hubiera olvidado de su cumpleaños.

El marido llevaba un bulto en los brazos y, al acercarle ella la tarta, el bulto empezó a ladrar. ¡Aparta eso, que lo estás asustando, apágalo! Cuando Prudencia apagó las velas y dejó la tarta encima de la mesa, había un perro mordisqueando su muleta. Es un regalo de cumpleaños de mi madre. Con eso ya no había nada que decir, porque todo lo relativo a su madre era incuestionable. Había que aceptar al perro, sin protestas, por más que el marido se hubiera negado siempre a tener un animal en casa, aunque Prudencia le rogó en muchas ocasiones que le dejara tener un gato. Te hará compañía, le dijo, mientras ella miraba desconcertada al marido y al animal. Ya sé que los perros no te gustan, pero a éste le cogerás cariño, no todos muerden, pasaste lo que pasaste porque eras una niña y no sabías que a algunos perros no se les debe meter la mano en la boca, ya es hora de que les pierdas el miedo, te digo que a éste le cogerás cariño. Y cuando quisieron darse cuenta el perro se estaba comiendo la tarta que había hecho Prudencia.

Prudencia aceptó la presencia del animal porque sabía que no le quedaba más remedio. Te hará compañía, le decía con sorna mientras lo miraba con desprecio, compañía. Tanto lo repitió que el perro creyó que era su nombre y movía el rabo cuando la oía decir: ¡Sí, sí, compañía! Y la seguía por toda la casa. Se acostumbró pronto, la acompañaba de verdad, y llegó a necesitarlo. En esta ocasión su marido tenía razón, le fue perdiendo el miedo sin darse cuenta. Le hacía gracia que mordisqueara su muleta y que la mirara con una oreja levantada, la cabeza ladeada y ojos de entenderlo todo. Le enseñó a hacer sus necesidades en la terraza y a que no se comiera sus plantas, que no mordiera el tapizado del sofá ni tirara del mantel cuando estaba la mesa puesta. Aprendió a reírse de sus gracias y a querer al animal con todo el cariño que le sobraba a Prudencia.

El marido también le tenía mucho cariño. Jugaba con él, le hacía caricias y lo cogía en brazos para ver la televisión. Le cambió el humor, se le alegraba la cara al entrar en casa y ver que le estaba esperando en la puerta para subírsele encima y darle lametones en la cara. Ya no se enfadaba cuando había que sacar la basura, porque se llevaba al perro y daban un paseo. En una ocasión el perro se puso enfermo y el marido se quedó toda la noche cuidándolo.

A Prudencia no le gustaba mucho mirarlos, había olvidado lo tierno que su marido podía ser, se quedaba callada observándolos sin poder evitar la melancolía.

«Felicidades, mi amor, espero que mi regalo de cumpleaños te acompañe, para que no te sientas tan solo cuando no estoy contigo. Dale mucho cariño, es muy mimoso, se parece a ti.»

No era la letra de su suegra. Prudencia encontró la nota en la chaqueta de su marido, por casualidad, al ir a buscar la tarjeta del veterinario porque el perro se había comido un bote de pastillas. Así fue como se enteró de que el perro era un regalo de la amante. Así supo que no era ella la única que se sentía sola.

El animal no paraba de vomitar. Prudencia lo veía sufrir mientras deseaba su muerte. Ella sufría también, dejarlo morir así, cuando la había acompañado tanto. Avisó al veterinario. Y llamó a su prima para que viniera corriendo a casa. Le enseñó la nota. Qué lista es la tipa esta, ¿te das cuenta de cómo se ha metido en tu casa? Si hay una nota puede haber más. Y a Prudencia se le abrieron los ojos, miró a su prima y miró a su alrededor y se puso a buscar en los cajones, entre los libros, en las cajas de zapatos, parecía que se hubiera vuelto loca, detrás de los muebles, en los bolsillos. Ayúdame a buscar, gritaba entre lágrimas. Volvieron la casa patas arriba y el veterinario las encontró en mitad de la faena. Prudencia no podía hablar. Señora, no se ponga usted así, que le va a dar algo. Espere a que lo vea antes de angustiarse tanto, quizá no es tan grave como usted cree. Quería consolarla pero no había manera de que dejara de llorar. Prepárele una tila mientras yo atiendo al perro, le dijo a la prima. Está bastante mal, aunque parece que lo ha vomitado todo. Como la señora está tan nerviosa convendría llamar a su marido. Prudencia lo oyó, a pesar de que el veterinario hablaba en voz muy baja. No, mi marido no, todavía no, no, todavía no. Señora, el incauto insistía en el consuelo creyendo que Prudencia sufría por el perro, usted no tiene la culpa, estas cosas pasan.

Por fin se fue el veterinario, tan preocupado por la dueña como por el animal, después de dar todo tipo de indicaciones para curar al uno y serenar a la otra.

Prudencia y su prima siguieron buscando y no encontraron nada.

El marido llegó tarde esa noche. Prudencia le estaba esperando. No se atrevió a decirle que había encontrado la nota pero le exigió que sacara al animal de su casa, sin darle más explicaciones. El perro o yo. Y el marido comprendió que hablaba en serio y no quiso indagar el motivo de su determinación. ¿Adónde lo llevo? Fue tu madre quien te lo dio, ¿no? Devuélveselo.

Prudencia se sintió victoriosa el día siguiente al ver salir a su marido, con el perro en los brazos, hacia casa de su madre. Sintió a la vez ternura cuando el animal la miró con ojos lánguidos. Seguía enfermo. No había parado de gemir en toda la noche. Le acarició la cabeza y el perro cerró los ojos y movió el rabo con la poquita fuerza que le quedaba. Pobre animal, él no tiene la culpa de nada, dijo mientras se lo quitaba al marido de los brazos, déjalo aquí.

A los dos días el perro murió, y Prudencia se quedó sin *Compañía*.

Querido mío:

Siento mucho lo que le ha pasado al perrito. Te lo regalé para que te hiciera compañía y te ha hecho sufrir. Lo siento. Yo también sufro, por otras razones, y estoy cansada.

Me pides tiempo. Me pides paciencia. Bien. Pero las dos cosas se acaban sin poderlas controlar. Estoy cansada. Cansada de ser paciente, de que el tiempo se me cuele dentro, o pase sobre mí sin rozarme siquiera. Cansada de que estemos juntos sólo a ratos, cansada de no cansarme nunca de ti.

Me pides que sea discreta. Bien. Pero estoy cansada, no sólo de mi discreción, también de la tuya.

Me pides que deje de trabajar. Bien. Ahora podrás demostrar que es cierto que no vienes más a menudo porque nunca estoy en casa. Estaré aquí. Esperándote.

Tuya, impaciente.

Prudencia cree que hablar arregla las cosas. Y yo creo que a veces las estropea. Cuando ella me las cuenta siempre acaba llorando, así es que no creo que le sirva de consuelo. Sufre mientras me cuenta y después se queda callada mucho tiempo, a veces días enteros está a mi lado sin hablar. Además, siempre se corre el riesgo de arrepentirse, porque lo que se ha dicho queda, por más que uno se empeñe en explicar que no lo quiso decir, o que quiso decirlo de otra forma.

Con esa manía de hablar, Prudencia pregunta cosas que no tiene que preguntar. Hay cosas que es mejor no saberlas. Y, si las sabes, es mejor hacer ver que no las sabes.

Digo yo que Prudencia no tendría que haberle dicho al marido que sabía lo de su amante. Habría sido mucho mejor no darse por enterada. Evitarse esa vergüenza. Llevarlo con dignidad. Porque ahora encima sufre la humillación de que el marido sepa que ella lo sabe. Tiene que recibirlo con buenas maneras sabiendo que viene de otra cama, porque si tuerce el gesto el marido se le encara. ¿Crees que eres tú mejor que ella?, le dice, metiéndole la mano debajo de la falda. Y si Prudencia intenta apartársela, él le aprieta con fuerza entre las piernas; y eso a ella le hace mucho daño.

Qué triste el dolor del que siempre espera y un día no tiene a quién esperar. Eso le pasa a Prudencia. Esperaba a su marido para comer, con la mesa puesta. Siempre a la misma hora. Y desde que se murió su suegro come sola sin esperar a nadie, sin mirar el reloj. Se ha acostumbrado, no le gusta, pero se ha acostumbrado. A veces no tiene hambre y no toma nada hasta la cena. Se bebe una copita de anís y se va a la cama sola. A recordar las siestas con su marido. Y digo yo que no está bien que recuerde esas cosas sola. A mí, desde luego, me parece impúdico.

Los sábados y los domingos su marido come en casa, ella hace guisos y prepara la mesa, se sientan el uno frente al otro, en silencio, porque él tiene que leer el periódico. Al menos esos días Prudencia se siente acompañada. Comen juntos, y ven juntos la televisión. Algunas veces su marido se va a casa de su madre después de comer, a echarse la siesta, y entonces ella se queda haciendo un solitario. Regresa pronto y siguen viendo la televisión hasta la hora de cenar.

La prima de Prudencia le metió la congoja en el cuerpo. Le dijo un día que había visto a su marido con una mujer en el bar. De noche, la noche anterior. Con eso le metió la congoja y Prudencia se decidió a ir a buscarle, con la excusa de darle una sorpresa. Era a él a quien quería sorprender, pero estaba solo. Se levantó nada más verla. Qué haces tú aquí, le dijo. Como si le hubiera pillado con otra, ese susto tenía en la cara, pero no, estaba solo. Y se acercó a ella y la cogió del brazo. No vuelvas a venir sin avisar, no me gusta que andes por ahí de noche. Pero sin ternura lo dijo. Y cuando Prudencia iba a pedir una copita de anís al camarero, su marido la arrastró a la puerta. Mejor nos vamos a casa.

Ella cree que lo entregó todo. Y nunca se ha preguntado si eso es posible. Digo yo que ni bueno siquiera es eso, porque quien piensa que lo ha entregado todo se cree con derecho a exigir que le correspondan en la misma medida.

Prudencia creyó que fue generosa con su marido y empezó a calcular si él lo había sido con ella. Sacó la balanza y llenó su platillo. Mala cosa cuando empieza el cálculo, se acaba por pasar factura y el amor deja de ser un regalo.

A él no le dijo nada. Empezó a medir lo que entregaba, para demostrar que su platillo estaba más lleno que el otro.

En silencio, ella que piensa que hay que decirlo todo, rumiaba la desproporción, la aumentaba, acumulando rencor. Se fue dando cuenta de su propio vacío, cada vez más grande, de los huecos que su marido no llenaba. Siguió entregándose, sin saber que así buscaba justificarse, convencerse a sí misma de que su entrega era inútil, hasta que se convenció y dejó de dar, cuando calibró que su falta de entrega estaba ya justificada.

Demasiado te miraste, Prudencia, pero no te viste. Hay huecos que tenías que haber llenado tú misma, y otros que no se llenan nunca. Eso deberías haberlo sabido.

No te llamo querido:

Ya sé el lugar que ocupo en tu vida, un lugar tan pequeño para ti que ni siquiera es necesario desalojar cuando molesto. Lo supe ayer, cuando me hiciste una seña para que me fuera, no te preocupes, nadie se dio cuenta. Yo sí. Me echaste, y yo salí huyendo. Me marché a casa llorando. Te comprendí enseguida, en cuanto vi a tu mujer entrar en el bar, justo al mismo tiempo que yo. En cuanto te vi levantarte y dirigirte a ella. Yo también me sentí incómoda, pero me hubiera gustado quedarme, y que tú hubieras defendido mi lugar a tu lado. No lo hiciste. No lo hiciste. Cobarde. No lo hiciste, y no puedo perdonarte por ello.

Quería que supieras que no sé cómo me siento. Tanto es el dolor. La humillación. Nunca, nunca me sentí tan despreciada. Es verdad, no ha sido tu culpa, pero eso a mí no me sirve de nada. No me sirve. Mi lugar, el que tú me obligas a ocupar, no es el mío, no es el mío.

Ahora he visto a tu mujer, pero ella no me ha visto a mí. Juego con desventaja. Tú pones las reglas y de antemano sabes quién será el perdedor.

Ni me despido diciéndote tuya.

Prudencia y su marido se querían mucho cuando se casaron, ésa es la verdad. Pero también es verdad que su amor dependía de la dominación: mientras Prudencia se sometió a su marido todo fue bien. El hombre tiene el poder. Y la mujer debe aceptarlo así. El hombre toma las decisiones. Si las toma la mujer, debe hacer que parezca que es el marido quien decide. Prudencia eso no lo sabía. Llegó al matrimonio diciendo a todo que sí, porque nunca había necesitado decir no. La oportunidad se le presentó cuando el marido se quedó sin trabajo. Pasaba los días buscando en los anuncios del periódico, subrayando y tachando, subrayando y tachando. Llamó a todos sus conocidos pidiéndoles recomendación, se tragó su orgullo, y se tragó también las promesas, promesas fue lo único que le dieron. Los ahorros se iban acabando. Ya había que calcular el dinero que se gastaba diariamente. Economizar. Prudencia nunca había oído esa palabra. Encender las luces cuando fuera absolutamente necesario. No llamar por teléfono. Usar el gas con moderación. Para Prudencia era como un reto, un ejercicio de ahorro que le servía para demostrar sus habilidades y presumir ante su marido de su capacidad para arreglárselas cada vez con menos dinero. Para el almuerzo comidas baratas, y que se hicieran rápidamente, para la cena embutido con pan.

Un día compró velas y preparó la mesa con el mantel de hilo que ella misma había bordado para su ajuar. Hizo un ramito de flores con geranios y amor de hombre de sus macetas y lo puso en el centro de la mesa. Sacó los cubiertos, la cristalería y la vajilla. Era una buena ocasión para disfrutar de sus regalos de boda, y para decirle a su marido que seguía siendo feliz, que con poco dinero ella era capaz de preparar una *cenita especial*.

Al marido casi se le saltan las lágrimas al ver a Prudencia arreglada con sus mejores galas al lado de la mesa. La cogió de la mano y le dijo que esa noche merecía una botellita de sidra y bajó a comprarla. Estaba muy triste cuando volvió. Al descorchar la sidra se puso a llorar. Prudencia le dijo que no se preocupara, que ella se podía poner a trabajar, que le sería más fácil encontrar trabajo que a él. El marido la miró a los ojos, le cogió la cara con las manos y le dio un beso en los labios. Con mucha ternura le dijo: ¡Mi mujer no trabaja! Ella pensó que era una manera de hablar.

Al día siguiente empezó a buscar trabajo. Y lo encontró. Con mucha alegría se lo contó a su marido: que no era gran cosa; que el sueldo era pequeño de momento pero que más adelante podría mejorar. El marido se fue poniendo rojo por momentos, se acercó a Prudencia y le gritó: ¿Qué te he dicho yo? ¿Qué te he dicho? Ella no sabía qué contestar. Le sorprendió esa pregunta y siguió hablando de las ventajas de trabajar. El marido le apretó los brazos con mucha fuerza, la empujó contra la pared y zarandeándola repitió la pregunta: ¿Qué te he dicho yo? Prudencia seguía sin saber a qué se refería. Me haces daño, le dijo. Y él siguió apretando con más fuerza y le gritaba una y otra vez. ¿Qué te he dicho yo? ¿Qué te he dicho yo? No sé qué me has dicho. No lo sé. Gemía. Lloraba. ¡Que mi mujer no trabaja! ¿Te enteras? ¡Mi mujer no trabaja! Y la soltó lanzándola contra la puerta como si quisiera desprenderse de ella. Prudencia se golpeó en la espalda y se cayó. La pobre no entendía nada. Pero entendió menos todavía que su marido ni siquiera se acercara a pedirle perdón.

Ella siempre había dicho que sólo le pedía a la vida un marido que la quisiera, la mimara, la cuidara. Al que ella quisiera también, mimara y cuidara. No se daba cuenta de que ya lo tuvo, y lo perdió.

Vivió el amor sin enterarse. Sin enterarse fue dejando que pasara sobre ella. Sin enterarse dejó caer la lluvia que la empapó y sin enterarse dejó que se secara lentamente. Sin advertir el proceso de secado. Primero mojada y luego húmeda. Y más tarde, irremediablemente seca.

Ella piensa que es cuestión de suerte. Que se toma un camino por azar y es difícil desviarse. Y ahora se arrepiente del camino que tomó, y del compañero de viaje.

Siempre se arrepiente Prudencia.

La verdad es que muchas veces las mujeres nos quejamos de vicio. Porque hay que ver qué bien se está en casa sin tener que ir a trabajar. Y encima el marido te da dinero todos los días para la compra y, si lo administras bien, hasta puedes ahorrar. Yo desde que tengo la cojera ni siquiera voy al mercado. Hago el pedido por teléfono y me lo traen. Así es que tengo todo el tiempo del mundo para mí. Arreglo mi casa por la mañana. Tengo la ropa al día y cuido mis plantas. Por la tarde pongo el televisor y después me hago un solitario. Cuando me quiero dar cuenta ya estoy haciendo la cena y poniendo la mesa para que cuando venga mi marido se lo encuentre todo listo. Y al día siguiente igual. A veces me pongo a mirar por la ventana y me distraigo viendo pasar a la gente por la calle. Yo nunca me aburro, por eso no entiendo a las mujeres que dicen que quieren trabajar. Someter al marido a esa humillación. ¿De qué sirve un hombre si no puede mantener a su familia?

Cuando hay que pedir amor todo está perdido. El amor no se pide, el amor se da.

Prudencia lo supo al preguntar a su marido por primera vez si la quería. Estaban en la cama y ella se acercó, ofreciéndose. ¿Me quieres? Esas cosas no se preguntan, le respondió, déjame dormir, nenita. Ella no sabía si esa respuesta quería decir sí o no. Dime que me quieres, le pidió. Y él le acarició la mejilla, la miró a los ojos y sonrió: ¡Claro!, le dijo, y cuando ella empezó a sonreír, añadió: ¡A veces! Y enseguida se quedó dormido y empezó a roncar.

Prudencia se levantó, se fue a la cocina, se bebió una copita de anís y se comió una tableta entera de chocolate. Con ansia.

Nunca más preguntó, nunca más pidió, nunca más se ofreció.

Mi marido me acompaña todos los domingos a misa. Y después nos vamos a casa de mi suegra a tomar el aperitivo. Cuando pasamos por la casa de al lado la vecina siempre está en la puerta. Con un niño cogido de la mano, muy arregladitos los dos. Y nos sonríen. Digo yo que parece que nos estuvieran esperando, porque todos los domingos los encontramos. Se lo comenté un día a mi suegra y a su marido y se pusieron a hablar de otra cosa, como si yo fuera una cotilla. Pues señor, anda que no sueltan ellos de la vecindad.

La verdad es que esta costumbre de ir todos los domingos a casa de mi suegra no me ha gustado nunca, pero a mi marido le hace ilusión. Dice que así me paseo y me da un poco el aire, y que a su madre le gusta mucho vernos a todos en familia.

A casa de mis padres no vamos, porque mi marido no se lleva muy bien con mi padre, así es que para evitarnos disgustos hemos decidido no ir.

Querido:

Aún no puedo creer lo que pasó ayer. Nunca imaginé que llegaras a ponerme la mano encima, y menos aún que lo hicieras delante del niño. Es verdad que te he visto agresivo en varias ocasiones, y que me has amenazado otras tantas, aunque nunca perdiste el control. Te mordías el labio de abajo y me señalabas con el puño extendido, pero yo sabía que no te atreverías a pegarme. Sé que me quieres y te perdono por eso, porque yo también te quiero, y porque sé que eres tú el primero en sentir lo que has hecho, que te duele verme llorar. También a mí me duele verte llorar, pidiéndome perdón, abrazándome y secándome las lágrimas mientras yo te las seco a ti.

Ahora estoy más serena y puedo pensar. Espero que esto no se repita. Mi amor, es una frontera peligrosa la que acabas de pasar, la que acabo de pasar yo.

No iré más al supermercado, encargaré la compra por teléfono, para que no tengas sospechas absurdas, espero que me creas cuando te digo que el dueño piropea a todas las señoras, no sólo a mí.

Sólo tuya.

Fue mi prima la que consiguió el número de teléfono de *la tipa,* así llamaban a la amante del marido de Prudencia.

Entre las dos calcularon la estrategia. Es una golfa, decía mi prima, una descarada que se merece un escarmiento, anda que sí con la mosquita muerta, que yo la conozco y va de santa. Dudaron mucho, primero creyeron que lo mejor era llamarla, colgar sin darle tiempo a contestar y repetir la llamada cada hora. O quizá era preferible que Prudencia fuera a verla a su casa, ese hombre es mío, déjalo en paz, le diría. Pero Prudencia pensaba que eso era rebajarse, que así le daban a ella una satisfacción. Así es que después de mucho cavilar decidieron que lo mejor era escribir su número en un papel muy grande y dejarlo en la mesita del teléfono para que lo viera el marido y supiera que Prudencia estaba dispuesta a montar un espectáculo. Él se asustaría y dejaría a la tipa para evitarse un disgusto. Así lo hizo Prudencia.

Cuando el marido iba a llamar a su madre como todos los días encontró el papel. Prudencia estaba que le temblaban las piernas. En ese mismo momento supo que no había sido una buena idea. Su marido se dirigió hacia ella con la cara desencajada y el papel en la mano, a grandes pasos. ¿La vas a llamar?, le dijo mientras le ponía el papel delante de los ojos, ella también tiene tu número, lo sabe de memoria, no le hace falta ir dejando papelitos porque se lo he dado yo, si te da vergüenza le digo que te llame a ti. Arrugó el papel delante de sus narices, lo tiró con rabia hacia atrás y cogió a Prudencia por un brazo apretando con fuerza. No me hagas daño, gemía la pobre, no la voy a llamar, de verdad, no la voy a llamar. Y él seguía apretando cada vez más mientras la amenazaba con la otra mano. Atrévete, decía, atrévete.

Querido:

Esta mañana he recibido una visita de lo más extraña. Una señora llamó a mi puerta y se coló en mi casa sin que yo la invitara a pasar. Dijo que las damas de la catequesis están haciendo una colecta para los niños pobres. Me pedía colaborar, sabe que yo no voy nunca a esas reuniones, esas damas me ponen verde a la menor ocasión, me lo ha dicho tu madre, pedían un pequeño donativo.

Qué niño más mono, me dijo, a quién se parece, desde luego se me parece mucho a alguien pero no sé a quién. Le di un poco de dinero para que se marchara. Miró al niño, y me miró a los ojos, con una mirada que me heló por dentro.

No he dejado de pensar en esto durante todo el día.

Creo que es algo parecida a tu mujer, menos mal que la conozco, si no habría creído que era ella porque un poco sí se le parece.

Tuya.

Prudencia no sabía muchas veces que yo la estaba mirando. Cuando se quedaba parada delante de la ventana durante todo el día, con una copita de anís. Me daba mucha lástima verla así. Y es que hay personas que no saben vivir lo que les ha tocado y quisieran vivir la vida de otro. Siempre la sorprendía observando a la gente que pasaba como si tuviera que escoger entre ellos por quién cambiarse.

Suspiraba profundamente y se alejaba de la ventana cojeando mientras decía, ay Dios mío, ay Dios mío.

Dicen que el chocolate crea adicción, como el tabaco o el alcohol. Y no me extrañaría nada. Todas mis amigas comen chocolate por la noche antes de irse a la cama. También Prudencia. Y yo. En una ocasión me comí una tableta entera. Era la primera vez que me apetecía hacer el amor por la noche, poco tiempo después de la muerte de mi suegro, cuando ya no dormíamos la siesta. Me insinué, pero él tenía mucho sueño y se quedó dormido el pobre. Yo intenté dormirme también, pero tenía un hambre espantosa, así que me levanté, me fui a la cocina y me comí lo primero que pillé, una tableta de chocolate que me supo a gloria.

Desde entonces me tomo un poco antes de irme a dormir, porque no puedo conciliar el sueño. Le pregunto a mi marido si quiere un poquito, pero siempre me dice que no. Debe de ser cosa de mujeres lo del chocolate.

Cuando Prudencia se enteró de que su marido tenía un hijo se le escapó el mundo. La pobre lo supo por casualidad, porque llamó al supermercado para hacer el pedido y el chico, que era nuevo, la confundió con la otra, le preguntó por su hijo y hasta el nombre le dio. Entonces llamó a mi prima, que le gusta saberlo todo y mucho más le gusta contarlo, y se lo contó todo con pelos y señales. Prudencia se quedó sin habla. Se había acostumbrado a la amante. Pero un hijo. Colgó el teléfono, se sentía aturdida, mareada, se fue hacia el cuarto de baño, tenía ganas de vomitar, y tropezó con la caja de herramientas que su marido olvidó guardar después de arreglar el grifo del lavabo.

Qué hacer cuando sólo se desea morir. Prudencia deseaba morir. La vida era para ella una sucesión de días idénticos. Los consumía como si fueran pequeñas dosis de una muerta pequeña. Ella sólo quería morir. Morir de una sola vez. Desde que sabía que su marido tenía una amante y, sobre todo, desde que supo que tenía el hijo que ella no le pudo dar. Y por eso estamos aquí.

Prudencia, estamos aquí por eso y por tu mala cabeza. Mira que te dije que a los hombres hay que tenerlos contentos. Si la primera vez que fingiste un dolor de cabeza te hubieras dado cuenta de lo que se nos venía encima, habrías hecho un esfuerzo por conservar lo tuyo.

Ahora ya nada tiene remedio.

Y si hubieras escuchado a tu suegro. Cuando te preguntó si alguna vez su hijo te había llamado mamá. Y tú te ofendiste tanto como si te arrancaran un secreto. Debías haberle aclarado que tu marido te dijo que en algunos países los hombres llaman mamita a sus mujeres cuando hacen el amor. Que eso fue lo que te contestó tu marido la primera vez, cuando le preguntaste por qué te llamaba de esa forma.

Pero te entró tanto susto que lo asustaste más aún, a tu suegro, que ya venía con la neura de unos celos terribles.

No debías haberlo echado de tu casa. Se acercó a ti porque se sentía muy solo, más que tú. Sí, aún más que tú. Él quería compartir contigo su dolor. Pensó que eras la única persona en el mundo capaz de comprenderle. Para ti, escucharle, responderle, era como admitir tus propias dudas y no estabas dispuesta a semejante escarnio. Sí, ya sé, fue duro también cuando te preguntó si tu marido te besaba en la boca, fue duro, y se te escapó una lágrima cuando le mirabas con los ojos fruncidos de rabia. Tú sufrías también, sufrías de furia y de vergüenza y le pediste que se fuera. Váyase, por Dios, váyase, ¿cómo se atreve?, ¿qué derecho tiene usted? La desesperación, Prudencia, ése era su derecho y su atrevimiento. Y se marchó. Llorando mientras te pedía perdón.

Se fue de tu casa peor que había llegado y te remuerde la conciencia desde entonces. No has de creer que fue por eso que tu suegro se quitó la vida.

Era tarde cuando le contestaste a sus preguntas. Te quedaste parada frente al féretro esperando una señal, porque le estabas contestando y necesitabas saber si él te escuchaba, si le servía de algo tu respuesta: No, no me daba besos en la boca. Desde hacía años, muchos años.

A los hombres hay que decirles que lo hacen todo muy bien. Y reírles las gracias. A Prudencia no le gustaba eso. Ella siempre creyó que la verdad tiene que ir por delante. A veces la verdad es demasiado mentira, o demasiado verdad. ¿Quién soporta ese peso sin enloquecer?

Se necesita mucha mano izquierda para llevar bien al marido y Prudencia andaba coja, no sólo de la pierna sino también de la mano. Digo yo que por eso entristeció. Empezó a languidecer cuando sospechó que su marido andaba con otra. Le entraron unos celos que se la comían por dentro. Los celos son muy dañinos. Al principio tienen hasta su gracia, después te van haciendo pequeña, pequeña, diminuta, hasta que desapareces y sólo queda de ti la obsesión. Te pasas el día buscando pelos, registrando bolsillos, oliendo la ropa y preguntando que si dónde has estado, que si con quién. Hasta que el otro se cansa y te manda a meterte en tus cosas. Natural.

Y es que una tiene que acostumbrarse a que los hombres son distintos a nosotras, y lo que no encuentran en casa lo buscan fuera.

A mí me gustan los hombres que se dan importancia, y mi marido se da mucha importancia. Como los actores de cine, así va él, y yo orgullosa a su lado, porque si se da importancia será porque la tiene. No me cuesta admirarle.

A Prudencia sin embargo incluso le molesta, a ella le gustaría que su marido la admirara por algo. Y digo yo, es la mujer la que debe admirar al marido, y hacerle ver que le admira, para que pueda sentirse importante, superior. Prudencia no se da cuenta de que si el hombre admira a la mujer es mala cosa, porque entonces se compara con ella y hasta puede llegar a envidiarla. Se les baja la moral.

Es imposible subirle a un hombre la moral cuando se le ha bajado.

Todo el mundo se ha cansado de ti, de tus lamentos. Hasta tu prima se ha cansado de compararse contigo para ser feliz y ya le pesan tus tristezas. La gente huye de los tristes por miedo al contagio, es contagiosa la tristeza, Prudencia. Las penas son de uno y no se van porque las cuentes. Si te hubieras puesto tu mejor sonrisa, no te habría pasado lo que te pasó la última vez que saliste a la calle, que tus amigas cruzaron de acera; a ti te dolió, te diste cuenta de que no fue casual, que te vieron perfectamente, que cuando te vieron cruzaron de acera. Tú no aceptaste el desprecio y cruzaste también, se pusieron rojas de vergüenza, pero más roja te pusiste tú, cuando se excusaron porque no te habían visto, te preguntaron qué tal te iba y, antes de que pudieras contestar, dijeron que tenían mucha prisa y que ya les había contado tu prima. Adiós, Prudencia, te dieron dos besos cada una y se alejaron hablando en voz baja. Te quedaste parada, dudando, no sabías si volver a cruzar de acera.

Perdonarte más:

Te dije que atravesábamos una frontera peligrosa. Ya lo has visto, la segunda vez es más fácil: ya sabes que puedes hacerlo, y que yo consiento que lo hagas. Sé que pierdes el control, y que sabes que te quiero, que vas a pedirme perdón y yo te voy a perdonar. Quizá por eso te atreves a maltratarme así. Volví a perdonarte la segunda vez, y la tercera, y la cuarta. Pero la herida es profunda, y queda.

No es bueno que te tenga miedo. Ni es bueno que sienta vergüenza delante de tu madre, estoy segura de que lo oye todo, ser vecinas tiene muchas desventajas.

Ayer sentí terror cuando me escondí debajo de la mesa de la cocina. Estaba temblando, recordaba la última vez que me pegaste con el cinturón. Debajo de la mesa me tapé la cabeza como entonces, agachada me protegía con las rodillas y los brazos, y era incapaz de gritar. Ayer no quería salir de mi escondite, aunque hubieras soltado el cinturón después de azotar la mesa con furia. No quería salir, porque los golpes retumbaban y me dolían como si me los dieras a mí, aunque te oyera llorar y pedirme perdón jurando que me amabas. Me seguía sintiendo acorralada por la violencia con que me gritabas tu amor, la misma violencia con la que me amenazabas. Te dije que te fueras, sin abrazarte, sin decirte que te perdono porque sé que ése no eres tú, que cuando te pones así es como si fueras otra persona. Te pedí que te marcharas porque no podía salir, me quedé paralizada y estuve en la misma postura llorando hasta que llegó el niño del colegio.

No puedo explicarte lo que siento porque ni yo misma lo sé. Sólo decirte que no me gusta tenerte miedo. Te quiero demasiado para tenerte miedo. Ahora sé que me atrevo a escribirte lo que pienso pero no a decírtelo, por si te enfadas, y esto no puede ser.

Me has prometido que no volverá a pasar, ayer cuando te ibas lo juraste. Espero que sea cierto, por nosotros, lo espero.

Amor, te perdono.

La primera vez que Prudencia sintió miedo era muy pequeña. Jugaba al escondite con su prima y se metió en la caseta del perro. Sin que se dieran cuenta se les vino encima una tormenta eléctrica. El perro se asustó, y ladraba a la niña desde la puerta de la caseta para recuperar su sitio. Prudencia lloraba, quería huir pero el animal tapaba con su cuerpo la salida y le enseñaba los colmillos. En cuclillas, la niña se protegía la cabeza con las piernas, intentaba taparse los oídos para no oír los truenos que retumbaban en la madera como grandes golpes, ni los ladridos del perro que la amenazaba. Prudencia no quería mirar; sin levantar la cabeza alargó la mano para decirle al perro: ¡Vete, vete! Entonces el perro la mordió en los dedos. Ella sintió la dentellada y gritó, pero no levantó la cabeza, apretó la espalda contra la pared y levantó aún más las rodillas. Así se quedó hasta que su prima la oyó llorar y avisó a su padre. Él la sacó de allí, porque Prudencia no podía moverse.

El representante fue un día a ver a Prudencia a su casa. A ella le extrañó mucho porque ni siquiera fue a verla cuando la caída en la bañera y más le extrañó cuando le preguntó así, a bocajarro, cómo podía ella aguantar la situación que estaban viviendo. Prudencia no entendía nada.

El marido de su suegra siempre evitaba mirarla a los ojos y aquella vez se le encaró de tal manera que fue Prudencia la que apartó la vista.

Él le decía que estaba dispuesto a separarse si continuaban así y que no le extrañaba nada que el primer marido de su mujer hubiera salido corriendo a pesar de ser el padre de su hijo, o precisamente por eso. Prudencia estaba cada vez más intrigada de adónde iba a llegar y le escuchaba la pobre sin decir nada. El representante se puso a llorar y Prudencia no sabía qué hacer. Le enterneció esa muestra de debilidad en un hombre. Intentaba consolarle mientras él gemía y se lamentaba por no tener valor. Tu suegro sí, el otro. Si yo tuviera valor. ¿Cómo puedo aguantarlo, Prudencia? Y Prudencia se preguntó cómo podía aguantarlo ella y sintió lástima de sí misma y rabia de él, porque no hay nada peor que ver en los demás los defectos propios. El representante seguía llorando como un niño. Ya sé que tú lo sabes y te haces la sueca. Ahí se sintió Prudencia muy ofendida y muy humillada y echó de casa al marido de su suegra y le gritó que no se metiera más en su vida.

Pero cuando él se marchó, ella se quedó más sola que nunca.

Prudencia, hija, deberías haber aprovechado y hablar con el representante, ya ves cómo los hombres no son todos iguales, como dices tú. Contarle tus penas. Porque de mí estás ya un poco cansada y yo de ti, Prudencia. Por eso esta mañana, cuando me dijiste que tú también ibas a morirte, me entró alivio por dentro y no te pregunté de qué.

Todo el día mirándome sin decir nada. Y yo mirándote todo el día. ¿Es tu forma de despedirte? No sé si esperas que te pida que te quedes, para no morir. Yo no sé si quiero que te quedes.

Sólo quiero dormir, Prudencia, dormir.

No te guardo rencor:

No es que no quiera hablarte. Es que cuando te enfadas no sé qué decir. He estado callada toda la semana porque el lunes me diste muy fuerte. Y porque mandaste callar al niño cuando se puso a llorar, le levantaste la mano y casi le pegas también a él, y eso sí que no te lo puedo consentir.

Yo te dije que quería verte algunos domingos, por el chaval, pero que no nos obligaras a estar en la puerta, que no es así como quiero verte. Te supliqué que no me obligaras. Me quedé muda cuando me dijiste de aquella manera: ¿No querías verme los domingos? ¡Pues me vas a ver, pues me vas a ver!, y me llevaste a rastras a la puerta, ¡aquí me vais a ver, aquí, ¿te enteras?!; yo me quedé muda. Sé muy bien que no se te debe hablar si te pones así, porque tienes un pronto muy violento, por eso no te he hablado en toda la semana. Pero ya ves cómo hemos estado en la puerta, no te enfades más, te esperaremos todos los domingos si es lo que tú quieres.

No te enfades.

Fue mi prima la primera que llegó a socorrer a Prudencia. Se quedó muy preocupada después de contarle todo lo que le contó, porque sabía que hay cosas que, aunque se pregunten, no se deben decir. Ella sólo quería ayudar. Nunca hasta ahora le había contado que conocía al niño, porque se arrepintió de haber ido a ver a la tipa nada más salir de su casa. Nunca le contó lo que se decía por ahí, al fin y al cabo ella sólo oyó en la peluquería que se rumoreaba que el suegro de Prudencia se había ido de casa porque no soportaba la forma que tenía su mujer de tratar a su hijo, pero podían ser habladurías. Como también podían serlo los rumores que corrían de que el suegro de Prudencia un día salió corriendo al bar muerto de celos y allí mismo se puso a llorar.

Mi prima se lo contó todo por teléfono a Prudencia para ayudarla. Para hacerle ver que si perdía a su marido no perdía gran cosa y que lo del hijo con otra era lo de menos, por quitarle importancia. Que su marido había provocado los celos hasta de su propio padre. Y que para vivir así lo mejor que podía hacer era separarse. Pero a mi prima no le había contado Prudencia que ya lo había intentado, que su marido no consentía en divorciarse. Ni tampoco entonces se lo contó. Sólo a mí me cuenta sus desgracias. Se quedó muda y colgó el teléfono sin despedirse. Por eso mi prima se quedó preocupada y fue a verla a su casa.

También el marido de Prudencia aceptó su destino. Dice el marido de mi prima que el suegro de Prudencia le contó, pocos días antes de morir, que le había exigido a su hijo prometerle que jamás se divorciaría, se lo hizo jurar por Dios.

El hijo había ido a la pensión a decirle que pensaba separarse y el padre le contestó que si lo hacía daría mucho que hablar, que ya la gente estaba hablando demasiado. Acabó gritándole. Y le hizo jurar que no se divorciaría nunca.

Digo yo que ese juramento es una condena, no sólo para el marido de Prudencia, aún más para ella, la convirtió a la vez en presa y en prisión.

No es tan grave que te obliguen a lavar y planchar una camisa, Prudencia, no hubieras debido ponerte así. Tu marido estaba nervioso y por eso te pegó cuando le dijiste que la camisa estaba sucia. Que tú no eras la criada de nadie. Y te pegó más, mientras le gritabas que te ibas a separar de una vez, porque a él le dio mucha vergüenza cuando su padre se fue de casa y le horroriza pensar que la vergüenza sería aún mayor si te fueras tú. No lo pienses más. Se puso de muy mal humor con la carta, no debiste preguntar de quién era, ya sabes que le molesta que te metas en sus cosas. Debía de ser grave porque no durmió nada en toda la noche.

Debiste hacer todo lo que él te dijera, que para eso te casaste, para ser una esposa sumisa. Cuando lloras de esa manera deberías acordarte de la gente que es más desgraciada que tú, de la gente que pasa hambre, o padece enfermedad, o de quien se le muere un hijo de los de verdad.

Adiós, mi amor:

Principio y fin. Tú y yo tuvimos un principio. He encontrado un trabajo lejos de aquí. Todo tiene un final. No te reprocho nada. Sé que la culpa, si es que hay culpables, es toda mía. Nunca debí consentir que me anularas así, me negué a mí misma, me he perdido de vista. Me pediste tiempo y yo te di toda la vida. Todo lo hice por amor, te quise hasta ese punto, hasta éste. Ahora ya no. Voy a aprender a quererme de nuevo, lejos de ti, lejos.

Cuando pase el tiempo suficiente, cuando te pierda el miedo, te mandaré nuestra dirección para que puedas visitar a tu hijo.

Te quise hasta la locura. Ni un paso más.

Mi prima llegó corriendo a la casa de Prudencia. Estaba muy nerviosa, cosa que no es frecuente en mi prima. Tocó al timbre varias veces y nadie le abrió. Nadie. Insistió dando golpes en la puerta y gritando: ¡Ábreme, Prudencia, por el amor de Dios, abre! Entonces pensó que quizá había ido a buscar a su marido. Temió que le dijera que fue ella quien le contó todo lo que le había contado. Mientras golpeaba la puerta el miedo se convirtió en pánico. Se olvidó de Prudencia y empezó a preocuparse por ella misma. La gente que habla demasiado lamenta luego la oportunidad de haber callado, y en esta ocasión la gente era mi prima. Se fue al bar donde el marido jugaba al mus, corriendo para estar presente en caso de que a Prudencia se le ocurriera nombrarla, para poder defenderse y que no la pusiera en evidencia, pero al ver que Prudencia no estaba volvió a preocuparse por ella.

Se precipitó al pensar que Prudencia saldría sola a la calle, hacía años que no lo hacía. No. Prudencia estaba en casa y no había abierto la puerta. Algo pasaba. Se acercó al marido y le dijo que estaba muy preocupada, que había llamado por teléfono a Prudencia para interesarse por su salud y que decidió ir a verla porque la había notado muy rara, pero que no abría la puerta, que si sabía él dónde podría estar.

La encontraron tirada en el suelo del cuarto de baño, al lado de la caja de herramientas, con un tubo de pastillas vacío en la mano y en medio de un montón de papeles rotos.

Todo esto me lo contó mi prima esta tarde, que vino a verme al hospital. A pedirme perdón, me dijo que venía. Como si yo fuera su confesor. Yo le dije que, en todo caso, le pidiera perdón a Prudencia y ella me miró con cara de lástima.

Anda que sí, mira que es listo, en la caja de herramientas no se nos ocurrió buscar. La oí murmurar cuando se marchaba.

Tus amigas. No podían faltar. Ahí las tienes, cuchicheando en la puerta. Dicen que no se atreven a entrar, por no cansarte, y le han pedido a tu prima que te diga que han venido por si necesitas algo, lo que sea, se lo han dicho con cara de circunstancias. Pero tu prima dice que la enfermera no les ha dejado entrar en la habitación, a ella eso le hace sentirse más importante, porque pasa cuando quiere. Es muy protagonista tu prima. Le encanta ser un familiar, que son los únicos que pueden visitar al enfermo cuando está puesto el cartel de PROHIBIDO LAS VISITAS. Dice que tus amigas han venido a verte para que las vean a ellas, por quedar bien ante la gente, que si tanto cariño te tienen se podían haber guardado sus lenguas de víbora el día que las viste en la calle.

No deberías haberle dicho nada a tu prima, Prudencia. Qué manía, aunque te moleste que vaya contando tus cosas, le digas lo que le digas, las va a seguir contando igual.

Hay que ver la gente qué necesidad tiene de que yo la perdone, Prudencia. Y yo, la verdad, no lo entiendo. ¿Lo entiendes tú? Lo de mi prima todavía, porque la pobre no está muy bien de la cabeza, pero al representante lo tenía yo como hombre sensato. Ya me extrañó que viniera solo, sin mi suegra. Digo yo que cómo le gustan los claveles a este hombre, pero aléjalos un poco, Prudencia, tantos me marean. Me dio pena cuando se arrodilló y se puso a llorar. Casi no se le veía la carita entre las flores. ¿Es ésta la única solución, es éste el valor?, tendría que haber sido yo, me dijo. Y yo no tenía fuerzas ni para mirarle. Me dio pena cuando me abrazó pidiéndome perdón, y me daba palmaditas en la cara para que yo abriera los ojos. Y también me dio pena cuando sentí que se alejaba llorando. Yo no le pude decir nada. ¿Sabes, Prudencia?: este sueño que tengo se parece mucho al abandono. Me gusta dejarme llevar. Ya nada tiene importancia, ni el llanto del representante ni los lamentos de mi suegra cuando entró detrás de él con mi marido y mi prima. ¿Qué te he hecho? ¿Qué te hemos hecho? Lo mismo le preguntaba a su marido en el entierro, ¿te acuerdas?, ni entonces entendí las preguntas ni las entiendo ahora. Nadie me ha hecho nada. Has sido tú, Prudencia, que no querías irte sola. Siempre he estado contigo, ahora también.

Mi suegra quiere que le cuentes qué te dijeron sus maridos. Tu prima le ha contado que fueron a verte. Tu suegra se desconcierta siempre que algo escapa a su control. Cuéntamelo todo, Prudencia, te hará sentirte mejor, te dice. Yo creo que es ella la que quiere sentirse mejor. Y espera con los ojos muy abiertos inclinada sobre ti, como se acerca el sediento al caño de una fuente casi seca, con la boca muy abierta. Se inclina sobre ti, te acaricia el pelo, te pone el dorso de la mano en la frente, te la besa, como si te tuviera cariño. Mira a los demás para saber si han visto el gesto, sus ademanes amorosamente estudiados. Les pide que se vayan a descansar, que os dejen solas, ella cuidará de ti. Su hijo se resiste. Le convence, ella siempre convence a su hijo. Prudencia, hija mía. Y es la primera vez que te llama hija.

Ella también quería pedirme perdón, se inclinó sobre mí, la oí un momento, empezó a hablarme de su niño, me llamaba Prudencia, pero después dejé de escuchar, cuando me preguntó qué querían de mí sus dos maridos. Los celos, me preguntaba, qué fue lo que provocó vuestros celos. Y vuelve a pedirme perdón, por haberme llevado a vivir entre sombras, entre las dudas. Me angustia tener que dar tanto perdón, demasiado me piden. ¿De dónde voy a sacarlo? ¿Y para qué?

Parece que todos quisieran arrancarse un animal de dentro para dármelo a mí. Yo no quiero, es un animal negro y feo, como la culpa. Que cada uno domestique su fiera.

Han venido tus padres a verte. Prudencia, qué alegría después de tanto tiempo. No iban a tu casa por no darte trabajo. Mamá, papá. Y abres los ojos. Mamá. Y se te llenan de ternura al verla. Has podido hablar sin hacer ningún esfuerzo. Mamá, papá. Tu padre se acerca y te da un beso en la frente. Tenía que haberte arrancado de allí, dijeras lo que dijeras, tenía que haberte llevado con nosotros. Papá. Y quisieras pedirle que no llore. Pero sólo puedes decirle papá.

Y ahora soy yo quien pide perdón, por haberte dejado entrar en mi vida. Les pido perdón. Y reniego de ti, Prudencia. Mamá, mamá. Ya sé que no iban a mi casa por no molestar y que ellos saben que yo no podía salir sola a la calle. Reniego de ti, Prudencia. Mamá, papá, no he sido yo, ha sido ella, que no quería irse sola. Pero no me oyen, no dejan de llorar y también me piden perdón.

Prudencia, dile a la enfermera que no quiero que se vayan, que no es verdad que me haya puesto nerviosa, que el suero se ha caído solo, que los labios me tiemblan de frío y que no estoy llorando, que no les diga que vuelvan cuando esté más tranquila. Mamá, papá, no me soltéis las manos. Mamá. Mamá. Mamá.

No te oyen, Prudencia. Se alejan los dos abrazados mirando hacia atrás, hacia ti, mientras la enfermera los conduce con suavidad rodeando a tu madre por los hombros.

Descansa en paz, Prudencia.

Sé que vas a morir. Pero ahora ya no me das pena. Me has dado pena durante toda tu vida. He tenido que vivir con la compasión, como si fuera un vestido que llevara puesto por dentro y no me lo pudiera quitar. Ahora sé que vas a morir. Y tú lo sabes también. Por eso me diste las pastillas, para que muriera contigo. A mí no me importa. Si con eso logro no verte más. No ver nunca la amargura de tus ojos, siempre tristes, siempre. Estoy cansada. Deja que me desnude de ti. Déjame descansar. No quiero que me confundan contigo nunca más. ¿No te das cuenta de que les estás trastornando a todos? Incluso mi marido me llama Prudencia. ¿Le oyes? Me está llamando Prudencia. Quiere despertarme. También me pide perdón. Te pide perdón, Prudencia. Tengo sueño, duerme. Tú también tienes sueño. Descansa. Ya duermes. Siento cómo me abandonas y tengo frío. Tantos años juntas y te vas sin decirme una sola palabra. Has sido la única que no me ha pedido perdón, te lo agradezco. Sí, ya duermes. Ahora que te has ido me encuentro muy sola. Dormir. Yo también me abandono. Me dejo ir, en silencio, como tú. Ya duermes. Mi marido no se ha dado cuenta de que acabas de morir. Ya duermo. Sigue gritándome: ¡Despierta, Prudencia, despierta!

BLANCA VUELA MAÑANA

Abre tus ojos verdes, Marta,
que quiero oír el mar.

JOSÉ HIERRO

A Blanca

Náufrago fui, antes que navegante.

SÉNECA

A Inma

A Lola, María y Eduardo.
Y a...

A Felipe Ferrer, que me contó.

Y a Ana María, que le acompaña.

No es fácil habitar el silencio, esa obstinación torpe y muda que no devuelve el eco de su risa. Ulrike no está. No es tristeza lo que siente Heiner. Es ausencia. Es la descarnada necesidad de estar en otro, y no encontrarlo. Es tiempo para el recuerdo. Para Heiner. Rescatar lo que queda de ella, en él. Y Heiner se mira hacia dentro, se abre la herida que no sangra, buscando a Ulrike, para que siga viviendo. Por eso, a menudo Heiner se sienta en el jardín con la mirada prendida en una rama, o los ojos fijos en sus zapatos, parece que mira, pero no. Atento a su memoria para que Ulrike habite el jardín, para verla caminar, verla reírse. Y la memoria le devuelve su imagen; su mirada lenta y cómplice, sus labios, y las palabras moviéndose en su boca, pero le niega su voz. Inmóvil, se revuelve en su búsqueda. Recuperar su voz. Su risa rota, o su lamento. No me dejes sola frente a la muerte. Palabras, no son voz sin su garganta.

No tuvo ocasión de despedirse, pero Heiner sabe ahora, al rememorar su vida con Ulrike, que ella se había despedido de él durante todo el proceso de su enfermedad. La despedida había sido larga, intensa, demorada, tierna. Heiner junto a ella acumulaba los recuerdos sin saberlo.

No quiero morir. No vas a morir, mi amor. Debía haber estado con ella en el instante mismo de su muerte, apretarle la mano para que no sintiera la soledad. Pero esa ocasión les fue arrebatada, a los dos. Ulrike estaba sola. Cuando Heiner llegó al hospital, a su lado, ya no quedaba nada de ella, sólo su cuerpo tendido, inconsciente, ajeno a él, indiferente a todo. Nada quedaba de ella para morir. En realidad, Heiner no sabe cuál fue el último momento de la vida de Ulrike, piensa que fue al caer, mientras caía, ahí es cuando hubiese deseado estar con ella, darle la mano. Pero Ulrike estaba sola. Los que la vieron en el suelo dicen que abrió los ojos un segundo y que miró a su alrededor. A Heiner le duele esa mirada, los ojos que no pudieron verle, los ojos que él no pudo ver.

Y ahora, en el jardín, en el porche de la casita de madera, donde vio a Ulrike en vida por última vez, le llega el turno a otra despedida. Blanca. Intuye que no volverá a verla. *«Du wirst mich niemals verlassen, selbst wenn Du gehst»*, le dijo mirándola a los ojos, mientras le tendía los brazos. Era el fin del primer viaje de Peter y Blanca a Alemania tras la muerte de Ulrike. Regresaban a Madrid. Heiner sabe. Cuando Peter vuelva a Hamburgo, vendrá sin ella. *«Du wirst mich niemals verlassen, selbst wenn Du gehst»*, repitió, y la abrazó.

Blanca pidió a Peter que le tradujera. Hacía calor, el verano acababa de comenzar, y los tres sintieron frío. Nunca te irás de mí, aunque te vayas. Blanca escuchó las palabras de Heiner de los labios de Peter, Nunca te irás de mí. Y temió que fuera cierto.

Es tiempo para el recuerdo.

También Blanca supo que no volvería a ver a Heiner. Se despidió de él llenándose de su abrazo. Nunca te irás de mí. Ella, como Heiner, no sabe desprenderse de los afectos. Blanca recuerda, recuerda ahora.

Aquel mes de enero, aquella mañana en que Peter recibió la llamada de Maren. Un accidente, dijo, mi madre ha tenido un accidente. El dolor. Peter colgó el teléfono. A Blanca le asustó su voz.

—Un coche se saltó el semáforo. Ulrike estaba empezando a cruzar la calle. Fue un golpe suave, el coche iba despacio, sólo la tocó con el espejo retrovisor, pero el pavimento estaba helado y resbaló. Se ha destrozado la cabeza contra el bordillo de una acera.

—¿Ha muerto?

—No. Está en coma. Me voy al aeropuerto, cogeré el primer avión que salga.

—Me voy contigo.

—No nos da tiempo de pasar por tu casa.

—No importa.

A Blanca no le sorprendió la reacción inmediata de Peter, adoraba a su prima Ulrike, y a Peter tampoco la de Blanca, que le adoraba a él.

—Si al menos llegáramos a tiempo de que abriera los ojos y me viera —repetía Peter en el avión.

Y Blanca pensaba: ¡Aguanta, Ulrike, aguanta!

La angustia por verla con vida hizo del viaje una sucesión de segundos, de minutos, de horas, sin término. ¡Aguanta, Ulrike, aguanta! No era la distancia lo que les separaba de Ulrike, era el tiempo que tardaran en llegar. El avión era una caja cerrada clavada en el aire, inmóvil. Blanca miraba por la ventanilla. Siempre las mismas nubes, siempre las mismas, una vez y otra y otra. Apretaba la mano de Peter, en silencio. ¡Aguanta, Ulrike, por Peter, aguanta!

Respiraba cuando llegaron.

Heiner se dirigía a casa de Ulrike. Habían acordado que la acompañaría a la quimioterapia. Ulrike nunca iba sola, Maren o Curt se turnaban para ir con ella, sobre todo para volver. Después de la quimioterapia se sentía más inválida, era cuando más necesitaba el apoyo de una mano apretando la suya mientras se recuperaba dolorosamente de la sesión. Sus hijos iban con ella y la llevaban a casa, sufrían al verla sufrir sin quejarse nunca.

Heiner se sentía optimista esa mañana. Había estado haciendo cuentas y pronto tendría dinero suficiente para llevar a Ulrike a Madrid. Cuando el médico autorizara el viaje. Se lo diría al regresar del hospital para que soportara los vómitos con ánimo.

Se dirigía a casa de Ulrike con su libreta de ahorro en el bolsillo posterior del pantalón. Tendrían tiempo de dar un paseo sobre el Alster helado. Le advertiría que extendiera en cruz los brazos si un agujero abría la boca bajo sus pies. Así se han salvado algunos de ser arrastrados bajo el hielo, le diría en medio del lago, para verla asustada y niña, para verla reírse de su propio miedo, y correr.

Llamó al timbre y nadie contestó. Los chicos estaban en clase. Quizá Ulrike se demoró en el mercado. O quizá le esperaba en la casita del jardín. Se había confundido de lugar, tal vez. Cinco minutos de espera pondrían de mal humor a Ulrike. Bajó los peldaños de dos en dos. Los días de sesión de quimioterapia se ponía excitada, irritable. Heiner corría por la calle cuando le llamó la vecina desde la ventana.

—No puedo entretenerme ahora, enseguida vuelvo —le gritó, y siguió corriendo hacia el jardín.

La verja cerrada. Ulrike no estaba allí. Heiner quedó desconcertado. Parado ante la puerta metálica reflexionó un instante. Se habían citado en la casa. Ahora estaba seguro. Sí. Seguro. Regresaría. Le extrañaba la impuntualidad de Ulrike. Cabía la posibilidad de que le hubiera dejado una nota en la puerta y el aire se la hubiese llevado, como aquella vez que ella se enfadó tanto: él la esperó una hora sentado en la escalera, con la nota pegada a la suela de su zapato, mientras Ulrike le aguardaba furiosa en el Salón de Té, en el centro de la ciudad. Regresaría a buscar la nota. Se dio la vuelta. Vio a la vecina correr hacia él, sofocada, sujetándose un abrigo sobre los hombros, sin paraguas. Nevaba. En zapatillas, la nieve caía sobre su figura precipitada, jadeante.

—Heiner, Heiner...

—Pero cómo se le ocurre bajar así. Va a enfermar. Póngase bien el abrigo ahora mismo.

—Heiner, Heiner, tengo que hablar con usted. Creí que se marchaba. Ulrike. Se ha caído. Hay que avisar a sus hijos —la respiración entrecortada no le impedía hablar deprisa—. Se ha caído. Ha venido la policía. No había nadie en casa. Por la mañana. Un automóvil. El espejo retrovisor. Se resbaló. Maren y Curt no lo saben.

—Pero ¿cómo está? ¿Dónde está?

—Yo estaba muy nerviosa. La policía me preguntó por la familia. Yo no sé dónde están los chicos. No sé a qué hora vuelven.

—Señora, ¿dónde está? —Heiner comprendió la gravedad de la caída por la excitación de la vecina.

—La policía me ha dejado esta nota. Por mi memoria tan mala, para que no me olvidara de lo que tenía que decir.

HOSPITAL GENERAL
URGENCIAS
TRAUMATOLOGÍA
PERSONARSE ALLÍ LO ANTES POSIBLE
INGRESO: 8.15 HORAS

Eran las dos de la tarde. Habían pasado seis horas. Mientras descargaba camiones en el mercado. Mientras cobraba su trabajo. Mientras pagaba a su patrona. Mientras contaba el resto del dinero y lo ingresaba en su libreta de ahorros. Mientras comprobaba que el lago estaba suficientemente helado. Mientras comía una salchicha y observaba la pericia de dos jóvenes patinadores. Seis horas. Mientras jugaba a resbalar sobre las suelas de los zapatos, recordando su niñez, abriendo un surco en la nieve, ensanchándolo con los pies, consiguiendo una pequeña pista de hielo negro en el Alster blanquísimo, disfrutando la velocidad que alcanzaba. Seis horas. Mientras él se ilusionaba con la posibilidad del viaje, con la sorpresa que le daría a Ulrike. Mientras caminaba con el frío golpeando en sus ojos, con la excitación de este enero blanco, con la ilusión de la primavera en Madrid. Quizá en primavera.

A Heiner le acompañan sus recuerdos en desorden.

Sintió que se desgarraba por dentro cuando vio a Ulrike y ella no le vio, en el hospital. Maren y Curt estaban con él, mirando a su madre atónitos, incrédulos, sin capacidad de reacción. Heiner había ido a recogerlos. No se extrañaron al verlo, pero era otra la noticia que esperaban: un nuevo ingreso, un empeoramiento. Ellos sintieron que el destino les había arrebatado el último tiempo de estar con Ulrike.

—Ayer me dijo que se sentía mejor —se lamentaba Maren—. Mañana pensábamos ir juntas al cine.

Estuvieron en el hospital toda la tarde. Tomando conciencia de que Ulrike se iba. Maren telefoneó a Peter. Han tardado mucho en localizarnos. No he podido llamarte antes. Ingresó hace seis horas, le dijo, seis horas.

Heiner suplicó a los médicos que desconectaran los artefactos que alentaban la posibilidad de vida, que prolongaban la incertidumbre de la muerte. Que la dejaran vivir, o morir. Maren les pidió que esperaran a Peter.

Aguanta, Ulrike, ya estamos aquí. Desde el aeropuerto acudieron directamente al hospital. Era de noche. Peter miraba la ciudad, en silencio. Blanca miraba a Peter. Nevaba.

La Unidad de Vigilancia Intensiva estaba en el sótano, al final de varios pasillos llenos de camillas vacías. A Blanca le pareció que llegaban a un garaje destartalado donde se guardaban los coches para el desguace. Al fondo, había una sala con varias camas ocupadas por enfermos terminales. No reconoció a Ulrike. Se encontró con un cuerpo atravesado por tubos y cables. La cabeza pelada. La boca abierta, penetrada por un respirador sujeto a la mejilla con esparadrapo. Los labios estrechos. Los ojos cerrados con ayuda de finísimos adhesivos. La nariz afilada. Las sienes ocupadas por electrodos.

Las orejas despejadas parecían esperar sus palabras. Blanca deseaba que aún pudiera oír. No le dijo nada, no dijo Estamos aquí. Hubiera querido hablarle, ¿en qué idioma? Sólo la tocó, tomó su mano y presionó con ternura, delicadamente, con cuidado, mirando la aguja clavada en el dorso, el suero pasándole la vida, el simulacro. Le acarició el antebrazo, el único lugar desocupado de artilugios, por si entendía. Estamos aquí. Despierta. Estamos aquí, no sólo para verte, también para que nos veas. Y tú estás dormida. Dormida. Tú estás dormida.

El médico describía a Peter las lesiones. El pronóstico era muy grave, el tratamiento muy limitado, le habían extraído un hematoma craneal, no podía hacerse nada más. Esperaban la revisión de un neurólogo para comprobar si aún vivía. Se partió el cráneo contra el bordillo de la acera, al caer.

Blanca contemplaba el cuerpo vulnerado. Imaginaba el coche avanzando hacia ella. Fue un golpe suave. Con el espejo retrovisor. No fue la caída, fue el encuentro entre la acera y su frente.

Peter le presentó al médico. *Meine Frau,* Blanca. Era la primera vez que la presentaba como su mujer. Y la última que estuvieron unidos en Hamburgo. Mi mujer, Blanca. Ella sentía que formaba parte de él.

Ulrike sabía que iba a morir. Todos lo sabían. Esperaba la muerte, aun así, la cogió por sorpresa, y ahora moría de una muerte que no era la suya. Se preparaba desde hacía tres años, con temor e incertidumbre, tenía miedo a sufrir, miedo al dolor, y pánico a que le alargaran la vida artificialmente. Le había hecho prometer a Heiner que si llegaba el caso desconectaría los aparatos, y Heiner se lo prometió.

Dos días antes del accidente, Ulrike había llamado a Peter por teléfono. Le dijo, como en tantas ocasiones, que le quería como a un hermano, más que a un hermano. Quería despedirse, y se sentía tan débil que sospechaba que no tendría tiempo. Te quiero, me hubiera gustado verte antes de irme. Añadió que en el armario de su dormitorio dejaba una carpeta con instrucciones.

Peter le pidió que no dramatizara y ella se echó a reír.

—¿Dramatizar?, voy a morirme, mi querido Peter.

—No te rías —replicó él—. ¿Has leído el libro que te envié, el de Susan Sontag?

—Sí, lo he leído.

—Pues léelo otra vez.

Dieciocho grados bajo cero. Hamburgo. Blanca recuerda. Después de haber visto a Ulrike enredada entre cables y tubos, llegaron sus hijos, Maren y Curt, dos adolescentes que no habían cumplido aún los veinte años. Curt se agarraba al brazo de su hermana, se aferraba a ella como si temiera perderla, como a su padre, que se fue antes de que él naciera, como a su madre, que se iba, se iba. Blanca se abrazó a él llorando. No hubo necesidad de palabras, el abrazo fue más intenso que todo lo que no hubieran podido decirse, otra vez el idioma; igual con Maren. Estuvieron mirando juntos a Ulrike, inerte, indiferente al dolor que la rodeaba. Heiner no acudió al hospital.

Una enfermera les indicó que tenían que marcharse. Blanca y Maren salieron a la calle cogidas de la mano, Peter y Curt las seguían en silencio. Caminaron por la noche helada buscando un taxi que los llevara a casa, allí esperaba Heiner. Dejaron a Ulrike sola. Blanca estaba angustiada. ¿Y si despertaba y no había nadie con ella? ¿Nadie que recogiera su mirada? Aceptar que es imposible que despierte es dejar que la esperanza muera en su misma cama. No hay esperanza, ha muerto antes que ella.

Cuando llegaron a casa, Peter se fue directo al dormitorio de Ulrike, miró en el armario. La carpeta estaba dispuesta para ser encontrada de inmediato. Varios sobres. Nombres escritos con la letra de Ulrike. Peter. Heiner. Maren. Curt.

Querido Peter:

¿Aprenderás a vivir sin mí? Quizá habría sido mejor no saber nada de mi enfermedad y que la muerte nos encontrara despistados. Así no sentiría esta pena de dejarte. A veces no soporto la espera, esta imprecisión que disfrazo de esperanza demasiado a menudo, y que siempre acaba en la misma pregunta: ¿Cuándo? ¿Cuándo?

Todos los días me despierto pensando que no es justo. Por qué me ha tocado a mí. Precisamente ahora. Debe quedarte este consuelo. He sido feliz, por fin.

Antes pensaba que la propia muerte no duele, que duele la muerte de los demás, de la gente que quieres. Sin embargo, ahora sé que no es cierto, mi muerte me duele por vosotros y también por mí, no veros nunca más, no abrazaros jamás. Me doy cuenta de que morir es lo que pierdes, perderlo todo, definitivamente. Perder incluso lo que nunca has tenido. Las cosas que se deberían haber hecho, y ya no habrá tiempo de hacer.

Estoy sola. Todos estamos solos. Frente a la muerte siento más la soledad, aunque Heiner esté conmigo. Es muy importante para mí contar con el apoyo de Heiner, siempre a mi lado, también me da pena dejarle. Necesitará tu ayuda cuando me marche, su fortaleza es sólo fachada.

Ayer lo encontré de madrugada en la cocina de la casita del jardín, se había escondido para que yo no le viera llorar, no supe qué decirle y volví a la cama. Hay momentos en que nos permitimos ser frágiles, nos dejamos conducir por el llanto hacia ninguna parte y las lágrimas se llevan algo de nosotros, pero nos dejan justamente lo que deberían llevarse: nos dejan la compasión. Yo le compadezco, y él me compadece a mí. Pero ¿por quién lloramos?, no sé si Heiner sabe por quién llora; yo no sé si lloro por él, o por mí.

La muerte, a todos nos espera la muerte, confío en que me encuentre de mejor ánimo que hoy. Es difícil de aceptar, no tengo siquiera el consuelo de la religión, tú eres mi consuelo. Sé que quizá es injusto que te escriba esta carta, pero necesito saber que compartes conmigo mi desesperación, sólo a ti te la puedo mostrar. La esperanza es a veces dañina. Escribiendo me enfrento a la verdad, reconozco lo que pienso, lo que siento, lo que sé, y lo que quiero ignorar. Es mi forma de prepararme. No te preocupes, en ningún momento he dejado de luchar, ya ves, a pesar de haber leído *La enfermedad y sus metáforas,* utilizo la jerga militar, como los médicos, como si fuera el paciente quien tiene que «vencer» a la enfermedad, y no la medicina la que debe curar. Sigo el tratamiento con una docilidad que te asombraría, tu prima, la rebelde, se somete a tortura voluntariamente cada semana. Se me han caído las cejas, el pelo lo soporté mejor, pero no hay pelucas para las cejas. En la terapia de grupo los médicos nos prometen la salvación, luchar es ya una victoria, dicen, yo me indigno, no sólo por el lenguaje marcial, sino por los que se lo creen, pero me indigno aún más cuando me lo creo yo, porque después vienen los análisis y ésos no mienten, la enfermedad avanza, imparable, éste es mi caso, ésa es la verdad, para seguir con palabras de guerra: estoy invadida. Pero también es verdad que no todos somos iguales, Gertrud ha sanado. ¿Te acuerdas de Gertrud? Empezó conmigo la radioterapia, y después la quimio. Ha sanado. Estaba tan enferma como yo, y ella ha sanado. Ha tenido más suerte, o más fe en las flores de Bäalt, quién sabe, también a ella se las daba Heiner. Ha sanado. Ya no la veo, no quiero verla. Ha sanado, y yo no. Me llama para darme ánimos, quiere que nos veamos, pero no nos vemos, no quiero verla. Ella ha sanado, y yo no.

Mientras te escribo, Heiner está con sus esquejes. Cuidar de mi jardín se ha convertido en la pasión de su vida, y cuidarme a mí, las plantas le dan mejores resultados que yo. Últimamente me pongo histérica y la pago con él, pero tiene mucha paciencia, espera a que acabe la explosión y después me dice que los medicamentos alteran los biorritmos y que no me preocupe, ya ha pasado, me dice. Doy gracias por tener a mi lado a este tierno grandullón, aunque a veces no le soporte.

He dejado las cuentas de los bancos detalladas y cheques firmados, para que no tengáis problemas. El seguro de vida está en esta misma carpeta. También el testamento.

Me gustaría no dejar de escribir esta carta, porque mientras me lees estoy con vida para ti, pero hay que saber acabar, todo. ¿Cómo hacerlo? ¿Cómo dejar de hablar contigo intentando que no quede ninguna pregunta en el aire, porque no me podrás responder? ¿Cuál será la última palabra que te escriba? Tampoco está vez te he dejado decir la última palabra, querido primo, como cuando éramos pequeños.

Debo pedirte un último favor: que seas mi cartero otra vez, como cuando te enviaba a entregarle mis notas de amor al vecino de enfrente. He escrito unas cartas para mis hijos, también para Heiner. No sé si a Maren y a Curt es mejor que se las des más adelante, quizá cuando haya pasado un poco de tiempo, no lo sé. También ahora al cartero le toca decidir el momento apropiado para la entrega, yo no lo sé, sólo sé que necesitaba escribirlas, despedirme de ellos.

Te querré hasta el último momento de mi vida, hasta el último momento de la tuya.

Le he pedido a Blanca que cuide de ti, cuida tú de Blanca.

Ulrike

Cuando Peter terminó de traducirle la carta, Blanca no pudo contener la emoción. Blanca, la última palabra que Ulrike escribió a Peter fue Blanca.

Cuatro meses habían pasado desde la muerte de Ulrike. Y tres semanas desde que Blanca le dijera a Peter que había llegado el momento de su separación, esta vez, definitiva. Era mayo, y domingo. Hacía calor. Blanca paseaba por el parque recordando los ojos de Peter. Deseaba poder apartarse de él, desapegarse, desgajarse. No era la primera vez que lo intentaba. Conocía ya la desolación primera, esa que sigue a la decisión de ruptura y confunde el temor a la soledad con el dolor. Intentaba discernir ambos sentimientos, calibrar la proporción en la mezcla. Soledad. Dolor.

Después de veintiún días decidió llamarle. Días largos en los que Blanca se obligó a no pensar en él. Intentaba olvidarle, y le recordaba al intentarlo. Al cumplir los veintiún días, se tambaleó su determinación de no verle más. Se rindió. La añoranza. Fue ella quien le invitó a comer.

Estuvieron hablando de Ulrike. Me llamarás, te espero, le dijo él mientras tomaban café. Me llamarás, repitió al despedirse. Blanca sintió que al decirlo le abría una puerta que ella tenía que volver a cerrar.

Caminaba por el parque para alejarse de Peter, cerrando la puerta a cada paso, decidida a que permaneciera cerrada. Vagaba por un paseo al borde del agua, sin mirar a nadie. Sin mirar, se sentó en un banco frente al estanque. Pensó en Ulrike y en Heiner, y deseó haber vivido un amor como el suyo, vivirlo alguna vez. La puerta que Peter le abría significaba que aún no le había perdido, mantenía la angustia de estar perdiéndole. Cerrar. Debía obligarse a la certeza de haberle perdido. El sol le daba en la cara.

Los enemigos invisibles son los más peligrosos, pensaba Blanca sentada en el banco del parque, iguales a los sueños que no se recuerdan. Ella había querido a Ulrike como a una hermana. Como a una hermana le pidió Ulrike que cuidara de Peter cuando les comunicó a los dos su enfermedad. Y Blanca se lo prometió.

Blanca conoció a Ulrike en su primera visita a Madrid. Venía con Heiner. Peter les había regalado un viaje de aniversario. Cumplía un año el comienzo de su relación. Todavía estaban estrenándose mutuamente, caminaban cogidos de la mano, se miraban a los ojos sin hablarse, se esperaban el uno al otro para entrar o salir de cualquier parte, se detenían ante los mismos cuadros en los museos, leían los mismos libros. Compartían ya un pasado, corto, pero suyo, de los dos, y esperaban que el futuro les diera mucho tiempo juntos. Blanca les tomó cariño desde el principio, y supo en sus ojos que era recíproco. Quizá ese cariño mutuo les llevó a tomar como un juego la dificultad de conocer idiomas diferentes. A pesar de todo, la comunicación existía. El reto. Blanca se esforzaba por recuperar las pequeñas nociones de inglés aprendidas en uno de esos métodos que se empeñan en asegurar que los idiomas son fáciles, y Ulrike le hablaba despacio en inglés. Heiner señalaba los objetos y utilizaba la mímica sin dejar de hablar en alemán. Hablaban mucho, aunque a veces sólo supieran de qué tema estaban tratando. La intuición. Y el gesto, miradas, risas, sonrisas.

Peter y Blanca les enseñaron Madrid. Heiner y Ulrike se dejaron llevar por sus cicerones mirándose el uno al otro a cada paso, contemplando de perfil la ciudad que les mostraban. A Blanca le enternecía verlos. Es cierto que el amor nos vuelve niños.

Ulrike había dejado de creer en la pareja hacía muchos años. Derrota tras derrota, intento tras intento, fracaso tras fracaso. Pareja sucesiva, la llamaba Peter, porque Ulrike se cansaba de los hombres siempre al séptimo mes. Arrastraba el desastre, lo asumía, desde su matrimonio, cuando ella estaba embarazada de Maren y su marido se marchó con una bailarina rusa. Los últimos meses de embarazo, sola, el parto, la ilusión del primer hijo, sola, la crianza, sola. Maren tenía un año cuando su marido volvió para pedirle perdón. Ulrike le admitió a su lado. Quedó de nuevo embarazada. Poco antes de que naciera Curt, supo que su marido seguía viéndose con la rusa y lo echó de casa. Otro parto, sola, otra crianza. Desde entonces, Ulrike buscaba al hombre perfecto, el hombre que no la abandonara nunca. Tuvo mala suerte. Decía que sólo había encontrado desechos, restos rotos de parejas rotas, hombres que buscaban repetir su propia historia, el amor perdido de otra mujer, la madre para los hijos o, en el mejor de los casos, compañía en la cama, sexo, simplemente sexo. Hombres. No era ésa su idea. Y tuvo muchos. Y se habituó a hacer pagar al siguiente las culpas del anterior. Llegó a la conclusión de que era ella la que debía utilizarlos. Son material de usar y tirar, y no más de siete meses, que luego se hace costumbre y no puedes quitártelos de encima. Todos esperaban algo de ella. Hasta que llegó Heiner. Heiner no le exigía nada, no pedía, únicamente la quería mirar. Él sólo deseaba estar a su lado, y mirarla. Ulrike se dejó mirar, le gustó sentirse observada. Todos sus movimientos tenían importancia para Heiner, y empezó a moverse para él. Empezó a saberse el centro para él. Acabó por estar guapa para él, caminar para él, bailar, hablar, leer, para él, porque él la miraba. Aprendió a mirar a Heiner. El amor. Y Heiner, un solitario, que había gozado con las mujeres sin haber enamorado a ninguna; un cándido, que conservaba su ternura y la entregaba sin cautela creyendo que vivía en el mejor de los mundos posibles; un ingenuo dispuesto siempre al regalo, dispuesto a mirar, supo que a él también le podían mirar. Heiner y Ulrike saboreaban el descubrimiento de sí mismos a través de la mirada del otro. Y crecían.

Heiner era un hombre corpulento y flexible, con las manos que le gustaban a Blanca: grandes, largas, huesudas. Muy hábil en los trabajos manuales, en carpintería, en jardinería, y buen cocinero. Había trabajado casi toda su vida en un circo, en el montaje y desmontaje de las lonas y en el mantenimiento de las instalaciones. Muchas veces se encargaba de dar de comer a las fieras y hablaba de ello con fascinación. Hasta que se marchó, nadie sabía por qué. Desde entonces descargaba camiones en el Mercado Central. Durante un tiempo vivió en una habitación con derecho a cocina. Sólo con su patrona hablaba del circo, compartía con ella su memoria, y las noches que su marido estaba fuera. Una relación desapasionada que acabó cuando Heiner conoció a Ulrike y le dijo que ya no podían dormir juntos. Ella se enfureció, se sintió despechada, le sacó todos sus bártulos a la calle y le gritó que no le quería ver en su casa, nunca más. Heiner se trasladó a otra pensión.

Pero el huésped tenía un secreto, un pasado que le atormentaba y desveló a su patrona en una noche de soledad, y los secretos de alcoba son peligrosos cuando se deshace la cama; la patrona le exigió que siguiera pagando la mensualidad hasta que encontrara otro huésped. Pasaron meses. Heiner no se negó nunca a pagar la habitación vacía. Años. La patrona mantenía la habitación sin alquilar. Regularmente subía el precio sin ningún escrúpulo. No se equivocó al pensar que Heiner le pagaría lo que pidiera.

Con su cuerpo menudo hecho un ovillo en el banco, Blanca parecía un gorrión indefenso en mitad de una tormenta. Y la tormenta estaba en ella. No me esperes más, le había contestado a Peter, hacía escasamente dos horas. Siete años son suficientes. Blanca medía la distancia que le separaba de su compañero calculando las cosas que había hecho con él porque era lógico hacerlas. Dormíamos en tu casa o en la mía, y comíamos en tu casa o en la mía, y con eso bastaba. Era conveniente, era lógico. Tú solo. Yo sola. Siete años. Mucho tiempo de amor que se mantiene sólo con el deseo de amor. Demasiado tiempo de costumbres que se pegan a los cuerpos que duermen juntos y amanecen cada día más lejos.

Las tejedoras tenemos mucha paciencia, es necesaria para tejer, pero también para destejer. Es tiempo de destejer.

Comparó su desdicha con la de épocas peores, y se consoló pensando en Carmela. Su hermana había tenido el arrojo de decir: ¡Basta!, la valentía de romper con la vida que, según decía, le había tocado en suerte, y se lanzó al aire para escoger la que ella deseaba vivir. La vida está delante de nosotros, no detrás, decía. Admiraba a su hermana porque sabía lo que quería, aunque insistiera en repetir que lo importante no es saber lo que se quiere, sino lo que no se quiere. Sin miedo. No temía sufrir. La admiraba porque era capaz de sentir intensamente. Dolor. Soledad. Pensaba en Carmela, en su serenidad, en su entereza. Blanca veía en su hermana la seguridad que ella no encontraba. La confianza en su cuerpo menudo, consciente de su atractivo, a diferencia de Blanca, que arrastraba el suyo intentando gustarse. Se comparaba con ella. Mis ojos son más verdes.

Pensaba en Carmela, en sus ojos color de miel, mezclados de colores, cuando vio a José. Su mirada se posó involuntaria en el movimiento de una gabardina verde. José se dirigía con paso decidido hacia el estanque. Se sentó en la barandilla y apoyó en ella sus manos con los brazos muy abiertos, se recostó con las piernas extendidas, cruzó los pies. Inmóvil, miraba a la distancia. Blanca creía que la miraba a ella.

Por la mañana llamaron del hospital pidiendo autorización para trasplantar los órganos de Ulrike. Peter sugirió que consultaran con el doctor que la trataba. El médico descartó cualquier posibilidad.

Regresaron a verla, todos excepto Heiner, que se negó a permitir que lo que quedaba de Ulrike se instalara en él como su último recuerdo.

Maren se aferraba a su madre en silencio, había colocado una silla junto a la cama. Sentada, su cabeza a la altura del cuerpo de Ulrike, se acurrucaba en ella, abrazada a su brazo, le acariciaba la mano, la besaba, y volvía a hundir la cabeza. Blanca sostenía la otra mano de Ulrike, también la acariciaba, la besaba, miraba su oído despejado, como la noche anterior, y reprimía las palabras que habría querido decir.

—¿Por qué sabes que no puede oír? —le preguntó a Peter.

—No puede —contestó lacónico.

Ulrike respiraba rítmicamente. Respiraba. Blanca se acercó a su oído y lo besó.

—Ulrike, estamos aquí —imaginó que le decía—, a tu lado. *We are here* —se esforzaría en su precario inglés—, *not are you alone.*

—*Your English is still really bad. I mean bad* —imaginó que contestaba riendo.

El médico habló con Peter y éste le dijo a Blanca que había que salir ya.

No sabían cómo sacar a Maren de allí, por fortuna Curt esperaba en la sala, no había querido entrar. Peter hizo tres intentos.

—Sólo un momento más, por favor, sólo un momento —imploraba Maren.

Se levantaba, se volvía a sentar, se abrazaba a su madre.

—Mamá, mamá.

Al fin Peter la cogió por los brazos y la levantó casi a la fuerza. Blanca la abrazó y la sacó de la habitación. Peter las siguió en silencio. En el pasillo, Curt acarició a su hermana, estaba sereno, silencioso. Una enfermera entregó a Blanca una bolsa de plástico con algo en su interior, hizo firmar a Peter unos documentos y consoló a Maren con una ternura poco habitual en los profesionales que ejercen tan cerca de la muerte, le rozó la mejilla y le secó las lágrimas mientras le hablaba dulcemente.

Volvían a casa. Blanca no sabía por qué. Respiraba cuando la dejaron. Respiraba. ¿Por qué se iban? No se atrevía a preguntar. ¿A quién? ¿Qué? ¿Ha muerto? ¿Era eso? La bolsa que Blanca llevaba en la mano era sin duda la ropa de Ulrike. Si se iban, con su ropa en una bolsa de plástico, era que había muerto. Pero respiraba cuando la dejaron. Respiraba.

Nadie advirtió la interrogación en los ojos de Blanca. Atenta a cualquier gesto, a cualquier palabra que pudiera parecerse a su idioma. Salieron del hospital. Las mujeres caminaron de nuevo cogidas del brazo, en silencio, Blanca llevaba en la mano la certeza de la muerte de Ulrike, la agarraba firmemente con los dedos, y no lo sabía.

Al bajar del taxi que los condujo a casa, Blanca se atrevió por fin a preguntar a Peter.

—¿Por qué nos hemos venido?

—Porque se la van a llevar al Instituto Anatómico Forense para hacerle la autopsia.

—Entonces, ¿ya se ha muerto? ¿Por qué lo sabes? Respiraba cuando la dejamos.

—El doctor me dijo que le prometió a Heiner que la mantendrían con respiración artificial sólo hasta que la viéramos, para que no fuera tan desagradable. En realidad la hemos visto muerta, respirando muerta.

Peter no se había dado cuenta de que el médico hablaba en alemán y él no le había traducido a Blanca. Sumido en su dolor, en sus miedos.

—Quizá no la han desconectado aún, quizá aprovechen nuestra ausencia para hacer experimentos.

Blanca no supo qué decir, sabía que Peter estaba haciendo suyos los terrores de Ulrike.

—No lo creo —contestó tan sólo.

Cuando entraron en la casa vieron que la máquina de coser estaba sobre la mesa, la costura sin terminar, esperando a Ulrike. Maren la recogió llorando. Su madre jamás acabaría de coser aquella camisa. El resto de la casa estaba en orden, las habitaciones limpias, tanto que casi parecía imposible que estuvieran en uso. Blanca recuerda. Cuando Ulrike se enteró de que tenía cáncer le dijo que iba a arreglar los armarios, entonces le llamó muchísimo la atención, pensar en esas cosas, darles importancia, ahora lo comprendía bien. Cuando una persona muere, habla a través de lo que deja. Ulrike les decía que estuvieran tranquilos, que estaba preparada, todo lo dejó recogido y ordenado. Todo, con la meticulosidad de alguien que sabe que otros vendrán a mirar. A pesar de todo, a Blanca le parecía estar violando su intimidad, incluso al comprobar el esfuerzo que Ulrike hizo para que esto no sucediera. La muerte la cogió por sorpresa, y no le dejó recoger la máquina de coser, ni su dormitorio, en limitado desorden, la cama sin hacer, ropa sobre una silla, un libro abierto en la mesilla de noche, *Verdadera historia y descripción de un país de salvajes desnudos,* de Hans Staden, Ulrike había subrayado en el prólogo: «Prisionero. En el corazón de la tribu. Actor trágico. Espectador permanente de su propio suplicio, de su propia devoración anunciada, repetida, acechante. Cuanto más profunda es su soledad, más aguda es su mirada». El libro estaba abierto por las páginas sesenta y dos y sesenta y tres contra la mesilla de noche: «... el navío era demasiado pequeño para navegar por mar». No acabaría de leerlo nunca.

Esa misma noche, Peter entregó las cartas a Heiner, a Maren, a Curt.

No sabe por qué la siguió. Ella se levantó de un banco y se detuvo un instante, mirándole a los pies, después se dio la vuelta sin levantar la vista y apartó el pelo de su frente con un rápido movimiento de cabeza. Cómo supo que iría tras sus pasos. Qué le llevó hacia aquella mujer pequeña que paseaba arrastrando los pies como si arrastrara el mundo.

Algún día reconocerá que la quiso. Dirá que era mayo, y domingo. Aún no sabía su nombre. Blanca. Fue ella quien deseó que la siguiera. Caminó despacio hacia el extremo del estanque y se apoyó en el borde. José se acodó a su lado, la observó, miraba sin mirar hacia el fondo del agua, perdida, en qué profundidades, cerró los ojos, levantó el rostro, y se dejó acariciar por el sol. Parecía dormida, y no dormía. Giraba la cabeza hacia arriba y hacia los lados, para recibir calor también en el cuello. Su suéter resbaló, uno de sus hombros quedó al descubierto. Con las yemas de los dedos hizo círculos en su piel, geometría que él deseó recoger con sus labios. Entonces dejó de mirarla, se avergonzó de haberla mirado. Se dio la vuelta y disimuló, ruborizado, como si le hubieran descubierto espiándola al desnudarse.

Algún día dirá que la amó desde ese momento, desde esa caricia caliente y sola. Y la amó más cuando Blanca se volvió hacia él. ¿Por qué ya no me miras?, preguntó apoyando descarada la barbilla en su hombro desnudo. José no contestó. Su turbación sólo le permitió sonreír. Ella repitió la pregunta y añadió: Me gusta que me mires, e inclinó la cabeza hasta que sus labios alcanzaron el hombro desnudo. Él recobró seguridad ante aquella boca que cumplía sus propios deseos. Y a mí me gustas tú, respondió.

Blanca se cubrió el hombro con pereza, indolente, con la parsimonia justa en la provocación, asegurándose de que José supiera que se lo había querido mostrar y que ahora lo tapaba a sus ojos.

Es tiempo de recordar que aquella tarde hicieron el amor por primera vez. Tienes en los ojos todos los ríos del mundo, dijo mientras la descubría. Y ella le contestó riendo: Es que soy el mar.

Acababan de hacer el amor. José la abrazaba, una mano exacta en su pecho. Blanca apretó su mano sobre la de él para sentir aún más la presión. Se estremeció. Un temblor. Un sobresalto. Una sacudida. Suspiró. Se cubrió con sus brazos, como si quisiera protegerse con el cuerpo tendido a su espalda, arroparse.

—¿Te encuentras bien?

—Sí, no es nada —no quiso decirle que su ternura le dolía en la ausencia de otra ternura.

Blanca giró la cabeza. José sonreía, la miraba. Ella sonrió también.

—Me dieron ganas de besarte así en El Retiro.

José le mordió el hombro, lo mordió con los labios.

La besaba sin dejar de mirarla, para verla en su placer. Le sorprendió en ella la melancolía.

—Tienes los ojos...

—¿Como todos los ríos del mundo?

—No, ahora los tienes tristes.

José se quedó dormido y Blanca se levantó para ducharse. Dejó caer el agua caliente sobre su piel, limpiarse de la ternura de José, liberarse de la emoción de sus besos. Se enjabonó los ojos, quitarse los ríos que él le había puesto. Se restregó los oídos con fruición, borrar el eco lacerante de su boca. Palabras, palabras. Y los labios, los dientes, la lengua, ella había hablado también, había mordido, había besado. El agua resbalaba sobre ella sin conseguir limpiar su turbación. Volvió a enjabonarse, con rabia. El agua arrastraba el jabón, y nada más. Salió de la ducha con los ojos enrojecidos y se puso a llorar, no un llanto convulsivo y sonoro, eran las lágrimas que huían de los ojos. No quería llorar, era que otra lloraba en ella y Blanca se abandonaba a su llanto. Permaneció así, dócil a su íntima contradicción, llorando y apartándose las lágrimas con los dedos, los mismos que poco antes acariciaban el cuerpo de José con una pasión que ella había olvidado, deteniéndose en él. Recordó tanto amor, inútil, tanto deseo, tanto vacío. Y otro olor. Se vistió, dejó una nota sobre la cama, y se marchó.

«No quiero otro demonio.»

José despertó con el ruido de la puerta al cerrarse. Se incorporó y vio la nota. La leyó. Tardó unos segundos en reaccionar. Se levantó. Se vistió. Corrió. Salió a la calle. Nadie. Entonces comenzó la búsqueda.

Algún día le dirá que la quiso, y que en mayo la estuvo buscando. Todos los días. Todos. Recorría el parque donde la conoció, buscaba en los bancos su figura pequeña, se sentaba en la barandilla del estanque y paseaba una y otra vez repitiendo los pasos que había dado con ella. El Palacio de Velázquez, el Palacio de Cristal, La Rosaleda. Y recuerda cómo rieron del nombre de la Fuente de la Alcachofa, pasearon por la Avenida de Cuba, se besaron ante el Ángel Caído: delante del ángel se besaron por primera vez. Blanca se había detenido para observar la estatua, se acercaba, se alejaba, rodeándola, mirando hacia lo alto. José la seguía y la miraba mirar.

—Se resiste a caer —dijo José.

—¿Sabes? —contestó Blanca volviéndose hacia él—. Yo no veo la caída del ángel. Veo el nacimiento de todos los demonios. Por eso es tan bello. Tiene la belleza de un alumbramiento.

—¿Te gustan más los demonios que los ángeles?

—Sí, mis demonios me acompañan siempre. Los ángeles no.

—Pues no te fíes de ellos, dice Santo Tomás que a los demonios no hay que creerles ni cuando dicen la verdad.

Blanca se detuvo, contemplaba la fuente, se dejaba hechizar. Continuó hablando sin escuchar a José.

—El amor está en esta fuente. Mira —Blanca señaló con el dedo—, la cara del ángel es una mueca de placer y dolor; una de sus alas toca siempre el cielo, desde cualquier punto que la mires, la otra se dirige hacia la tierra; su brazo izquierdo se defiende de lo alto y el derecho sucumbe a la serpiente que rodea su sexo. Así empieza el amor: es una lucha entre lo que deseas y lo que temes. El deseo vence y atrapa a los enamorados. Después, uno de los ocho demonios de la base los sujeta con sus garras y les impide escapar —Blanca señalaba las parejas de caimán y serpiente apresadas por figuras monstruosas. José sonreía, la observaba, la dejaba hablar—. Al final pasa siempre lo mismo: las parejas están unidas, sin embargo miran cada uno hacia un lado, están juntos porque un demonio les obliga, si pudieran liberarse de él huirían en dirección contraria —Blanca miró a José y le vio sonreír—. No te rías, vengo a menudo a esta fuente, busco la manera de escapar, pero no la encuentro, por eso mis demonios me acompañan siempre.

—No me río. Me gusta descubrir demonios nuevos —José rodeó la cara de Blanca con ambas manos y se inclinó hacia ella—. Por ejemplo, ése.

—¿Cuál?

—Tienes un demonio en los labios —le sujetó las mejillas un instante, los dos se miraron a la boca—. Ese demonio, ¿siempre es tuyo?

—Y tuyo cuando tú quieras —Blanca se sorprendió de su propia osadía. Retiró con sus manos las de José y le dio la espalda. Él le apartó la melena y le rozó la nuca con los labios, se acercó a su oído.

—Ahora —susurró—, ahora quiero tu endemoniada boca.

La giró hacia él, volvió a tomarle las mejillas, y la besó. Blanca dejó que le llenara la boca con su boca, y la cintura con su abrazo. Fue el primer beso de todos sus besos. Fue ante el Ángel Caído, frente al primer demonio de todos los demonios.

José buscaba a Blanca. Rodeaba la fuente. Miraba una y otra vez los ocho demonios de la base, las ocho parejas de serpiente y caimán, apresadas. Ocho, ése es mi número, le había dicho ella en La Rosaleda, porque es redondo y par, porque une la tierra y el cielo. Además es el número de la palabra, y el espejo de Amaterasu, la diosa japonesa del sol que nace de una lágrima. Y siguió enumerando motivos para preferir el ocho entre todos los números, hasta que llegaron a la fuente y le mostró ocho demonios en la base.

Buscaba a Blanca, y mirando a la gente se dio cuenta de que nadie se parecía a ella.

Un mes no pasa pronto. Tarda en pasar el mismo tiempo que dura la espera. Y tarda más cuando se espera algo probable, improbable. Vendrá. No vendrá. Mañana. Vendrá. Seguro. Mañana. Y sus días se hicieron largos. Largos. Porque los contaba.

Blanca no volvió al parque. Le dolía el abrazo de José, por el abrazo que había abandonado. Peter la esperaba. Le dolía esa obsesión. Le dolía el amor que se da por costumbre, que se convierte en hábito de amar. Peter la esperaba.

Bajó corriendo las escaleras de la casa de José. Se detuvo en el rellano para mirar hacia atrás. No la seguía nadie. Era ella misma la que seguía sus propios pasos. Una mujer apasionada que se desconocía. Y huía de ella. No recuerda cuándo fue la última vez que hizo el amor así. No recuerda cuándo fue la última vez que hizo el amor con Peter. Pero sabe, eso sí, que hace mucho tiempo.

Blanca bajó las escaleras como si descendiera al abismo. Corría por la calle conteniendo un sollozo. Sin fondo, la tristeza. Había comido con Peter. Volverás. No. No. Esa misma tarde, Blanca había utilizado su coquetería y le había salido bien. Demasiado bien. Corría, como si Peter la siguiera.

Huía de la ternura de José sabiendo que huía de su propia ternura, a la que ella debía negarse. Tenía que ver a Carmela. Contarle lo que había pasado, para explicárselo a sí misma.

Al día siguiente del traslado de Ulrike al Instituto Anatómico Forense, por la mañana, fueron al cementerio a escoger una sepultura, Peter, Maren y Blanca. Heiner y Curt no quisieron ir. Les acompañó un funcionario vestido de negro que les mostraba las plazas disponibles como quien enseña parcelas, las ventajas de la situación, norte o sur, soleadas, sombreadas, con árboles, sin ellos, de esquina o centrales. Precios.

Recorrieron el cementerio buscando con cariño «un bonito lugar» para Ulrike, como si pudieran entregarle algo todavía, lo último que podían darle. Anduvieron examinando los espacios que el funcionario les indicaba, sin decidirse, buscando en los rostros de los demás un signo de aprobación o de rechazo, ninguno les parecía bueno. Después de haber visto todos los disponibles, escogieron el primero que les habían ofrecido, bajo un árbol. Regresaron a casa satisfechos de haber encontrado el sitio que habría escogido Ulrike, cerca de su madre. Nevaba.

Durante la comida, Maren le describió a Curt la situación de la tumba, y le habló del árbol, el árbol que sería desde entonces el árbol de Ulrike. Algo sí le habían regalado.

Heiner no abrió la carta cuando Peter se la entregó, se limitó a mirarla, sonrió y se la guardó en el bolsillo interior de la chaqueta, cerca del pecho. La esperaba, pero no la leyó. Se llevó la mano al corazón como si apretara sus propios latidos.

Había visto a Ulrike escribiendo en el jardín, un día de sol, en el porche de la casita de madera.

—¿A quién escribes?

—A ti —contestó Ulrike con una sonrisa.

—Pero si estoy aquí...

—Sí, pero cuando leas esta carta seré yo la que no estaré aquí.

—¿Cómo es eso?

—Estaré contigo un poco más, aunque ya no esté. Estaré contigo cuando la leas.

—Preferiría no entender lo que me estás diciendo. Eso es rendirse —contestó Heiner de mal humor. Y cortó una rosa.

Ulrike se levantó. Salió del porche. Se agachó junto a Heiner. Cogió la rosa, le acarició con ella la mejilla, y le pidió que leyera *La enfermedad y sus metáforas,* de Susan Sontag.

—Así sabrás que no puedo rendirme. Te quiero. No te enfades —le devolvió la flor.

Heiner se levantó, entró con la rosa en la casita y la colgó boca abajo, a la sombra. Ulrike le siguió, le miró hacer.

—No deberías escribir esa carta.

—¿Por qué no?

—¡Porque es macabro! —Heiner se arrepintió de haber gritado.

—¿Macabro? —gritó también Ulrike.

—¡Macabro, sí, macabro! ¿Vas a preparar así tu funeral? —Heiner se arrepintió de haberlo dicho.

—¿Y esa rosa? ¿Por qué secas precisamente esa rosa? ¿Acaso crees que será la última que yo toque? ¿No es eso macabro? —Ulrike también se arrepintió.

—No quiero que pienses en esas cosas —Heiner zarandeó a Ulrike, le apretaba los hombros—. Te estás rindiendo, ¿no te das cuenta?

—No, no me doy cuenta. Eres tú quien no se da cuenta: esto no es una guerra, no me tienes que obligar a luchar. No puedo rendirme porque esto no es una guerra. No es una guerra —sollozaba Ulrike—. No es una guerra.

Se pidieron perdón. Se prometieron no atacarse mutuamente. Se mimaron. Se acurrucaron el uno junto al otro. Se acariciaron. En el sofá. Se desearon. Se consolaron. Se besaron. Se entregaron. Se amaron. Querido mío, susurraba Ulrike. Querido mío.

—No me dejes sola frente a la muerte. No quiero morir.

—No vas a morir, mi amor.

Querido mío. Heiner aprieta la carta contra sí. No quiere abrirla. «Estaré contigo un poco más.» Sabe que mientras mantenga la carta cerrada tiene pendiente una conversación con Ulrike. «Estaré contigo cuando la leas.» Es un nuevo encuentro con ella, una cita, hasta que no abra la carta, Ulrike le espera, y él espera a Ulrike. Heiner está en la casita del jardín. A unos trescientos metros de la casa de Ulrike, una parcela que adjudicó el Gobierno a su familia después de la guerra para que hicieran un huerto, para sobrevivir. Después de la hambruna construyeron una casita, y un jardín.

La carta convierte el pasado en presente, y el presente le ofrece futuro con ella. Se sienta en el porche, donde vio escribir a Ulrike. Ha cogido la rosa, se sienta en el porche con la rosa seca en las manos y la carta golpeándole el pecho. No tiene frío, mira la nieve y repite las palabras del doctor Bäalt que le había enseñado a Ulrike. «La enfermedad se funde como la nieve en presencia del sol.» En primavera. Heiner sabe esperar. Abrirá la carta en primavera.

Querida Maren:

Cuántas veces me has reprochado que quiera controlarlo todo. Espero que esta carta no la tomes como control.

Nos hemos peleado tanto, me gustaría que estas pocas palabras fueran nuestra definitiva reconciliación.

Sé que muchas veces he sido injusta contigo. He deseado que fueras una mujer demasiado pronto. Tal vez porque necesitaba ayuda, pero nunca he sabido pedírtela, en lugar de eso te daba órdenes. Te he exigido mucho, te he obligado a madurar deprisa, me doy cuenta ahora.

La vida no ha sido fácil para ninguna de las dos. Yo tuve que asumir mi fracaso al escoger a tu padre, pero tú te viste obligada a padecer mi error: vivir sin él. Te costó mucho. Sobre todo cuando eras pequeña y venías del colegio llorando porque tus compañeros decían que tu padre había muerto. Algún día vendrá, replicabas, querrá verme y vendrá. Más tarde, eras tú misma la que consolabas a tu hermano. Vendrá, le decías. Estabas tan segura, que yo muchas veces intenté encontrar a vuestro padre. He vuelto a buscarle. Esta vez lo he encontrado. Heiner le avisará cuando yo me vaya. Espero que no sea demasiado tarde para vosotros.

Os he fallado en muchas cosas, a tu hermano y a ti, no he sabido hacerlo mejor. Los padres nos equivocamos siempre.

Me negué a verte crecer, ésa es mi gran contradicción, quería que crecieras y no supe ver cómo crecías. Cuando entraste en la adolescencia, imaginé que te apartabas de mí, que ya no me querías. Te alejabas, y yo sentí un desgarro, como si me arrancaran parte de mí. Yo pensaba que eras mía. Caí en esa torpeza de considerar que los hijos son una propiedad. Te rebelaste. Te negabas a mis caricias y no querías besarme. Creía que me pertenecías, y que te estaba perdiendo. No supe reconocer tus ansias de independencia. Tú no querías ser mía, ni de nadie, pero querías que yo te quisiera. Ahora sé que tu rebeldía era una forma de reclamar mi cariño, un cariño mejor entendido, libre de estúpidas posesiones, entonces no lo supe y me volqué en tu hermano, él sí se dejaba acariciar, me fui por el camino más fácil.

Qué necia he sido, tu ternura es profunda y silenciosa, mi enfermedad me lo ha enseñado, la manera que tienes de cuidarme, siempre pendiente de mí, soportándome, sin hacer caso de mi mal humor. Mi pequeña, qué difícil ha tenido que ser para ti.

Heiner me dijo en muchas ocasiones, cuando me veía discutir contigo, que estabas más cerca de mí de lo que yo pudiera suponer. Ahora lo sé, estabas muy cerca y yo no lo veía. La vida compensa a veces de la manera más extraña: mi enfermedad me ha servido para verte, para disfrutar de ti. Aún tengo tiempo. Tengo tiempo para ti. Ésa es la ventaja de mi enfermedad, alguna tenía que tener, me ha enseñado a valorar el tiempo que me queda. Nos queda tiempo. Ahora soy capaz de dejarme querer, y sé cómo quererte. Lamento no haber sabido hacerlo antes. Pero tenemos tiempo aún. Ésa es nuestra suerte. Yo me iré, pero antes te habré dado todo mi amor. Mi amor quedará contigo para siempre.

Sé que recordarás lo mejor de mí, aunque yo no te lo pida. Pero te ruego que recuerdes estos momentos, la felicidad que me has dado. Y piensa que cuando discutía contigo era porque te quería y no supe decírtelo nunca.

Te quiero.

Mamá

La cama de Ulrike permaneció deshecha durante dos días. Nadie se atrevía a tocarla. La puerta de la habitación quedó cerrada desde que Blanca depositara en un rincón la bolsa que trajo del hospital. Fue la última que cerró aquella puerta y la primera que se decidió a abrirla de nuevo, para evitarle a Maren la desolación de la cama vacía, su camisón vacío. Retiró el camisón y las sábanas y los echó a lavar, estaban limpios. Ordenó las prendas de vestir que estaban sobre la silla, posiblemente eran las que iba a ponerse Ulrike para ir a la sesión de quimioterapia, las dobló y las colocó encima de la cama, aún siguieron allí durante tres días más. Sacó la ropa de la bolsa de plástico, el sujetador estaba cortado a tijera por la mitad. Manchas de barro en la parka y el pantalón eran las señales de la caída. No había sangre.

Maren entró entonces en la habitación.

—¡La sortija! —dijo con el temor de una pérdida—. Mi madre llevaba siempre una sortija. Nadie nos la ha dado.

Blanca buscó en el fondo de la bolsa y la encontró anudada en una venda.

—Aquí está.

Maren cogió el anillo y se dirigió al comedor, donde estaba Curt.

—¿Puedo quedármelo? —le preguntó mientras se lo ponía.

—Claro —Curt estaba leyendo su carta. Cogió la mano de Maren y miró la sortija que había sido de su madre y de su abuela—. A mamá le gustará que la lleves tú.

Querido Curt:

Ayer me preguntaste si tenía miedo a morir, has sido el único que se ha atrevido a preguntármelo, no sé si supe contestarte. Sé que me has ayudado a reconocer la mentira que se empeñan en construir a mi alrededor, la curación, y que muchas veces yo misma quiero creer. Negarse a nombrar la muerte no es evitar que exista. Admiro el valor que has tenido, siempre que intento hablar de este tema la gente lo rehuye, yo no quiero esconder la cabeza, tú tampoco. Supiste acercarte a mí, sin morbosidad, con pudor, y compartir mi miedo. No te pregunté si temías mi muerte, porque lo vi en tus ojos, eso no te atreviste a decírmelo. Has sabido enfrentarte a mi verdad, también debes enfrentarte a la tuya. No sé cómo ayudarte, mi miedo se acaba conmigo, tú debes aprender a superar el tuyo. Ahora ya eres adulto, lo demostraste ayer. Has de reconocer tu dolor, compartirlo, y buscar consuelo. No intentes hacerte el fuerte, como hice yo cuando murieron mis padres y mis abuelos. Yo necesitaba que mi tía me consolara, hundirme en sus brazos. Necesitaba que ella supiera que me dolía en el cuerpo la muerte de mi padre, la de mi madre. Que su ausencia me pesaba en los brazos, y me dolían de no abrazarles. Que me dolían los labios de los besos que no les podía dar. Necesitaba que ella me explicara por qué sentía un hueco dentro, un agujero grande y oscuro. La muerte fue el primer dolor que yo no supe reconocer. No la entendía. A pesar del bombardeo, la casa destruida, el techo en el suelo. Era Miércoles de Ceniza, estábamos esperando a Peter y a su madre, me encontraron en la calle, ante la casa, con una pierna herida, los ojos muy abiertos y la cara completamente negra de hollín. Mi tía me abrazó, es un milagro, dijo, y no recuerdo más. Me amparó, pero no pude buscar consuelo en ella, porque me ocultó su dolor para no aumentar el mío, y yo tuve que ocultarlo para no verla llorar. Ahora pienso que ambas nos habríamos ayudado más si hubiésemos sabido consolarnos. Si no hubiéramos gastado nuestras fuerzas en hacernos las fuertes.

Querido Curt, no tengas miedo a mostrar tu dolor, busca consuelo en tu hermana, deja que ella lo encuentre en ti.

Ya no te puedo tratar como a un niño, pero déjame darte un calentito, como cuando eras pequeño y no querías llorar. Te abrazabas a mí, Dame un calentito, y yo te apretaba con fuerza, ¿te acuerdas? No te dé miedo llorar, te decía yo. A veces es necesario. Creías que ser hombre era conseguir no llorar. Ahora ya puedes llorar. Busca consuelo en tu hermana.

Te quiero tanto,

Mamá

Curt levantó la vista del papel y miró a su hermana. Maren estaba acariciando la sortija, ensimismada, no se dio cuenta de que Curt lloraba.

Por la noche llamó Carmela. Blanca estaba sentada en el sillón donde Ulrike solía leer.

—Me gustaría estar contigo.

—Estás conmigo —contestó Blanca, casi en un gemido.

—Sí, pero abrazarte.

Blanca lloró con su hermana como sólo con ella podía hacerlo. Las dos eran capaces de transmitirse sus emociones hasta el punto de sentir las mismas. Desde niñas.

—Y tú, Carmela, ¿estás bien?

—Sí, sí, no te preocupes.

—Precisamente ahora...

La separación de Carmela no había sido fácil. Carlos, su marido, amenazó con suicidarse si se llevaba a sus hijos. Carmela decidió dejarlos con él hasta que se acostumbrara a la situación, pero era ella la que no se acostumbraba a vivir sin los niños. Blanca lamentaba no poder cuidarla como siempre había hecho.

Carmela fue una niña enfermiza, durante dos años estuvo en cama a causa de una tuberculosis. La enfermedad unió a las hermanas de una forma natural, disfrutaron de cada minuto de esa unión. Carmela, que había tenido celos de su hermana pequeña, dejó de tenerlos al sentirse mimada por ella, y Blanca dejó de ser la pequeña al mimar a su hermana mayor. Aprendieron a compartirlo todo, cosas y afectos. Siempre juntas. Y juntas aprendieron el dolor, un 16 de septiembre. La muerte de su padre. Un día después del cumpleaños de Blanca. Él le había regalado unos patines y ella esperaba una bicicleta. Blanca le dio las gracias por compromiso, le besó en la mejilla. Un beso huidizo, un roce apenas que durante muchos años quedaría en los labios de Blanca como el último beso que le dio a su padre, el beso que no le dio.

—¿Sabes, Carmela? He llenado a Ulrike de besos, pero no sé si se ha enterado.

—Seguro que sí —contestó Carmela sin convicción, para tranquilizarla.

—Yo quería hablarle, pero Peter me dijo que no podía oír. No sé si sentía algo. Por si acaso, yo la he llenado de besos.

Es tiempo para el recuerdo. Para Blanca. Huyó de la ternura de José, y de su propio poder de seducción. Debía contárselo a Carmela, para que fuera cierto.

Cuando Blanca llegó a casa, su hermana estaba llorando, acurrucada en un rincón al lado de la mesa de la cocina, con la cabeza escondida entre las piernas y un vaso de whisky en las manos.

—¿Qué te pasa? —Carmela no respondió. No levantó la cabeza—. ¿Qué te pasa? —su cabello caía sobre sus rodillas, inmóvil.

Blanca se agachó, intentó quitarle el whisky. Su hermana se agarraba al vaso como quien se aferra al palo de una embarcación durante una tormenta.

—Carmela, escúchame.

Carmela apretaba los dientes, contenida, ahogándose en las ganas de gritar.

—Pero qué ha pasado, dime, qué ha pasado.

Carmela levantó la cabeza y Blanca le apartó el pelo de la cara. Los ojos enrojecidos, las cejas caídas, la frente fruncida, los labios apretados dentro de la boca, mordidos en un gesto de anciana desdentada. La tristeza. La miraba en silencio pidiéndole ayuda.

—Vamos, levántate, haz un esfuerzo —Blanca pudo arrancarle el vaso de las manos.

La levantó del suelo y la abrazó. Y por fin, entre sus brazos, pudo gritar. Fue el llanto disparado por la posibilidad de un consuelo.

—Mis niños —decía—, mis niños. No me dejan verlos —se abrazaba a Blanca con la desesperación de un náufrago—. Los pierdo, los pierdo, los he perdido.

—Todo va a arreglarse, ya lo verás. Es cuestión de tiempo, hasta que se canse.

Poco a poco el llanto fue haciéndose más pausado. Mientras Carmela se iba calmando, Blanca apretaba a su hermana contra sí, disimulando el dolor. Después de las lágrimas, se deshizo el abrazo.

Peter le había dicho que la esperaría. Me llamarás, y yo estaré aquí, cuando tú quieras. Por qué tenía tanta seguridad de que le llamaría. Por qué le hacía sentir esa sensación opresiva de ser esperada, peor aún que la de esperar. Llamarle. Para qué. Nada puede recuperarse cuando está perdido. ¿Dónde estamos nosotros, los de antes? En Lisboa, donde tanto te quise y me querías. ¿Dónde está lo vivido? Blanca caminaba hacia casa de Peter. Recuerdos. Recuerdos que le hacían pensar que quizá pudo ser. Quizá si siguieran juntos podrían recuperar el entusiasmo aquel que les llevó a Lisboa. Huir. Escapar. Dejar que me esperes. Escapar de ti. Cerrar la puerta. Con el tiempo, será con el tiempo. Peleas y reconciliaciones se habían sucedido en una dinámica viciada, y Blanca estaba cansada. Deseaba hablar con Peter, rogarle que no la esperara más. Demasiadas veces había vuelto Blanca. Demasiadas veces Peter había sabido que volvería.

Ella le conocía bien, su seguridad se basaba en la paciencia. El resultado de la espera no depende de la manera de esperar. Lo había aprendido en su niñez, cuando su padre debía regresar de la guerra. Su héroe. Pero su padre no regresó nunca, y jamás fue un héroe. Como tampoco lo fue su abuelo materno, a quien el niño admiraba, por las charreteras de su uniforme militar, por la Cruz de Hierro prendida en su pecho.

Fue el tiempo el que le enseñó a esperar. Esperar. Desear. Que acabara la guerra. Esperar. Y la guerra acabó. Tres meses después de llegar a Hamburgo con su madre y Ulrike huyendo de Dresden. Hitler ha caído, oyó decir a su abuelo, Hitler ha caído, repetía, y la madre obligó a los niños a retirarse a su habitación. Esperar, de nuevo. A que sus vidas cambiaran poco a poco. Sin dejar de esperar. Esperar, desear, que la madre volviera intacta de retirar escombros, con su pañuelo anudado a la cabeza, blanco al marchar y de regreso, pardo de miedo y polvo. Y su madre volvía siempre, llorara o no llorara el niño, temiera o no temiera el abuelo que una bomba, que no hubiera explotado al caer, estuviera oculta entre las ruinas e hiciera volar su pañuelo blanco, y los pañuelos de las desescombreras que se inclinaban junto a ella.

Fue su primera niñez el tiempo del orgullo, en brazos de su abuelo, el hombre más grande que el niño había visto jamás. Y más tarde, la humillación. El padre de su madre hundido en un sillón tapándose la cara con las manos, reducido a la mitad de su tamaño, después de haber sido obligado a firmar un documento para reincorporarse a la vida civil: la abjuración de su pasado hitleriano.

Fue el tiempo el que enseñó al niño a descubrir el triunfo en aquella derrota, a transformar la vergüenza personal en vergüenza histórica. Fueron muchos años de esperar. Comprender. Llegar a comprender. Hasta poder levantar la frente y saber que el error no había sido suyo.

Peter sabía esperar. Había visto Hamburgo destruida cuando el niño apenas contaba seis años. La ciudad de su madre y sus abuelos, la de sus vacaciones de verano, y Navidades, y Pascua, los huevos de colores escondidos en la casa y el jardín. Hamburgo, la Puerta al Mundo. La había visto caer y después, la había visto levantarse sin que él se explicara cómo, y crecer, hacia Altona, hacia Blankenese. Y así pudo mostrársela a Blanca, la primera vez que pasearon a orillas del Elba. Presumió ante ella de los tejados verdes reflejados en el Alster. La llevó al muelle flotante, y se jactó en el puerto de saber entonar el saludo de los hamburgueses: el grito de Hummel-Hummel. *Mors-Mors*. Un aguador llamado Hummel, le explicó, era objeto de burla por parte de los niños, le gritaban Hummel-Hummel, riéndose de él, Hummel contestaba enseñándoles el trasero, que en bajo alemán es *Mors,* y gritándoles *Mors-Mors.*

Blanca se dirigía a casa de Peter acompañada de recuerdos que le impedían recordar. Cerrar la puerta. El trébol de cuatro hojas que encontraron en el césped, cuando iban hacia el mercado de las flores, aún lo llevaba en su cartera junto a las fotografías de los hijos de Carmela. El teatro de títeres donde Peter resultaba demasiado grande para las butacas, risas. Lübeck. El baño a la luz de la luna, desnudos los dos, el frío al salir del agua, la pareja que se detuvo a mirar, pudor, carcajadas. Travemünde. Y el Báltico con su playa de césped, donde él se negó a pasar porque cobraban la entrada a un lugar público. Recuerdos que no le dejaron recordar a qué iba a casa de Peter, cuando éste le abrió la puerta y la invitó a pasar, con una sonrisa. Su sonrisa, la que ella adoraba, la que dejaba ver los dientes de Peter mordiendo su labio inferior.

Hablaron del pasado, y del futuro. Peter le propuso visitar Holanda. Tenía que ir pronto, se encontrarían en Amsterdam y después irían a Hamburgo, aprovecharían para visitar a Heiner, le habían prometido hacerlo antes de que empezara el verano.

—Bonito viaje para una reconciliación. De acuerdo, podemos intentarlo en Amsterdam.

Hay amores que se mantienen de los réditos, de los intereses de un tiempo feliz que alimentan el deseo de recuperarlo. Es entonces cuando el amor no se vive: se padece, pensaba Blanca.

—Estoy enferma de ti —le dijo a Peter.

—Ojalá no te cures nunca —contestó él.

Era domingo y junio. Una tarde propicia a la melancolía. Blanca y Carmela intentaban terminar un encargo para una pareja de diplomáticos japoneses, un tapiz que las dos tejían juntas: el nacimiento de Amaterasu. Carmela pensaba en sus hijos, Blanca en Peter, que estaba en Holanda. Ambas se esforzaban en superar la desgana frente al telar. Ninguna lo conseguía. Se levantaban, iban a la cocina, regresaban, ponían música, se sentaban. Una escogía un color, la otra lo rechazaba. Tejían. Destejían. Sin conseguir la calma precisa para tejer, las hebras se enredaban, la paciencia necesaria para destejer, los hilos se rompían. El tedio.

La solución era una buena película que les diera el entusiasmo que les negaba la tarde. El cine. Irían al cine.

Varias salas, diferentes películas, decidir. Optaron por un drama. Por el rostro de la protagonista, por su expresión ausente, donde ambas se reconocían.

Cuando caminaban hacia las butacas, Blanca cambió súbitamente de dirección y se escondió detrás de Carmela. Le habló en voz baja, se tapó la boca con la mano y giró la cabeza. Aquel que acaba de sentarse es José, el que conocí en El Retiro, le dijo. Se mordió el nudillo del dedo índice, como siempre que estaba nerviosa. No había olvidado aquel encuentro. Iba solo. Blanca seguía mordiéndose el nudillo. No, no había olvidado aquel encuentro. Tienes en los ojos todos los ríos del mundo. Muchas veces, en la soledad de la cama, había pensado en él, en soledad, sobre todo. Las caricias. Sus dedos abriéndose camino en José. Los de él, en ella. Blanca le miraba. José. Es que soy el mar. No tenía que haber dejado aquella estúpida nota. ¿Qué pensaría de ella?

Vería a José a la salida. Averiguaría qué pensaba de ella. Sacó un espejito del bolso y se pintó los labios. Intentaba concentrarse. La música. Observaba a José, su perfil aguileño, levemente aguileño. Recorrer aquella nariz con las puntas de sus dedos. La película acabó sin que Blanca se hubiera enterado de nada. Volvió a sacar el espejito y retocó el perfil de sus labios. José. Había pasado un mes desde que se conocieron. Le encontraría a la salida. Quizá la había olvidado.

Se encendió la luz. José avanzaba hacia la puerta, Blanca le seguía con la mirada.

Cuando Blanca y Carmela consiguieron salir del cine, José caminaba por el otro extremo de la calle, deprisa. Blanca le miró marchar. Se mordió el nudillo. Se manchó el dedo de rojo.

Un hervidero de maletas. Abrazos. Despedidas. Lágrimas. Besos. Bienvenidas. El aeropuerto. A Blanca le encantaba esa ebullición. La alegría contagiosa ante el abrazo de dos amantes de los que nada se sabe. El regreso. La carrera del niño hacia su padre, que vuelve para alzarle más allá de los brazos. Los consejos de la madre al hijo que viaja solo por primera vez. A Blanca le fascinaba el viaje, el entusiasmo del que se va. Pero esta vez pensaba en Carmela.

—Son sólo tres semanas —dijo como pidiendo disculpas.

Mientras Carmela le contestaba, a Blanca se le abrieron los ojos con cara de sorpresa, o de espanto. Carmela miró hacia el mostrador, y ambas exclamaron: ¡José!

José oyó su nombre y giró hacia ellas.

—Hola —dijo Blanca tragando saliva.

José la miró a los ojos. Tardó en reaccionar.

—¡Vaya! ¡El mar! —contestó quedándose por un momento con la boca casi abierta. Movió la cabeza, la sacudió de un lado a otro para recuperarse de su estupor—. ¿Vas a Amsterdam?

—Te voy a presentar a mi hermana.

—Encantado. ¿Vais a Amsterdam?

—No. Sí. Es decir, yo, voy yo sola a Amsterdam —contestó Blanca en medio de un mal disimulado aturdimiento—. ¿Y tú?

—Yo también voy a Amsterdam, solo —José sonrió feliz. Acarició la cabeza de Blanca, y se inclinó hacia su oído—. Es difícil escapar de un avión —le dijo.

Les dieron asientos contiguos. Ventanilla para Blanca. Despegar mirando a tierra. Ver cómo el suelo se aleja. Desaparece. La sensación de huir, de levantarse, dejarlo todo atrás, abajo. El vuelo. Y el cielo azul.

Pero Blanca olvidó mirar por la ventanilla. Olvidó abrocharse el cinturón, saludar a la tripulación al entrar, sacar en el control la tarjeta de embarque, olvidó poner el bolso en la cinta. José sonreía, asistía enternecido a sus torpezas, indicándole lo que debía hacer.

—Ha sido una sorpresa encontrarte.

—Para mí sí que ha sido una sorpresa. Te busqué, y no te encontré. Y ahora te encuentro sin buscarte.

—¿Me buscaste?, ¿dónde?

—En El Retiro. Pero no importa, de aquí no te escapas.

—Me esperan en Amsterdam.

Algún día le dirá que al encontrarla le vino a la piel un estremecimiento, que en sus ojos recordó sus besos, y la inquietud con que la había buscado. Le dirá que no dejó de desearla desde entonces y que guarda su nota, «No quiero otro demonio», entre los versos de Hierro: «Abre tus ojos verdes, Marta, que quiero oír el mar». Le dirá que alguna vez, aun sin saberlo, había buscado su perfume en otras caricias, y sus caricias entre sus propias manos.

Sentado en un avión al lado de Blanca, intentaba explicarse por qué aquella mujer había conseguido desconcertarle. Siempre había sido él quien provocara la fascinación del deseo, le atraía el juego de la seducción, y jugaba. Esta vez no controlaba el juego. Blanca le había seducido, y se había marchado. Cómo era posible que, con un solo encuentro, él se sintiera tan lleno de ella. Le gustaría decirle Te quiero, en voz alta, para oírse a sí mismo al decirlo. Palabras que usó como redes para la cacería, no puede usarlas, ahora. Cuántas veces había dicho Te quiero, cuántas, a un amor de una noche, o de dos, o de años. Cuántas veces lo dijo porque se lo pidieron. A Blanca no se lo había dicho, ni ella se lo había pedido. Tampoco ella lo dijo nunca.

Me esperan en Amsterdam, ese «esperan», indeterminado, le colocaba en una situación de desventaja. No se atrevió a preguntar quién, no se arriesgó a que le diera nombre a ese «esperan».

José observaba los esfuerzos de Blanca por abrocharse el cinturón, sus manos pequeñas manipulando el cierre metálico. Los cabellos resbalando sobre su cara inclinada.

—Es al revés —le dijo—. Así —la ayudó.

—Gracias —Blanca sonrió.

José rodeó su cuello con la mano y la besó. Blanca se dejó besar sin responder al beso. Separó sus bocas y reclinó la cabeza en el hombro de José.

—Me gusta tu olor —dijo levantando la nariz hacia su cuello.

—¿A qué huele?

—A ti.

—Estaré en Amsterdam una semana —dijo esperando que Blanca propusiera una cita.

—Voy de paso para Hamburgo, me recogen en coche.

—Podría raptarte.

—No, no podrías.

José estaba desconcertado. Intuía que Blanca no quería hablar de lo que habían sentido juntos y no quiso preguntar. Por qué había huido después de hacer el amor de aquella manera, apasionada, excesiva, sin pudor, con la confianza que da el desconocimiento. Sintió con ella lo que antes nunca había sentido: la emoción de la primera vez, junto al temor de que fuera la última, placer y dolor tan ligados que no supo diferenciarlos. Ella no quería hablar, pero José estaba seguro de haber compartido con Blanca sus propias emociones, quizá no quería recordarlo. La sentía a la vez muy cerca de él y muy lejana.

—¡Mira, San Sebastián! El avión se ha inclinado para que veamos San Sebastián. Es la primera vez que la veo —gritó Blanca emocionada.

—Eres tan pequeña, me gustaría cuidarte —dijo José tocándole el pelo.

Blanca tomó la mano que la acariciaba, la retiró de su cabeza y la besó en la palma. Dio la espalda a José y miró por la ventanilla.

—Yo ya tengo quien me cuide —susurró.

José la tomó por los hombros y la volvió hacia sí. Se acercó a su boca. Blanca respondió al beso. Fue un vuelo de silencios, y de palabras necesarias. Callaron y se besaron.

Al tomar tierra, Blanca miró a José.

—Nos despediremos aquí.

—De acuerdo —José comprendió—. ¿Te veré en Madrid?

—Te llamaré cuando vuelva, dentro de tres o cuatro semanas.

Se besaron más. Se abrazaron más.

Peter la esperaba en el aeropuerto detrás del cristal. José había recogido su maleta y se marchaba mirando hacia Blanca. Ella levantó la mano para saludar a Peter al mismo tiempo que José pasaba por delante de él. Al otro lado del cristal, Peter le decía hola, José le decía adiós, al unísono, ignorando los dos la presencia del otro. Blanca sonreía a ambos agitando la mano.

Un barco de vela atravesaba la llanura verde. Al fondo, un molino de viento de grandes aspas aumentaba en Blanca la impresión de cruzar una postal. Holanda. Peter conducía y Blanca se dejaba llevar. Regresar a Hamburgo. Recuerdos de Ulrike. Besos de José.

—Estás muy callada.

—Sí.

—¿Has visto ese barco? Parece navegar sobre la hierba.

—Sí, lo estaba mirando, es extraño.

—Va por un canal, la distancia produce ese efecto —añadió Peter, tratando de sacar un tema de conversación—. ¿Ves?

—Me encantan las casas —dijo Blanca por hablar—, con los visillos tapando sólo la mitad de las ventanas, creo que es una costumbre protestante, para demostrar que no tienen nada que ocultar. Son enormes las ventanas.

—Sí, y fíjate, al fondo tienen otro ventanal, para que entre luz por la mañana y por la tarde.

Peter también forzaba la conversación, sabía que algo le pasaba a Blanca cuando había que rescatarla de su mutismo.

Blanca seguía en silencio. Los besos de José. Le diría a Peter que había conocido a José. Se mordía el nudillo del dedo. Se lo diría en Hamburgo. Volver a Hamburgo, allí le pidió Ulrike que cuidara de Peter. Va a necesitarte, le dijo. Volvían los besos de José. No, no le diría nada.

—¿Qué piensas?

Pregunta inoportuna. A Blanca le molestó que Peter intentara colarse en sus pensamientos.

—No, nada. Es Carmela, me he venido preocupada.

Primer error. Peter tenía celos, inconfesados, de Carmela. No entendía la relación entre las dos hermanas, esa necesidad mutua, esa unión matemática y exacta que hacía que una no pudiera ser sin las dos. Carmela se acababa de separar de su marido y se había ido a vivir con Blanca, ahora más que nunca, esa unión era un adversario.

—La podías haber traído.

Blanca conocía bien a Peter. Lo había dicho por decir. El tono era impertinente, la frase era impertinente. Le miró con rabia.

Recorrían Holanda juntos, pero solos; a partir de ese momento, encontraron siempre un motivo nuevo de discusión. Blanca contaba los días para llegar a Hamburgo. Se reconocía culpable de haber provocado una situación que se volvía más tensa a cada paso. Intentaba arreglarlo, pero le exasperaba la tozudez de Peter, su incapacidad de reacción para ponerse en el lado contrario. Si estaba enfadado estaba enfadado, y lo negro era aún más negro. Blanca se estrellaba contra su visión pesimista del mundo, le aburría el aspecto negativo que atribuía a cuanto le rodeaba. Nunca se encolerizaba, pero poseía la facultad de encolerizar a Blanca. Juez de mis actos, implacable, inconmovible, sordo a las ideas de los demás. Oyes pero no escuchas, interpretas, juzgas, y sólo queda reconocer tu juicio y acatar tu condena. La verdad te llena la boca. El otro no existe. Estás tan lleno de ti mismo que te sales, rebosas. También le reprochaba su frialdad. Él le replicaba que la crisis de los cuarenta le estaba afectando demasiado, y la atacaba diciendo que, cuando se enfadaba así, no era ella misma, hablaba a través de un alter ego: su hermana Carmela.

Blanca deseaba llegar a Hamburgo, volver a ver a Heiner, a Maren, a Curt, pero para ir a Alemania había que atravesar antes Holanda. Recorría Amsterdam sin mirar la ciudad, Blanca miraba a la gente. Temía encontrar a José.

—Parece como si estuvieras buscando a alguien —le dijo Peter ante un organillo, en el puente hacia la Estación Central.

—No es a ti —contestó Blanca—. Tú y yo estamos muy cerca, no necesito buscarte —se abrazó a él y le pidió a un turista que les hiciera una fotografía delante del organillo—. Podríamos estar siempre así —se apretó contra Peter y le sonrió—. ¿Ves qué cerca estamos?

—A unos ochenta centímetros —contestó, y se separó de ella una vez que les hubieron hecho la fotografía.

Blanca no entendía nada. Para qué le había pedido que fuera a Amsterdam, por qué esa lejanía. No se daba cuenta de que Peter tampoco entendía nada. Él la había esperado. Ella había llegado ausente.

—Me estás castigando, ¿verdad? Estás aquí, pero no estás. ¿Has venido a demostrarme algo? ¿Crees que no te conozco? Estás callada todo el día, buscando algo entre la gente, y cuando hablas pretendes decirme que estamos muy cerca. Curioso, ¿no?

—He venido para estar cerca de ti.

—Pues yo creo que no.

Un día de sol, en La Haya, Blanca intentó una reconciliación.

—Imaginemos que el viaje empieza aquí, hoy, ahora —le dijo regalándole una flor—. Toma, para que veas que no es todo tan feo en el mundo.

Peter cogió otra flor y se la entregó a Blanca.

—Para que veas que tampoco es tan bonito como dices tú.

Blanca le miró extrañada. Se acercó la flor a la nariz y vio un insecto en su interior. Nunca supo si Peter escogió la flor porque tenía un insecto dentro, o había un insecto en la flor que escogió. Nunca se lo preguntó.

Algún día el dolor irá a buscarlo, y se reconocerá en él. Le dirá que la quiso, y que se lo habría dicho si Blanca se lo hubiera pedido. Le dirá que Holanda es muy pequeño. Que recorrió el país con un amigo. El amigo deseaba ver Amsterdam, La Haya, José tenía la esperanza de encontrar a Blanca. Holanda es un país muy pequeño. Y fue en La Haya, delante del Palacio de Congresos, un hombre se agachó a coger una flor, ante una mujer menuda, de melena castaña. Algún día le dirá que se detuvo para mirarla, y deseó ser aquel hombre. Blanca olía la flor. A ella le gusta tanto oler, olerme. José añoró aquella nariz en su cuello. No se acercó a saludar. Los miró entrar en el Palacio, ella caminaba detrás de él, arrastraba los pies.

Le contará que esa noche, en Amsterdam, acabó pagando los servicios de Jeanine, joven, menuda, de cabello castaño, perezosa en el escaparate, con ademanes lentos.

La obligó a que le oliera todo el cuerpo.

—A qué huele —le preguntaba—, dime a qué huele.

—Huele bien —contestaba Jeanine—, huele bien.

Era la primera vez que compraba una noche, se sintió defraudado, no encontró lo que buscaba.

—Puedes quedarte más tiempo —dijo Jeanine al amanecer, viendo que José se levantaba—. ¿Quieres que te huela otra vez?

José paseó por las calles de Amsterdam, deteniéndose en los canales. El agua le trajo el recuerdo de Blanca. El hombro de Blanca. El parque en Madrid. Le queda el triste recurso del recuerdo. El recuerdo de los ojos de Blanca, de los ríos en los ojos de Blanca, en Amsterdam.

Habían pasado diez días desde la muerte de Ulrike. Diez días retrasaron el sepelio los trámites policiales y forenses. La burocracia. Diez días lloró la familia la ausencia de Ulrike, que aún tendría un regreso, un momentáneo y fugaz regreso, durante diez días la esperaron por última vez, la última y definitiva espera. Ulrike estaba en el Instituto Anatómico Forense y Peter seguía con la incertidumbre, qué le estarían haciendo. Sufría, en silencio, aún Blanca no le había visto llorar, tampoco a Curt. Maren deambulaba con un pañuelo siempre en la mano, sin saber qué hacer, mirando de cerca la sortija a cada momento, haciéndola girar en su dedo.

Heiner llamaba por teléfono dos o tres veces al día, o se acercaba a llevar comida, anfitrión en casa ajena, conocedor de secretos y rincones. Llevaba cuatro años compartiendo la vida de Ulrike, cuidando su jardín. No se habían casado. Nunca habían vivido juntos. Viudo sin título. Ulrike era el motivo de su vida, pidió permiso a Maren para seguir cuidando de su jardín y, por supuesto, Maren se lo concedió.

Heiner no quería asistir al entierro. Cocinó para que todos comieran al regreso del cementerio. Había llevado una gallina y los condimentos necesarios para hacer una sopa, también llevó la cacerola. La comida estaba hecha. Heiner salió de la cocina señalando el reloj.

—Faltan veinticinco minutos. Deberíais iros, no vaya a llegar ella antes que vosotros, no le gusta esperar.

Se acercó a Blanca, le tomó las manos. La ternura.

—¡Estoy solo! —exclamó, dejando escapar una lágrima. Una.

Blanca no supo de dónde había sacado esas palabras en español.

—Todavía nos hubiera dado tiempo de ir a Madrid —le dijo a Peter.

Durante los dos últimos años su obsesión fue reunir dinero suficiente para comprar un coche. Descargando camiones en el Mercado Central, y pagando su chantaje, no podía ahorrar mucho, aun así lo intentaba, lo conseguía, quería llevar a Ulrike a España.

—Su enfermedad le permitía viajar, y quería despedirse de ti. ¡Maldita nieve! —añadió, mirando por la ventana—. ¡Maldita!

Todos sintieron su congoja, y se apenaron por él.

Nevaba. La casa de Ulrike daba a un pequeño bosque. Las ardillas se distinguían sobre el blanco, juguetonas. Los árboles estaban cubiertos por completo, la nieve se había adherido incluso a los troncos, como el azúcar a un pastel.

—¡Maldita sea! —repitió Heiner, pensando que le habían robado el tiempo que le quedaba con Ulrike, culpando a la nieve. Creyendo que la muerte rondaba la esquina esperando a otro, que no pasó por allí, o tardó en pasar, y se llevó a Ulrike por llevarse a alguien.

El ex marido de Ulrike acudió al cementerio. Sus hijos le estrecharon la mano. No le dieron un abrazo. No le dieron un beso. Se levantaron del banco donde esperaban a su madre y no dieron un paso, alargaron el brazo y saludaron a su padre desde lejos, mirándole a la cara, luego bajaron la cabeza, retiraron la mano y volvieron a sentarse. Llevaba un gran ramo de flores.

La llegada de Ulrike puso en pie a los presentes, un murmullo, como de roce de prendas de invierno, disimulaba el silencio. Maren se acercó a Curt, Blanca buscó el brazo de Peter.

Cuatro porteadores vestidos de negro —negras chaquetas de terciopelo fruncidas en forma de capa, tricornios negros ribeteados de negro, cuellos blancos al estilo holandés— depositaron la caja en una especie de andas con ruedas ocultas por faldones negros. Situados cada uno en una esquina del féretro, lo empujaban con suavidad, lentamente. Conducían a Ulrike hacia su tumba por un paseo arbolado.

Recorrieron el cementerio de nuevo, esta vez detrás de Ulrike. Peter lloraba, Blanca se apretaba a él, aferrada a su brazo. Delante de ellos, Maren y Curt, cada uno con un pequeño ramo de flores silvestres que Maren había comprado la víspera. Amigos y familiares caminaban a distancia detrás de los cuatro, una distancia calculada por respeto al dolor. Nevaba. Heiner se quedó en el jardín de Ulrike apartando la nieve de los rosales.

El cortejo avanzó por el paseo bordeado de pinos. Lloraban los de delante. Los de atrás hablaban en voz baja, el marido de Ulrike caminaba entre ellos mirando a sus hijos desde lejos.

La tierra sacada de la tierra había sido depositada en un lateral de la sepultura y cubierta por un manto verde, en la parte delantera habían amontonado una pequeña loma, cantidad suficiente para que todos los deudos pudieran arrojar un poco sobre el ataúd. Introdujeron la caja en la fosa con un sistema mecánico. El maestro de ceremonias ofreció a Peter una pala ancha de jardinería, diminuta, de mango corto, él la rechazó, se agachó, tomó un puñado del montículo con sus manos y lo repartió en las de Maren y Curt, su sobrino la dejó caer sobre el féretro y depositó su ramo a los pies de la tumba. Maren hizo volar las flores hacia su madre, se llevó el puño cerrado al pecho, lo apretó contra sí, y se guardó la tierra en el bolsillo. Los tres se apartaron llorando.

Blanca aceptó la pala. De pie, ante la tumba de Ulrike, mientras escuchaba el sonido del ataúd golpeado por la tierra que ella vertía, evocó las palabras subrayadas en el libro de Staden: «Prisionero. En el corazón de la tribu».

Se encontraron sin buscarse. Un día de invierno y sol, a orillas del Alster. El primer abrazo no fue la fusión de los cuerpos, los dos sintieron que fue algo más, mucho más. Era la calma, la fascinación, el sosiego, era el descanso. Era llegar. Era el encuentro. Fue el abrazo antes que el beso. ¿Oyes mi corazón?, le preguntó Heiner en un susurro, y Ulrike acercó el oído a su pecho, y después levantó la cabeza y le ofreció su boca. Un beso suave. La mano de ella descubriendo su pelo, recorriendo su nuca. La piel de los labios en la piel de los labios. Detenidos uno en el otro, sin excitación, sin prisa. Heiner lo recuerda mientras espera el regreso de los que fueron al entierro. Él no quiso ir. Él no está de acuerdo con almacenar a los muertos, piensa que el cementerio es sólo un alivio de conciencias que no les sirve de nada a los que se fueron, son los que se quedan quienes pretenden mantener su memoria al visitarlos, un día al año, o dos, o trescientos. Él no necesita mentirse: visitar a Ulrike. Ulrike no está allí. Está en él.

Heiner recorre el jardín. Hunde sus zapatos en la nieve y observa cómo desaparecen. Y descubre: no debe echarla de menos de golpe, todo entero —desde las plantas de los pies, hasta con las puntas de los dedos, la echa de menos—, ha de ser poco a poco, para que Ulrike no se le escape, para que no se salga de él sino al contrario: se le cuele, que le entre despacio, se aposente, se quede. Porque ella no volverá a venir, como la noche pasada, justo la anterior a su sepelio.

Heiner no dormía, se abandonaba a un duermevela doloroso, incómodo. La imaginaba tendida y sola en su último día sobre la tierra, cuando la vio entrar. Ulrike abrió la puerta lentamente y se acercó a su cama, se inclinó sobre él mirándole a los ojos y le arropó como a un niño, después se marchó. Él sabe que no dormía. Sabe que Ulrike vino a darle la mirada, y a recoger la suya, la que buscaba cuando estaba en el suelo, después de la caída, la que él no pudo entregarle. Y entonces supo Heiner, al verla marcharse, que ya había podido morir, morir del todo.

Holanda era una sucesión de días tachados en el calendario de Blanca. Trece días para regresar, doce, once, diez. Las discusiones con Peter eran cada vez más frecuentes, los silencios más asumidos, la cólera más reprimida, los reproches más ácidos, la incomunicación más compartida. Blanca deseaba el hombro de José. Hundir la nariz en su cuello. Volver a Madrid. No podía volver, aún no, era la primera vez que iría Peter a Hamburgo después de la muerte de Ulrike, tenía que acompañarle, se lo debía a ella, cumplir la promesa que le hizo, Peter la necesitaría allí. Hubo momentos en los que pensó que la reconciliación era posible, porque deseaban quererse, se querían. Se querían. Volverían a hacer el amor como antes, como la noche del entierro de Ulrike, cuando Peter se tapaba la cara con la almohada y Blanca le abrazó. Él se entregó al abrazo desesperado, se echó sobre ella con toda su pesadumbre, y ella le colocó la cabeza en su pecho. Peter la besó, la acarició, la penetró, y ella le dejó hacer, hasta que cayó abatido a su lado.

También volverían a hacer el amor con pasión, como lo había hecho con José.

El día había sido como los anteriores, un deseo contenido de huir. Peter dormía. Blanca se acariciaba en Amsterdam, se acariciaba despacio para no despertar a Peter, pero se despertó.

—¿Te ayudo? —le dijo cogiéndole la mano.

—Sí —respondió Blanca ruborizada.

Creyó que era una reconciliación.

Hicieron el amor como quien hace una obligada gimnasia. Después Peter se levantó, fue al baño, regresó, se tendió en la cama al lado de Blanca, le dijo buenas noches y le dio la espalda. Se quedó dormido. Blanca lamentó haberse acariciado, haberle despertado, haber permitido que la ayudara, haber hecho el amor. Era tarde. El hotel estaba en silencio. Blanca sintió que el silencio estaba en ella. Quería regresar a Madrid. Mañana.

—No sé si este viaje ha sido una buena idea —empezó por decir a la mañana siguiente, después de ducharse.

—Fue una buena idea, con malos resultados —contestó Peter.

—Creo que sería mejor que fueras solo a Hamburgo.

Peter la miró sorprendido. Blanca no tomaba decisiones de ese tipo sin contar con él. No le estaba consultando, su tono de voz le comunicaba que regresaba a Madrid.

—Eres un poco dura, ¿no?

—Nos estamos obligando a querernos, ¿no te das cuenta?, es un empeño inútil. Ayer no hicimos el amor, sólo hicimos el esfuerzo de hacerlo.

—Estamos cansados, no es más que eso.

—Sí, cansados el uno del otro.

—Yo no estoy cansado de ti.

—Quiero irme a Madrid. Tú y yo estamos solos. Juntos, pero solos, y lejos. No puedo soportarlo más. Anoche hicimos un simulacro, una farsa.

—Escucha, Blanca, tienes razón. Anoche sentí lástima de ti, te vi tan sola, haciendo un esfuerzo por no despertarme, me diste mucha ternura, no supe hacértelo saber. Es verdad, estamos solos, pero no estamos lejos, en la distancia que hay entre tú y yo no cabe nada, ni nadie.

—Olvidas los ochenta centímetros.

Blanca no pudo expresarle la sensación sin nombre que la invadía, era incapaz de verbalizar lo que pasaba por ella, no sabía explicárselo a sí misma. Pero no era nuevo ese sentimiento, venía de antiguo, desde que descubrió que entre los dos comenzaba a abrirse una extensión a la vez vacía y llena; un vacío repleto, de ansiedad, de vértigo, de incertidumbre, de palabras que ella necesitaba escuchar, palabras que hubiera querido decir, vacío rebosante de un deseo: que todo fuera de otra forma.

—Este viaje no ha sido una buena idea. Quiero volver a Madrid.

—No podemos volver, nos esperan en Hamburgo.

El tono de normalidad que Peter pretendía dar a la conversación la puso furiosa.

—Soy yo la que se va. Sola.

—No puede ser. Te necesito.

Estaba segura de que no era cierto. Peter se consideraba el centro de gravedad de su universo. Así es como él la necesitaba, para sentirse lo más importante en su vida. Por qué no le decía te quiero, tan fácil, para poder replicar te quiero, yo también te quiero. Blanca deseaba que Peter necesitara amarla. Él no necesitaba amar, le bastaba con sentirse el núcleo de su vida, ¿de la suya?, o quizá daba igual, de la de alguien, era eso lo que temía perder.

Peter no sabía perder, consideraba que la vida le debía todo y eran los demás los que tenían que pagárselo. Blanca reclamaba su centro en ella misma. Pensaba Blanca, pero no le dijo nada.

—No puedes irte. Te necesito en Hamburgo.

—¿Por qué me necesitas? ¿Para qué?

—Para volver a entrar en el jardín de Ulrike —fue un golpe bajo, Blanca lo sintió así. Era la única forma de obligarla a quedarse. Y Peter lo sabía.

Decidió seguir viaje con Peter. Quizá no era cierto que estuviera incapacitado para amar. Intentarlo de nuevo. Hamburgo. ¿Recuperar el amor? El amor. El regreso.

Después de cinco meses de la muerte de Ulrike. Maren, Curt, Heiner, les esperaban en el jardín. Heiner había preparado comida para todos, hacía sol. Recibió a Blanca y a Peter con una sonrisa. Tenía mala cara, estaba más delgado y unas profundas ojeras hacían sombra bajo sus ojos. ¿Te encuentras bien?, le preguntó Blanca, y él respondió sí. Sí. Después supieron que no era verdad. Se sentía cansado, deprimido, decaído. Tan sólo le reconfortaba seguir cuidando el jardín, y la casita del jardín. Mantenía los recuerdos de Ulrike dándoles sentido: él era el único que sabía por qué aquella piedra reposaba encima de la ventana, por qué las conchas en un vaso de cristal, por qué y de dónde los troncos colgados de la pared, el porqué de la rosa seca presidiendo la mesa. Talismanes que eran para Heiner la memoria vivida de Ulrike, que cobraron su verdadero significado cuando ella se fue, cada objeto era un momento concreto de su existencia, él no veía la rosa, sino el instante en el que ella la tocó, no veía las conchas, veía a Ulrike inclinándose a cogerlas; la observaba en Granada, sus ojos detenidos en un llamador de bronce, acariciando los dedos metálicos, envolviendo en su mano la bola que apresaban, aldaba, aldaba, aldaba, repetía para sí, para hacer suyo ese nombre que la fascinó, que le sabía a danza con campanillas en los pies, a vientre de mujer balanceándose, a *Las mil y una noches,* aldaba, aldaba, a cópula de macho cabrío, a sombra de una estrella fugaz. Heiner no veía el llamador pendiendo en la puerta, sino la cara de Ulrike rediviva, su sorpresa, ya en Alemania, cuando le mostró la aldaba que ella había sostenido en su mano y que él compró a escondidas en Granada. Aldaba, gritó, y después empezó a cantar otras palabras de origen árabe que había aprendido en España, almazara, alcazaba, alcántara. ¿Sabes que el baúl donde va cayendo el tapiz de terciopelo mientras se teje se llama alcántara? Tengo que decírselo a Blanca, le gustará saberlo. Alcántara, te quiero, aldaba, gritaba acariciando el llamador. Te quiero, repitió, y le puso la aldaba en la mano y le pidió que la colgara en la puerta de la casita del jardín.

Heiner sacaba brillo al bronce, una vez a la semana, como ella lo hacía. Rellenaba de agua el tarro de las conchas y mantenía su memoria, haciendo que cada cosa permaneciera en su sitio, el lugar que Ulrike les había adjudicado. Cuidaba de la casita y del jardín, como si la siguiera cuidando a ella.

Es duro sobrevivir. Durante los últimos años había alimentado su fuerza con el pánico a perderla, ahora que la había perdido, ya no tenía miedo. Comprobó que el terror a su ausencia había sido más terrible aún que la ausencia misma. La realidad en ocasiones es monstruosa, pero es más fácil vivirla que temerla. Ya no tenía miedo, ya no se torturaba, ya no tenía que luchar contra sus propios fantasmas, contra sus fantasías de horror. Ya no era necesario desear que cierto día no llegara nunca, el día había llegado, estaba aquí, idéntico a sí mismo, ni peor ni mejor a como lo imaginaba. No tenía miedo, pero tampoco le quedaban fuerzas.

Después de comer, habló con Peter. Su patrona le abrumaba, ahora que sabía que Ulrike había muerto le pedía que volviera a su casa. Muchas veces había pensado en la posibilidad de huir, escapar de Hamburgo. Otras tantas la había descartado. Alejarse. Le habían ofrecido un trabajo de transportista en un teatro de Múnich. No podía dejar lo que quedaba de Ulrike. Abandonarla. El jardín le obligaba a quedarse, por amor a Ulrike.

Carmela paseaba por el parque como todas las mañanas. Se acercó al estanque y se entretuvo observando a los piragüistas. Una sonrisa le invadió la boca al recordar un domingo anterior. Había estado remando con Blanca y los niños. Mario, el más pequeño, hacía la gracia de lanzar agua con el remo a la barca que Blanca y las niñas intentaban dirigir al embarcadero. Casilda y Carlota se pusieron furiosas. Blanca reía, ¡al abordaje!, gritaba, le dio un ataque de risa, se dobló para sujetarse el estómago y se le cayeron las gafas de sol al agua.

Carmela miraba al fondo del estanque. Le parecía estar oyendo a Blanca. Blanca, qué sería de mí sin ella, qué sería de mí sin ella, y es la primera vez que tiene sentido esa frase.

—Tus hijos se irán —le dijo Blanca en una ocasión—, se harán mayores y se irán, y tú te quedarás con lo que hayas hecho de tu vida.

Carmela se retiró del estanque. Sin su sonrisa. Vio a un chico con una bicicleta.

—¿Alquilan bicis por aquí? —le preguntó.

—No, pero si quieres te la presto.

Aceptó el ofrecimiento y bordeó el estanque pedaleando. La brisa era fresca, le levantaba su falda roja y le arrastraba el pelo hacia atrás, hacia arriba. Más deprisa, más. Se alejó del agua por una vereda en pendiente. Ningún esfuerzo para alcanzar velocidad, para que revolotee su falda roja. Una vieja la observaba, se santiguó al ver sus muslos desnudos. Desvergonzada, le increpó. Carmela soñaba con volar.

Es tiempo de que José reconozca que volvió de Amsterdam pensando en Blanca, con el deseo del encuentro con ella. Quedaban dos semanas para su regreso, aun así esperaba su llamada desde el mismo momento en que llegó a Madrid. Procuraba no estar en casa, para eludir el sobresalto cada vez que sonaba el teléfono, para evitarse la carrera hacia el aparato y la decepción de que no fuera Blanca. Dejaba conectado el contestador y, al regresar, lo primero que hacía era escuchar los mensajes. Se sentaba, contenía la respiración. Tres llamadas. Cuatro. Seis. Ninguna de Blanca.

Ahora él pasea por el parque, y observa la fuente que Blanca le enseñó a mirar. Hay también una manera de escapar de los demonios. Pero aún no es tiempo de escapar. Observa la estatua. Y descubre: si mira al ángel desde su ala alzada hacia los pies, lo ve caer, pero si empieza a mirarlo desde la base, ve cómo el ángel se levanta. Le mostrará a Blanca su descubrimiento. Hay demonios que dejan de serlo.

Se dirige al estanque. Se acerca al agua. Blanca. La recuerda ahora, con el deseo de sentir la sensualidad de su hombro. Sentado en la barandilla del estanque.

Ulrike se esforzaba en no morir, y Heiner la ayudaba. Cada vez eran más frecuentes las noches que pasaban juntos en la casita del jardín.

—Quédate conmigo esta noche —le pedía Ulrike.

Y Heiner se quedaba. Le hacía un hueco en su hombro y ella se acurrucaba en él.

—Dame la mano —le decía. Y la apretaba, y sentía que Heiner la ataba a la vida un poco más—. Dame la mano y no me la sueltes si me duermo.

Él esperaba a que ella durmiera, para vigilar su sueño, atento a su respiración, como una madre junto a la cuna de su bebé, y se incorporaba si no la oía respirar. Respira. Y él respiraba en lo profundo.

Dormían juntos, pero no hacían el amor. Habían dejado de hacerlo. Ulrike se arrepentía de no haber aprovechado más la vida con Heiner. Haberlo disfrutado más, haberle querido mejor, haber estado más tiempo con él, haberle acariciado más, besado más, más, más. Cuando ya no es posible pensar en el futuro, se reflexiona sobre el pasado. Y sólo queda el presente. Pero el presente es tan corto que no da tiempo a mejorarlo.

—Me encuentro fea.

Ulrike había adelgazado hasta consumirse, los brazos, los muslos, fláccidos; había perdido el pelo, todo el pelo, incluido el vello, y se avergonzaba de su pubis. Se sentía un desperdicio.

—No estás fea, pareces una niña.

—Pero ya no te gusto. Te irás con otra.

Nunca hasta entonces había mostrado celos. Ahora Ulrike se angustiaba, se perdía y le perdía. Ella supo desde el comienzo de su enfermedad que él la sobreviviría. Era Heiner quien la abandonaba. Sentía el abandono del que se va, no por irse, sino porque el otro permanece. Le perdía porque él se quedaba. La pasión de esa pérdida impidió que se aplacara la locura del amor que empieza.

—Que parezcas una niña no quiere decir que tengas que serlo.

—Hazme el amor —le suplicó llevándole la mano a su pubis imberbe.

Heiner no lo deseaba. Él sólo quería cuidarla, protegerla, acompañarla, mimarla. Hacía muchos meses que no hacían el amor, ninguno de los dos lo deseaba.

Ulrike necesitaba recuperar su sensualidad, aunque sólo fuera por un momento, provocar la de Heiner, saber que la mujer que había en ella no se había marchado del todo. Insistió en su ruego.

Heiner no supo por dónde abordar su delgadez. La besó en los labios.

—No estás fea, mi amor —pero no pudo decirle que estuviera hermosa—. Ulrike. Ulrike.

La besó en sus ojeras profundas. Le acarició la cabeza brillante.

—No estás fea, mi amor. Mi pequeña. Ulrike. Ulrike.

Y ella recibía su propio nombre, se empapaba de él, y sonreía. Heiner la miraba sonreír, temiendo no poder responder a la necesidad de Ulrike. Se colocó con cuidado sobre ella. No hacerle daño. Le tomó las manos y le abrió los brazos. Extendido en su cuerpo delgado la besaba esperando que el deseo llegara. No hacerle daño. Apoyado en la almohada con las manos, para no descargar su peso sobre la fragilidad que Ulrike le ofrecía, se acercaba y se alejaba de ella acariciándole el pecho con el suyo, rozando levemente sus costillas marcadas bajo la piel, sus caderas afiladas. No hacerle daño. La besaba, estimulando su sexo contra el sexo desprotegido y quieto. Ulrike le miraba, incapaz, esperando de él que venciera su parálisis. Y el deseo no llegaba.

—Déjame —le dijo viendo sus esfuerzos.

—No, mi amor, no.

La siguió besando. Le acarició el oído con los labios.

—Te quiero —le susurró—. Ulrike. Te quiero.

Intentó evocar un tiempo menos cruel. El encuentro gozoso de los cuerpos que había sido. El tacto tierno, buscados los besos, la piel recorrida, febriles los labios. El movimiento. Las manos de Ulrike abriendo su deseo, sus dedos escondiéndose en rincones que él no conocía para el amor, descubriéndole; el juego, su lengua entre los dedos de los pies, subiendo por su muslo, acechando su sexo, mintiéndole, rodeándolo, alejándose, excitándole ante la posibilidad de un regreso.

Qué quieta está Ulrike ahora.

Heiner continuó afanoso, jadeante. La búsqueda. La ansiedad creó la desolación. Sus cuerpos se negaban. Ausencia absoluta de placer. Heiner insistió hasta desmoronarse.

Ninguno de los dos supo qué decir. Heiner se levantó de la cama. Rendido. Agotado. Recorrió la casita una y otra vez, a grandes zancadas. Desnudo. Ulrike se escondió bajo las sábanas, se tapó la cabeza pelada. Ambos se replegaron hacia su interior, invadidos de lástima del otro y de vergüenza de sí.

Es tiempo para el recuerdo. Para Heiner.

Es tiempo para Travemünde, el último viaje que hizo con Ulrike. Ella sostenía en las manos una raíz que acababa de coger, le mostró a Heiner su forma de hombre con los brazos extendidos hacia lo alto.

—Mira este hombrecillo, tan bonito.

—Tan feo.

—No es feo, depende de cómo lo mires.

—De este lado es horroroso —rió Heiner.

—Es que no sabes mirar —protestó Ulrike orgullosa de su hallazgo.

Los dos observaban el Báltico. Alemania del Este, tan cerca y tan lejos.

—Algún día iré a Dresden —dijo Ulrike con añoranza—, a ver mi casa, y la casa de mis abuelos.

Le cuenta a Heiner su huida de la ciudad en guerra.

La madre de Peter empujaba un carro con todo lo que pudo cargar. Ulrike agarrada al carro le daba la mano a su primo. Peter tenía seis años y ella uno más. Su tía era una mujer valiente. Había resistido con fuerza los bombardeos, la marcha de su marido al frente, la espera, la muerte de sus suegros y sus cuñados en un ataque aéreo, y la noticia de que su marido no volvería jamás. Decidió marcharse de Dresden cuando ya no tenía a quien esperar. Huir, de la ciudad donde se había casado, donde nació su hijo, donde su sobrina se había quedado sola. Trasladarse a Hamburgo, a casa de sus padres, con Peter y Ulrike, arrancarlos de allí, facilitarles el olvido, intentar que la niña no recordara nunca cómo consiguió salir viva de aquella casa.

Los caminos estaban repletos de fugitivos del horror, de la desolación, de la pérdida. La gente huía de las grandes ciudades, las más castigadas. Ulrike y su primo, su hermano desde entonces, seguían a su madre a través de un país que se deshacía en pedazos.

Poco a poco el carro se fue vaciando. Una manta a cambio de una barra de pan; un cuadro por un queso; una bandeja de plata por comida caliente para los tres; la cubertería por dormir bajo techo en una granja. El camino fue largo. Cuando el carro estuvo vacío, la madre lo canjeó por tres billetes de tren. Un tren abarrotado de gente que huía hacia el norte y contemplaba a la que huía hacia el sur. La ansiedad por llegar a Hamburgo. Prioridad para los trenes militares. El tren en el que viajaban detenido en mitad de la noche. La noche. La oscuridad. El miedo. Los silbidos de las bombas que se acercan desde lo alto. La amenaza. Los niños tapándose los oídos. El resplandor. El abrazo de la madre. La explosión. El tren alcanzado en el vagón de cola. Los gritos. El pánico. Los alaridos. El desconcierto. Los niños y la madre en el penúltimo vagón. Cuestión de unos metros. La distancia suficiente para sobrevivir. La llegada a la aldea donde asistieron a un desfile macabro: los prisioneros judíos desalojados de un campo de concentración.

Ulrike recuerda la mano de su tía apretando la suya. La mirada de Peter. El espanto.

Estaban en el porche tomando café. Heiner miraba la raíz, jugueteaba con ella entre las manos; se la mostró a Maren, a Curt, a Blanca, a Peter. El hombrecillo con los brazos en alto.

—Era de Ulrike. Lo encontró en Travemünde —les dijo.

—Parece que ha perdido algo y suplica que se lo devuelvan —replicó Blanca.

Sus palabras quedaron sin respuesta, todos miraron a Blanca, observaron la raíz, y después miraron al aire.

Curt y Maren jugaban al ajedrez en el salón. Heiner hacía la cena y Peter estaba leyendo. Maren había preparado la habitación de su madre para que Peter y Blanca se alojaran en ella. Era la primera noche. Blanca sentía la ausencia de Ulrike, intentaba acostumbrarse a la casa sin ella, deambulaba de una habitación a otra, deshizo el equipaje, se ofreció a ayudar en la cocina, miró la jugada de Maren, hojeó una revista, encendió la televisión, la apagó. Se acercó a Peter, se sentó a su lado.

—Dime que me quieres —le dijo mimosa apartando el libro de sus manos.

—Tú sabes que yo no digo esas cosas.

—Cuando me conociste me lo decías.

—Pues ya está, ya te lo he dicho.

—Dímelo ahora.

—Cuando no me lo pidas te lo diré.

Blanca no supo qué contestar y le rozó el pecho con el dorso de la mano por la apertura de la camisa.

—¿Qué es eso? —le preguntó Peter retirándole la mano.

—«Eso» es una caricia —Blanca escondió la mano en el bolsillo—. «Eso» se llama ternura.

—Perdona, creí que tenía una mancha o algo así.

—Tú siempre crees que tienes una mancha, o algo así.

—No empecemos.

—Me encuentro sola. Necesitaba un poco de cariño. No entiendo por qué te cuestan tanto las cosas más sencillas.

—¡Ya estamos otra vez! —Peter dejó el libro y le dio una palmadita en la mejilla—, lo que te pasa es que estás aburrida. Ponte a leer.

—No estoy aburrida. Estoy sola. ¿Entiendes «eso»?

—¡Por favor! No me montes un numerito aquí, ¿quieres?

Blanca se fue al dormitorio pensando que Peter la seguiría. Peter continuó leyendo.

En la habitación de Ulrike, Blanca se tendió en la cama mirando al techo, con los ojos fijos en la lámpara, sin parpadear. Intentó llorar y no pudo, y cuando dejó de intentarlo, le vino el llanto y quiso dejar de llorar. Se levantó, fue al armario, cogió un pañuelo, se asomó a la ventana, miró, dejó de mirar, se acercó al escritorio, se sentó, se puso de pie, se volvió a acostar. Así estuvo, arrastrando el llanto de un lado a otro de la habitación, limpiándose los ojos y la nariz con rabia, hasta que decidió relajarse con un baño. Veinte minutos en la bañera. Sumergía la cabeza para que el agua le acariciara la cara, se balanceaba para sentirla resbalar por la espalda, abría y cerraba las piernas, el agua caía por sus muslos, envolvía sus pies. El placer de las caricias calientes la calmó sin que se diera cuenta. Acabado el baño, se secó el pelo, se pintó los ojos, los labios. Salió al salón como si nada hubiera pasado.

—¿Cenamos? —preguntó con una sonrisa.

Peter levantó los ojos del libro y la miró.

—Estás muy guapa —le dijo.

Y ella contestó:

—Gracias, ¿cenamos?

Durante la cena Heiner contó el entusiasmo de Ulrike el día de la caída del Muro, sus deseos de volver a Dresden. Entre todos decidieron cumplir su sueño. Viajarían a Dresden, verían su casa y la casa de sus abuelos. Buscarían a su prima Sigrid y a su primo Georg. Peter también deseaba volver. Recuerdos que no sabía que tenía le llegaron de pronto. El tren, la explosión, la llegada a una aldea después de varios días de caminar por carreteras destruidas. Los prisioneros del campo desalojado conducidos por las SS a caballo, arrastrándose, cayéndose, levantándose, sin fuerzas manteniéndose en pie. Los cuerpos famélicos, las caras desencajadas, los desorbitados ojos. Las estrellas de David semidesprendidas de los uniformes hechos jirones, olvidado su color amarillo. Su madre tapando la cara de los niños con su vestido, para que no vieran lo que ya habían visto. La mirada de Ulrike.

Irían también a Berlín, para compartir con los berlineses la alegría de una ciudad de nuevo abierta, grande, unida. La conversación derivó hacia los problemas de la reunificación. Los alemanes occidentales estaban empezando a reclamar sus posesiones en el Este. Se había organizado un trust que agrupaba a los que quisieran exigir sus derechos, Deutsche Treuhandgesellschaft, argumentaban que las indemnizaciones recibidas habían sido injustas. La primera alegría, el estallido de entusiasmo tras la caída del Muro, dio paso a un sentimiento de invasión por parte de la población del Este que provocó el rechazo al hermano pobre. Curt contaba que en su colegio empezaban a sentirse los efectos de la desconfianza hacia los «Ossis», como ya empezaban a llamar a los habitantes de la antigua RDA. El temor a que ocuparan las camas de los hospitales, las plazas escolares, los puestos de trabajo. Maren añadió que se les distinguía por su forma de vestir, sobre todo por los zapatos, y que había visto cómo le negaban la entrada a un restaurante a una pareja mirándoles los pies. Heiner se indignaba, él había participado en la euforia, los fuegos artificiales, los brindis con champán en plena calle. Peter replicó que el Muro de la vergüenza no había acabado de caer.

—Hay otros muros, y también caerán. Esto sólo es un síntoma del miedo hacia el débil. Intuyen una avalancha. Los más acomodados temen la pérdida de sus privilegios y los demás creen que se les exigirá un sacrificio que no están en disposición de hacer. Todo esto pasará, cuando se den cuenta de que la reunificación será de una forma gradual. Sólo ha pasado un año de la caída del Muro, 1989 será prehistoria dentro de diez años, como lo es ya 1945, cuando Churchill utilizó el término de Telón de Acero por primera vez, advirtiéndole a Truman del peligro de la expansión rusa. Ya veis, él aún no podía ni imaginar siquiera que el Telón de Acero iba a levantarse de verdad.

Blanca asistía a la conversación sin entender nada. Le interesaba el tema y era incapaz de comprender. Miraba a Peter con ansiedad, esperando que le tradujera. Pero Peter no lo veía; concentrado en sus argumentaciones, hacía gala de su faceta analítica. Maren se dio cuenta del aislamiento de Blanca.

—*Eiserner Vorhang is the Iron Curtain* —le dijo.

Era más frustrante aún intentar comprender términos que no conocía, palabras que no había oído jamás. Blanca sonreía sin expresión y asentía con la cabeza, simulaba agradeciendo el esfuerzo de Maren.

Maren sospechaba que Blanca no comprendía nada, le explicó la procedencia del término, las palabras de Churchill.

—*An iron curtain is falling down in Europe* —insistió Maren y le preguntó si necesitaba que se lo explicara mejor. Blanca respondió que no, que entendía, sí, sí. No todo. Pero un poco sí.

La cena había acabado. Heiner ayudó a Blanca a levantarse retirando su silla. Mientras, le decía: *Ich wünschte, ich könnte Spanisch sprechen, um mit dir reden zu können.* Blanca le pidió a Peter que le tradujera.

—Me gustaría saber español para poder hablar contigo.

Las palabras de Heiner en la boca de Peter. Blanca miró a los dos. Peter bajó los ojos, hasta ese momento no se dio cuenta del aislamiento en que la había dejado. Heiner intentaba sonreír, ella también lo intentó, le tomó las manos y apretó, él le hizo daño apretando las suyas. Blanca no lo olvidaría jamás. Aquel gigante se comunicaba con ella apretando sus manos, ignorante de su fuerza. Aquel hombre que un día le dijo: ¡Estoy solo!, la acompañaba ahora en su soledad. Podría haber dicho Me gustaría que supieras alemán, pero su generosidad llegó directa al corazón de Blanca: Me gustaría saber español para poder hablar contigo.

Blanca viajaba en el asiento de atrás con Maren y Curt. Dormitaba. Ya habían alcanzado la línea recta que unía Alemania Federal con Berlín, carretera que poco antes había sido, junto al ferrocarril, el camino de acceso por tierra a la ciudad del Muro. Peter conducía y Heiner ejercía de copiloto dándole conversación. Blanca les escuchaba hablar. No dejaba de sorprenderle la metamorfosis que ejercía en Peter el idioma alemán. Parecía más tierno, el idioma de su madre. Parecía más abierto, el idioma de Ulrike. Más alegre, el idioma de sus juegos infantiles, de sus gamberradas adolescentes. Más cariñoso, el idioma de su primer amor. Blanca asistía como espectadora a esa transformación que la situaba a distancia de su compañero, la excluía, la aislaba. Escuchaba. Ella sólo podía escuchar. Dormitaba. No tenía que hacer esfuerzos por comprender, no tenía que hablar, no tenía que pedirle a Peter que le tradujera. Dormitaba. Se dejaba llevar y pensaba en volver. Madrid. Regresar a Madrid. No pensaba en José. Pensaba en su casa, en su hermana Carmela, en el rincón donde las dos tejían y se olvidaban del mundo. En sus sobrinos, Mario, Casilda, Carlota, en la algarabía de los fines de semana. Blanca no tenía camas para los niños, de manera que todos los viernes su madre les prestaba colchones y mantas, los colocaban en el suelo y jugaban a campamentos. Los domingos había que devolverlos, los cargaban entre todos por la calle como si fuera una fiesta. Deseaba volver. Remar con ellos en el estanque de El Retiro y jugar al abordaje, preguntarles: ¿Quién me quiere a mí?, para que los tres contestaran: Yo. Yo. Yo. Y que su vida fuera sencilla, alegre, tierna.

Berlín era distinto a como Blanca lo recordaba, la ciudad que había recorrido con Peter, solos, hace ya demasiado tiempo. Caminar y encontrar el límite. Volver la espalda. Caminar. Y volver a encontrar el límite. Junto a él descubrió el muro que la rodeaba. Los pasos que no pudo dar. Las calles interrumpidas. Las aceras dirigidas hacia el hormigón. Los raíles de los tranvías atravesando la vertical del Muro que los hacía inútiles. Una isla sin mar. Los parques le parecían ahora más verdes. El aire más luminoso. La Ku-damm, abreviatura de esa avenida de nombre impronunciable, más amplia, más larga, más llamativos sus escaparates cúbicos de cristal en mitad de la acera.

Heiner les mostró «El diente hueco», *«Der hohle Zahn»*, el antiguo campanario quemado de la iglesia Memorial del Emperador Guillermo —conservada su ruina en recuerdo de la guerra, para la paz— constreñido entre la nueva iglesia y su campanario, diseñados por el arquitecto Egon Eiermann de Karlsruhe. Heiner disfrutaba dando todo tipo de detalles, veinte mil vitrales procedentes de Chartres se utilizaron para su construcción en el año 1961; «La polvera y el lápiz de labios», *«Puderdose und Lippenstift»*, los apodaron los berlineses con su característico sentido del humor, por la forma de prisma, achatado el de la iglesia y vertical el del campanario. Heiner hablaba despacio, para que Peter tuviera tiempo de traducir a Blanca. Blanca asistía con interés a su discurso, sintiendo que su atención aumentaba el candoroso orgullo de Heiner. Todos le miraban hablar, oyendo lo que ya sabían, porque, en los labios de Heiner, la palabra superaba la información, la transcendía, y era su entusiasmo lo que escuchaban. *Ich bin ein Berliner,* gritó en la plaza de John F. Kennedy, emulando al presidente, Yo soy un berlinés, como en 1963 hiciera Kennedy al final de su discurso.

Blanca estaba subyugada por la encantadora excitación de Heiner, que cautivó también a Maren, a Curt, incluso a Peter. Recorrían la ciudad como si la descubrieran, como si la estuvieran viendo por primera vez. Pasearon por la ausencia del Muro y de nuevo les hechizaron sus explicaciones. En el año 1961, el 13 de agosto, se colocaron alambres de espino, el día 15 comenzó la constitución del Muro. Vigilado por «Grepos», soldados de Berlín Oriental, desde más de 250 atalayas. El Muro de la vergüenza yace aquí, dijo Heiner señalando los restos, en un tímido ademán de guía primerizo, propio de alguien que no está acostumbrado a acaparar la atención.

Todos recogieron restos de hormigón, prefiriendo los que estuvieran pintados, o se vieran atravesados por cables de acero. Blanca acaparó tantas piedras que casi no podía cargar con ellas, le llevaría a Carmela, a sus sobrinos, y a José. Sí, también a José.

Dresden, escombros. Restos de Dresden. La recuperación había escaseado por allí. Las bombas incendiarias arrojadas el 14 de febrero de 1945, aquel lejano Miércoles de Ceniza, conservaban aún demasiadas huellas. Peter caminaba por la ciudad de su infancia rescatando fantasmas. Aspirando a bocanadas el desconsuelo. Todo había cambiado, o tal vez nada. Él recordaba la Dresden monumental y limpia, y en pie. El olvido evita el dolor, pero es involuntario, como la memoria, cuando revela olvidos que no se habían olvidado bien. La casa de Ulrike, ante él. Había crecido maleza sobre el techo, continuaba desplomado sobre la puerta principal, como Peter lo había visto por última vez. La bomba entró por un tragaluz y explotó en la cocina, levantó el tejado como el aire levanta una sombrilla. Los abuelos estaban dentro, Ulrike y sus padres también. Esperaban a Peter y a su madre.

Peter miraba la casa ensimismado. El tiempo no existía. Su madre le apretaba la mano, agachada frente a él. Los abuelitos se han ido, y los padres de Ulrike. Le miraba a los ojos, le miraba a lo profundo de los ojos. Le abrazó, y en su abrazo comprendió la magnitud de la tragedia. Pero no hay que llorar, ninguno de los dos lloraremos, tenemos que ayudar a tu prima, ahora es tu hermana. No buscaron refugio, corrieron huyendo del fuego que ardía por todas partes. Regresaban a casa, con Ulrike, él apretaba la mano de su madre. Dresden en llamas.

Buscaron la casa de los abuelos. El nombre de la calle había cambiado, no fue fácil encontrarla. Una avenida amplia, una suave pendiente, casas señoriales. Era el número diecisiete, repetía Peter mientras aceleraba el paso. Y al llegar al diecinueve, se paró en seco. El diecisiete era un solar vacío, la casa donde su padre nació, donde su abuelo le enseñó a cantar, un hueco. Recordó de pronto canciones prohibidas cuando acabó la guerra, poco después de haberlas aprendido, *Horst-Wessel-Lied*. La estrofa del «Deutschlandlied», la que memorizó con su abuelo a ritmo de desfile, la que le obligaron a desaprender, y tardó tanto tiempo en olvidar, le llegaba ahora desde lo hondo:

Deutschland Deutschland über alles
über alles auf der Welt,
von der Maas bis an die Memel,
von der Etsch bis an den Belt.

Otra dificultad para encontrar la casa que Peter buscaba: la casa de sus padres, su casa. Otro nuevo nombre para la calle. Peter caminaba deprisa, todos le seguían con fatiga, excepto Heiner, que participaba de su ansiedad por llegar. Otra amplia avenida. La casa estaba en pie. La fachada había adquirido el color ceniza de años sin pintar. Un portero automático de seis timbres en el muro del jardín señalaba que la vivienda había sido dividida para albergar a seis familias. Allí fue donde la guerra dejó de ser un juego, ya no era una fiesta faltar al colegio, ya no era una competición la carrera hacia el refugio, nunca más coleccionaron balas encontradas en el suelo. Tiempo de reclusión, de luces apagadas, de noches en el refugio. Hambre. Frío. Notificación del Alto Estado Mayor. Papá se ha ido al cielo con los abuelos y los tíos. Otra vez la madre mirándole a lo profundo de los ojos. Y no debes llorar, le decía, para que mamá no sufra. Entonces aprendió a reprimir sus emociones.

—¿Es de ustedes la casa? —les preguntó un vecino al verlos ante la puerta del jardín.

—Esa ventana, la de forma ojival, en el piso alto, la de la izquierda, era mi dormitorio —estaba diciendo Peter.

—¿Es de ustedes? —volvió a preguntar ante la ausencia de respuesta.

—Era de mis padres —contestó Peter.

—Le va a ser difícil recuperarla, ahí viven «los amigos».

—¿Los amigos?

—Sí, los rusos, no van a querer irse.

—No queremos la casa, sólo queremos mirarla.

—¡Qué raro!, ¿dice usted que no la quieren recuperar?

—No, sólo mirar.

—Pues han tenido suerte. Es una de las pocas que no fueron destruidas.

Sí. Habían tenido suerte. Escaparon de un infierno a otro infierno. De una desolación a otra desolación.

—Peter, ¿te encuentras bien? —Blanca le sonreía.

—Sí, me encuentro bien.

Peter se acarició la frente con las yemas de los dedos, dibujó círculos en sus sienes con el anular y el corazón.

No pudieron localizar a sus primos, Sigrid, Georg, aun después de acudir a la Stasi pidiendo ayuda, pero encontraron a Frau Hanna, la íntima amiga de su madre, viuda de guerra también. Perdió a su hijo durante un bombardeo, lo perdió: jamás lo encontraron, le soltó la mano y se perdió. Y quedó sola.

—Tu madre fue muy valiente. Atravesar un país en guerra, con dos niños, o muy inconsciente, nunca se sabe. Aunque hizo bien, ya nada le quedaba aquí. Me pidió que fuera con vosotros, pero a mí nadie me esperaba en Hamburgo.

Hija de un oficial prusiano, rica por familia, educada para saber ser y saber estar, la anciana conservaba en sus gestos la altivez de la clase a la que perteneció, sus modales de alcurnia. Vivía en una casa pequeña, rodeada de los muebles de estilo que pudo recuperar de su palacete en ruinas. Aparadores, espejos, mesitas auxiliares, vitrinas dificultaban el paso. Preparó té en un servicio de porcelana de Meissen, sobre mantelitos de encaje de Holanda.

—Sé por sus cartas que salió adelante. Recogiendo plomo de las ruinas. Hay que tener valor. Desescombrera.

Servía la infusión con delicadeza, con ademanes pausados, sosteniendo la tetera con ambas manos, dejándola sobre la mesa cada vez que ofrecía una taza. La ceremonia. Su figura erguida daba elegancia a las ropas que vestía, demasiado usadas, demasiado antiguas.

—¿Sabes?, tu abuela era muy guapa —se dirigió a Maren—, te pareces a ella. Era muy guapa. Daba gusto verla cabalgar. Otros tiempos —dijo después de un suspiro—. Nos casamos las dos el mismo año y perdimos a nuestros maridos a la vez. Tuvimos suerte.

Maren la miró con una interrogación en los ojos.

—De sobrevivir —añadió.

Se tocó la frente con las yemas de los dedos y se dibujó círculos en las sienes con el anular y el corazón.

—Este gesto —dijo dirigiéndose a Peter— lo aprendí de tu padre. Decía que así se podían alejar los pensamientos.

Peter sentía en Dresden que entraba en el pasado por una puerta falsa. La ciudad destruida reconstruía su memoria, le hacía escuchar su primer concierto en la Ópera Semper al lado de sus padres y sus abuelos, la abuela se lamentaba de haberlo traído. Es demasiado pequeño, decía, y le mandaba callar acercándose el índice a los labios. Demasiado pequeño también, para observar las colecciones de la Bóveda Verde junto a sus compañeros de colegio. El vértigo le llevó a correr de nuevo por las galerías y a volver a la fila, arrastrado de la oreja por el profesor. No es la memoria de su niñez, es su niñez. Es. Peter es un niño asombrado ante el palacio del Zwinger, juega con sus primos a príncipes y princesas. Ulrike. Sigrid. Georg. Una palabra. Una frase. Peter, ¿te encuentras bien? Él es un niño que se moja la mano en una fuente de la explanada del Zwinger. Sí, sí, me encuentro bien. Y la pérdida se le vino de golpe. Estaba solo. Sus abuelas. Sus abuelos. Sus tíos. Su madre. Su padre. Ulrike. Muertos.

—¿Seguro que te encuentras bien? —Blanca le dio la mano.

—Ya te he dicho que sí —y le soltó la mano.

Fue incapaz de contarle que todo lo que Dresden le estaba dando se lo arrebataba otra vez.

—No hace falta que me hables así.

—Perdona.

Fue incapaz de decirle que la soledad es no poder compartir con nadie los recuerdos. Con nadie. Y se les coló a los dos un desierto hasta el fondo.

Regresaron a Hamburgo más tristes, más solos.

En el camino de vuelta, Blanca volvió a dormitar en el asiento de atrás, junto a los hijos de Ulrike. Peter charlaba con Heiner. Intentaba convencerle de que abandonara Hamburgo. Debía aceptar el trabajo en Múnich. No era una huida. Era buscar otro camino. Su problema era el jardín, se había convertido en un voluntario encierro. Debía convivir con los recuerdos, no construir con ellos su propia prisión. A Ulrike no le gustaría que viviera para ella, encerrado en el jardín, con su muerte a cuestas. No se lo permitiría. No dejaría que sus besos le llenaran la boca, le obligaría a que procurara llenarla de otros besos.

Peter exploraba a Heiner. La expresión de su cara. La perplejidad.

Heiner estaba sentado en el porche del jardín. La carta de Ulrike en sus manos. Peter se equivocaba, él no vivía con la muerte de Ulrike a cuestas, ella estaba en el jardín. No aceptaría el trabajo en la compañía de teatro de Múnich. Seguiría en Hamburgo. Seguiría por siempre en el jardín, con Ulrike. Mediados de junio, se agotaba su plazo. Primavera. Ante la casita, donde había visto escribir a Ulrike, luchaba con la impaciencia de abrir la carta y el deseo de esperar un poco más. La decisión de leerla en primavera le había evitado el desasosiego hasta el comienzo de la estación, ahora le invadía, la primavera acababa y él no había decidido aún el momento de leer la carta. En innumerables ocasiones la había tenido en las manos y había resistido la tentación. Esperar un poco más. Alcanzar la plenitud de una espera sin zozobra, la espera serena del que confía en el otro, del que sabe que acudirá a su encuentro y puede saborear no sólo su llegada sino el tiempo que tarda en llegar. Guardaba la carta y esperaba a Ulrike, un poco más. Tres días para la llegada del verano, el momento de la cita estaba marcado. Primavera. Debería leerla ahora. La acariciaba, la olía, la sostenía en la palma de su mano calculando el peso, muchas palabras de Ulrike, mucho tiempo de nuevo con ella. Estaré contigo mientras la leas. ¿Después? Su silencio sería definitivo. Tenía miedo al después. La leería muchas veces. Recordaría sus palabras una a una. No. La leería una sola vez, para olvidarla. Y leerla de nuevo, cuando el olvido hubiera hecho su trabajo y le permitiera abrirla con la misma emoción, con la misma inquietud, la misma curiosidad, el mismo anhelo que la primera vez.

Heiner miraba la carta, con su nombre escrito en el sobre. Heiner. Heiner en la letra de Ulrike. Heiner en los labios de Ulrike. Y recordó su voz. Heiner. Su voz. No había vuelto a escucharla, hasta ahora. Heiner, en la voz de Ulrike. Entonces se decidió a abrirla, para seguir oyendo su voz. Su voz.

Mi amado Heiner. Querido mío:

Te observo agachado frente al rosal y me imagino lo felices que hubiéramos sido envejeciendo juntos. Me encanta mirarte, con tu cristal de cuarzo cortando flores para hacerme un elixir. Me gustaría tener tanta fe como tú en los remedios de Bäalt, pero no tengo esa suerte. Mi enfermedad no se funde como la nieve en presencia del sol, se derrama sin control, y me desborda. Acepto ese desorden, no hay nada que pueda evitarlo. Me niego a luchar contra un adversario que no es el mío, yo no tengo un enemigo: estoy enferma, y la enfermedad no se combate, se cura o no se cura, y no soy yo quien tiene los medios. Debo someterme al tratamiento, buscar el más adecuado, colaborar, pero detesto la palabra luchar, la palabra rendirse, yo no me rindo, mi lucha es otra, querido Heiner, mi amor. Vivo contando el tiempo que me queda para amarte, para mirarte, y te amo más cuanto más te miro, ¿hasta dónde sería capaz de llegar? Por eso añoro la vejez que no tendremos. Aunque a veces pienso que nuestro amor es tan grande porque sabemos que pronto vamos a perdernos, y que esa certeza alimenta nuestra pasión, que sin ella seríamos una pareja más aprendiendo a desamarse.

Estoy leyendo el libro que me has regalado. Ya sé por qué te gusta tanto: Staden y tú tenéis algo en común. Los dos esperáis que la salvación venga de fuera. Él la espera del cielo, tú, de las flores de Bäalt. A mí ni una cosa ni otra me sirven. Staden asiste tranquilo a los preparativos de la tribu en la creencia de que Dios le salvará, a él no se lo comerán los caníbales, le protege su dios. Tú, mi querido Heiner, y tu valor, eres los preparativos, y soy yo la que te está devorando. Devoro tu energía, me hace falta tu aliento, eres tú quien me da serenidad, no la esencia de la victoria regia. Para ti bebo el elixir, porque te salvan las flores, es la confianza en ellas lo que genera tu valor, y me hace falta, me haces tanta falta. Bebo el heliantemo porque sé que durante la maceración de la rosa, mientras esperas a que macere, estás perdiendo el terror a mi muerte. Yo he asumido mi enfermedad, no temo darle nombre a la muerte. Es mejor así, darle su nombre. Vendrá, a pesar de mí, a tu pesar. Nombrarla, para que cuando llegue no nos sea tan extraña. La muerte, ya no la niego. Mi querido Heiner, no la niegues tú.

Querido mío. Querido mío. Querido mío. Soy capaz de decirlo. Soy capaz de escribirlo, querido mío. Perdí mi escepticismo frente al amor cuando me amaste y yo pude amarte, cuando me diste tu amor y te lo devolví crecido, cuando saboreé mi nombre en tus labios. Me gusta, sobre todo al hacer el amor, pronuncias mi nombre tan sólo para que yo lo oiga, y lo repites, despacio, despacio.

Nunca nos dijimos que teníamos que habernos encontrado antes, porque los dos sabemos que nos conocimos en el momento justo, que todo lo anterior fue prepararse para el aprendizaje. He aprendido a amar amándote, a necesitar necesitándote, yo que siempre me jacté de mi autosuficiencia. Te necesito. Tengo suerte, te tendré hasta el último momento de mi vida. Así es que no me compadezcas.

Me voy sabiendo lo que se siente cuando alguien te mira. ¿Qué me has dado al mirarme? Me miras de reojo, cuando crees que no te veo, como ahora. Levanto la vista mientras escribo y te descubro. No sirve que ocultes los ojos bajo el sombrero, veo tu mirada a través de la paja, tu mirada curiosa. No tardarás en preguntarme qué es lo que estoy escribiendo. Debería mentirte, para que mi carta fuera una sorpresa, sin embargo quiero que la esperes, que sepas que estaremos juntos cuando yo me haya ido. Un ratito. Quiero que sepas que la escribo para no irme del todo. Para estar contigo un poco más. Querido mío. Querido mío. Querido mío.

Ulrike

Peter y Blanca se despidieron de Heiner, de Maren, de Curt. Entonces fue cuando Heiner le dijo:

Du wirst mich niemals verlassen, selbst wenn Du gehst, entonces fue cuando Peter tradujo: Nunca te irás de mí, aunque te vayas. Blanca no supo desligar los labios de Peter de las palabras de Heiner.

Regresaban a Madrid. Prometieron volver.

Atravesaron Alemania. Blanca no dejó de morderse el nudillo del dedo. Fue un viaje largo, y Peter sabía que no era de regreso. No era volver. Era precipitarse hacia la ausencia. Era el principio de la huida. El silencio le enseñaba que la echaría de menos. El hueco empezaba a abrirse. Peter la miraba. Blanca no miraba a Peter.

Blanca pensaba en la ruptura como en un camino ya descubierto. Un dolor antiguo que se aposenta. Llegaría a Madrid, viviría tranquila con Carmela, disfrutaría de la mirada de Casilda, los besos de Carlota, las risas de Mario. No pensaba en José.

Llegó a Madrid y se despidió de Peter con un beso en la mejilla. Él quiso decirle te amo. No lo hizo. Por pudor.

No se dijeron adiós.

Carmela tenía dispuesta la urdimbre en el telar de bajo lizo. Se disponía a empezar una orla para el tapiz de Amaterasu que había tejido con Blanca. Deseaba terminarlo antes de que su hermana regresara de Alemania. Contemplaba a la diosa del sol, aprisionada aún en la trama. Poco faltaba para su liberación. Cuando la orla estuviera acabada desataría los hilos que unían el tapiz al bastidor. Intentaba tejer. Escoger los colores de las sedas para enhebrar la lanzadera.

Sentada ante su telar, con los ojos fijos en la urdimbre, miraba los hilos en paralelo sin verlos siquiera. Veía a Casilda.

Llovía. Carmela había ido a recoger a sus hijos a la parada del autobús, nadie podía prohibirle que los viera en la calle. Los niños la convencieron de que subiera a merendar con ellos. No supo negarse. Volvió a entrar en la que había sido su casa. Volvió a ver los cuadros que ella había colgado en las paredes. Las plantas que había regado. Los muebles que compró con Carlos justo el mes anterior a la boda. Al ver sus cosas, se dio cuenta de que las echaba de menos. Todo estaba en su lugar, y lejos, todo le señalaba su propia ausencia. Ya era de noche. Ya les había contado a los niños una vez más la historia de Amaterasu, nacida del ojo izquierdo de su padre, destinada a reinar en el País de la Llanura Celestial. Ya había enumerado los poderes de sus gemas, los atributos de su espejo. Mario le había pedido que repitiera las travesuras del hermano de Amaterasu, Susanoo, dios de la tormenta. Carlota quiso volver a escuchar la muerte de una de las doncellas tejedoras, atravesada por una lanzadera en el Cuarto de los Tejidos.

—Os lo cuento otra vez y después me voy, ¿vale?

Carmela tenía que marcharse antes de que su marido llegara, Casilda lloraba, no quería que se fuera.

—Acompáñame abajo, así paseas al perro, nos despedimos en la calle y estamos juntas un ratito más —le dijo.

La niña se puso su impermeable amarillo. Caminaron juntas por la acera, se besaron, se separaron. La madre continuó sola, unos pocos pasos, miró hacia atrás.

Carmela veía a Casilda, tapada con la capucha, agarrando la correa del perro con una mano y diciéndole adiós con la otra. Lloraba.

—Anda, sube ya a casa, se va a poner malo el perrito si se moja —dijo la madre desde lejos—, yo esperaré aquí hasta que entres en el portal.

Casilda se dio la vuelta, tiró de la correa con ambas manos e hizo girar al perro, un cócker negro de orejas largas, caminaba tras él casi a rastras volviendo la cabeza hacia su madre. La capucha del impermeable amarillo le tapaba la mitad de la cara.

No veía su telar, no veía siquiera la habitación donde estaba, Carmela veía a Casilda bajo la lluvia, apartándose los rizos mojados de la frente con su pequeña mano, diminuta.

La urdimbre era blanca. Los hilos que escogiera Carmela para la lanzadera la atravesarían de color.

Sonó el teléfono.

Escuchaba, sin llegar a creerlo, la voz de Carlos. Los niños la echaban de menos. Él estaba demasiado ocupado y pasaba poco tiempo con ellos. Consideraba que era mejor que estuvieran con su madre. Podría llevárselos a vivir con ella cuando tuviera una casa. Carmela comenzó a saltar.

Cuando Blanca abrió la puerta de su casa, encontró a Carmela bailando sola. Su hermana le quitó las maletas de las manos, la tomó por la cintura y la obligó a bailar con ella. El salón estaba lleno de rosas rojas. La paseó al ritmo de la danza enumerando los ramos. Ocho ramos de rosas rojas. Ocho rosas en cada ramo. No había ninguna tarjeta.

—José llamó esta mañana, muy temprano, para saber a qué hora llegabas. De paso me preguntó si yo iba a estar aquí. Debe de haberlas enviado él.

—Son de José —replicó Blanca sin entusiasmo.

—Pero ¿qué te pasa? ¿No te ha gustado la sorpresa?

—Peter y yo nos hemos separado.

Carmela intentó convencerla de que era lo mejor que podrían haber hecho. Demasiadas veces había visto sufrir a Blanca en su relación con Peter.

—Carmela, tengo miedo.

No supo al decirlo que su miedo se acrecentaría esa misma tarde, cuando su hermana se atreviera por fin a decirle que las flores no eran el motivo de su alegría, a contarle la conversación con Carlos. Carmela se iba. Casilda, Mario, Carlota. Ya no trasladarían colchones y mantas los fines de semana. Su hermana le prometió que seguirían tejiendo juntas, todas las mañanas. Carmela se iba. Buscaría piso cerca de la casa de Blanca. Estarían mucho tiempo juntas. Cerca. Estarían muy cerca. Le sería fácil ver a los niños siempre que quisiera.

Blanca intentaba fingir alegría, Carmela intentaba ocultarla.

Ocho, ése es mi número. Ocho ramos de rosas rojas. Ocho rosas en cada ramo. José lo recuerda ahora mientras espera a Blanca. Esta vez vendrá. Él ya ha preparado la cena. Ha apagado las luces. Ha encendido las velas. No será como el día de su regreso de Alemania. Ella le llamó para agradecerle las flores y rehusó su invitación a cenar alegando cansancio. José insistió. Tampoco al día siguiente quiso verle, Blanca volvió a agradecerle las rosas. Yo te llamaré, le dijo. Y tardó dieciocho días en llamar.

Dieciocho días en los que José imaginó nombres y rostros. Me esperan en Amsterdam. Ternura. Abrazos. Amor. Blanca no llamaba. Me esperan en Amsterdam. Blanca no llamaría. Pensó en desconectar el contestador, para evitarse la ansiedad durante el camino hacia su casa, la decepción al llegar. No lo hizo. Noche tras noche, tres llamadas, siete, cinco, las voces registradas en el aparato eran silencios de Blanca. Decimoctavo día. Una sola llamada.

—Hola, soy Blanca, espero que no sea demasiado tarde para que me invites a cenar, si puedes me llamas. Un beso.

Dieciocho días en los que Blanca ayudó a Carmela a buscar piso. Dieciocho días en los que Peter no la llamó ni una sola vez. ¿Por qué no dijiste te quiero?, le hubiera preguntado. Esas cosas no hace falta decirlas, le contestaría él. Necesitaba oírlo. Te amo. Ya es tarde.

Dieciocho días en los que ella pensaba en José. Deseaba llamarle. Y no quería llamar. Dejaría que el tiempo pasara. Olvidaría a Peter. Recuperaría el sabor de la soledad, su lugar hacia dentro. Sola. Se acostumbraría a vivir sin Carmela. Aprendería a cuidarse sola. Tejería escuchando música. Leería los libros que nunca tuvo tiempo de leer. Visitaría exposiciones. Asistiría a conciertos. Estudiaría inglés. Cambiaría los muebles de sitio. Iría al cine, al teatro. Sola. Ella podría hacerlo. Sola. No necesitaba a José.

¿Y qué hacer cuando no supiera qué hacer? Cuando sentarse ante su telar fuera tan sólo ocupar el tiempo, cuando tuviera que volver a leer la página de un libro, una vez y otra y otra. Cuando su urgencia por olvidar a Peter le negara el olvido, y la llevase a negar un deseo: el encuentro con José. Qué temía de él. Entregarlo todo. Perderlo todo. Desde el primer momento se dio cuenta de que ejercía sobre José una fascinación que ella ignoraba que podía ejercer. Blanca se obligaba a pensar que no le amaba, le había gustado su olor y la forma en que la besó. No le amaba, ni quería amarle. Pero deseaba hundir la nariz en la esquina de su cuello, y que él le apartara la cabeza tirándole del pelo, para ofrecerle su boca como un pozo invertido. Qué hacer cuando el recuerdo de las manos de José le acariciara el rostro. Cuando ir al cine fuera la esperanza de volver a coincidir. Cuando buscara perderse en El Bosco y le viera desnudo, hombre alado que vuela en *El Jardín de las Delicias*. Cuando escuchara una canción y su gabardina flotara al compás de la música, en una danza aérea, verde. Cuando cambiara los muebles de sitio y se sorprendiera jugando a descubrir el lugar que Peter escogería para sentarse, a adivinar si sería el contrario el que preferiría José. Qué hacer para que no apareciera, recurrente, siempre que intentaba olvidar a Peter. Se decidió a llamarle. Conocer al enemigo es empezar a combatirlo, olvidarlo es haberlo vencido. Conocería a José, olvidaría a Peter, y ambos dejarían de ocuparla, le permitirían leer, asistir a un concierto, sola, admirar un cuadro, estudiar, tejer.

Llamó a José. Cenarían juntos. Le conocería. Le olvidaría. La cita. Permaneció frente al espejo durante dos horas, cambiándose de vestido. Demasiado ajustado. Demasiado rojo. Mejor, pantalones. No. El verde me sienta bien, resalta el color de mis ojos. Verde. No. Quien de verde se viste a todo se atreve. Por qué no. Sí. Escogió el vestido verde.

Carmela iba a recoger a sus hijos. Carlos la esperaba con ellos en el portal de la casa. Cuando la vieron por la acera, corrieron a su encuentro con los brazos abiertos. ¿Quién me quiere a mí? Yo. Yo. Yo. Casilda. Mario. Carlota.

—Mamá, ¿de verdad vamos a vivir contigo? —preguntó Carlota.

—Sí, mi amor.

—Pues ahora ya te puedo decir una cosa —le susurró al oído.

—¿Sí, cuál?

—Me enfadé contigo cuando te fuiste.

—Ya no vas a enfadarte nunca más —la madre la abrazó.

El traslado era una fiesta. Carmela había encontrado un piso cerca de la casa de Blanca. Había conseguido unos pocos muebles con el dinero que le dieron por sus anillos de oro, sus cadenas, la medalla de su primera comunión, un reloj que le había regalado su suegra. Blanca se encargó de los colchones y las mantas, almohadas también. Carlos les llevó a todos en coche hasta la puerta, con sus equipajes. Arriba esperaba Blanca. Los niños se despidieron de su padre y corrieron hacia el portal impacientes por ver la casa nueva. Una puerta de forja de hierro daba paso a una segunda de cristal y madera donde podía leerse: HAY ASCENSOR, escrito sobre el cristal con grandes letras.

—Hay ascensor —gritaban los niños. Reían.

Blanca oía los gritos desde arriba. Su hermana y sus sobrinos intentaban entrar con los equipajes en el ascensor, se tropezaban unos con otros, con las bolsas de viaje, con las maletas. Reían. Reían.

Blanca escuchaba las risas de Carmela. Por fin. Carmela había salido a flote. Había superado su propio naufragio. Todo el mundo pensaba que a Carmela el agua le llegaba al cuello. Que Carmela tenía vocación de ahogada. «Un barco demasiado pequeño para el mar.» Ahora demostraba al mundo que no. Que la profundidad del mar depende de los pies. De los pasos que uno esté dispuesto a dar hacia dentro. Hay gente a la que el mar le llegará siempre a la cintura, sólo a la cintura. Y otros que se quedan en la playa toda la vida. Carmela no. Ella se había atrevido a entrar hasta lo profundo. A Carmela el agua le llegaba al cuello, pero había aprendido a nadar.

En el sofá, sentada con un cojín sobre su regazo, Blanca parecía armada de un escudo. José se sentó a su lado. Ella se retiró al extremo del sofá, aferrada al cojín como si temiera caer, como si quisiera protegerlo, protegerse. Se hundió en el asiento marcando distancia.

—¿Por qué has desaparecido? —le preguntó José.

—No he desaparecido, estoy aquí.

José no sabía si acercarse a ella. Cruzó las piernas y apoyó un brazo sobre el respaldo del asiento. Con la mano le tocaba el pelo. Blanca abrazaba el cojín.

—Ven aquí. No necesitas protegerte con esto —le quitó el cojín—. No tienes por qué tenerme miedo.

—Ya te lo dije: no quiero otro demonio —contestó ella cruzando los brazos sobre el pecho.

—Te demostraré que hay demonios que dejan de serlo.

Se acercó a besarla y Blanca retiró la boca. No, le dijo. Se levantó del sofá. José la siguió. Se colocó a su espalda y rozó su oído con los labios. Blanca se estremeció. No. No. Casi un gemido. Iba a dar un paso hacia delante. José la inmovilizó con los brazos. Sus manos en las de ella cruzadas sobre el pecho. No, no.

—Así te besé por primera vez. ¿Te acuerdas?

La giró hacia sí y la besó. La ternura de José en sus labios. Se conmovió. Blanca dejó que su ternura le alcanzara en la boca. Volvió a estremecerse. Quiso retirarse. Decir no otra vez, no. No. No. José se aferró a ella.

—No tengas miedo —dijo.

Blanca cedió a su estremecimiento, lo paladeó mientras se convertía en excitación. Entreabrió la boca a la boca de

José. Le besó. Se rindió. Todo su cuerpo le besaba. Era de noche. Era julio. Hacía calor. Se entregó. Se abandonó al deseo. Los dos se abandonaron al deseo.

—Blanca, eres la mezcla de todas las cosas que me gustan.

Los cuerpos se reconocieron. Se atraparon. El sudor de uno resbalaba en el otro.

Después de hacer el amor, se ducharon juntos. José enjabonó a Blanca. La secó envolviéndola en una manta de baño. La cogió en brazos y la llevó al comedor. La sentó en una silla frente a la mesa. La cena estaba preparada.

—Ahora sí voy a cuidarte —dijo.

—Ahora yo sé cuidarme sola —le contestó Blanca.

Cenaron desnudos. Sentados el uno al lado del otro. Se miraban. Se tocaban. Se besaban. Se reían. Se reían. Se reían. Volvieron a hacer el amor. Volvieron a ducharse juntos. José volvió a secar a Blanca. La cogió de nuevo en brazos, y la llevó a la cama.

—Me encanta tu olor —dijo Blanca ovillándose en el hueco del hombro de José.

—¿A qué huele? —él la abrazó esperando la respuesta que ya sabía, la que deseaba escuchar.

—A ti.

Y se durmieron juntos. Abrazados. Unidos. Pegados.

Las ventanas abiertas. La brisa despertó a Blanca. Tenía frío. Se arropó con la colcha abandonada en el suelo y arropó a José. No pudo volver a dormir. No recuperaba el calor. Se abrazaba al cuerpo dormido y pensaba en la insensatez. Hay demonios que dejan de serlo. Entregarlo todo. Perderlo todo. Se levantó sin hacer ruido. Miró a José. Conocer al enemigo no era necesario, podría ser el principio de su propia derrota. Mejor huir. Buscó su vestido verde y lo encontró arrugado en el suelo. Se agachó, lo miró como quien se mira una herida, y se quedó en silencio y quieta, examinándolo. Así permaneció, inclinada sobre su vestido sin tocarlo, hasta que advirtió que José la miraba.

—Tengo que irme —dijo de espaldas a José, cubriéndose con su vestido.

—¿Por qué? —él se incorporó.

—Tengo que irme.

Comenzó a vestirse ante la mirada perpleja de José.

—¡Por favor! —le rogó desde la cama.

—Tengo que irme —ella pudo mirarle a los ojos—. Tengo que irme —corrió hacia la puerta.

José la dejó marchar sintiendo que la perdía. Te quiero, balbuceó, cuando Blanca ya se había ido.

Creer que el tiempo todo lo cura es negar las enfermedades crónicas. José no creía en los poderes mágicos del tiempo. Sabía que el amor tiene sus exigencias, tendría que soportar su dolor. Algún día, cuando vuelva a encontrarla, le dirá que la quiso.

Desnudo, como lo había dejado Blanca, apoyó la frente en la puerta cerrada. Se miró el pecho, los brazos, el sexo. Reconocerse en su dolor. Acercó sus manos a la nariz. Hueles a ti. Olerse. Regresó a la cama para buscar su propio olor, no el de ella, que lo llevaba dentro.

Era domingo, y julio.

Blanca caminaba por el parque arrastrando los pies. Hay demonios que dejan de serlo. O tal vez no.

Deambuló por la ciudad oliéndose las manos. Oliendo a José. Llegó a las puertas del parque sin saber cómo. Hay veces que el tiempo logra pasar sin ser visto. Sin verla recorrió Blanca la madrugada, y amaneció sin que viera amanecer. Eres la mezcla de todas las cosas que me gustan. Se dirigía hacia la estatua del Ángel Caído. Te quiero. Esas cosas no hace falta decirlas. Debía de haber una forma de huir. Tenía que encontrarla. Sola. Pequeñas porciones de azul marino se colaban entre los árboles. «Ese pedazo de toldo azul que los cautivos llaman cielo.» En la distancia, el ángel era sombra retorcida, informe. Blanca caminaba hacia él sin percibir el olor a verde, a frescor, a mañana. Aún no había sol, pero ya la claridad empapaba el cielo de naranjas, y Blanca no lo veía. Peter. José. La mirada fija en la estatua. Encontraré la forma. ¿Cuánto tiempo necesita la luz para hacer el día? ¿Cuánto aguantará la luna, ahí? Y al mirar la luna descubrió la espada. De la confusión de las formas de la estatua emergía nítida una espada. Blanca aceleró el paso. Llegó a la fuente sin dejar de mirarla. Te busco, y tú me muestras una espada.

El parque empezaba a habitarse, a despertar. Despertar. Era la primera vez que Blanca iba al parque a la hora de despertar. El ángel despierta. Blanca miraba extasiada. El ángel también despierta, su cuerpo retorcido se despereza, el ala extendida hacia lo alto, la espada dispuesta. Hay demonios que dejan de serlo. Es un bostezo, su boca. La tensión del pie sobre la piedra le sirve para tomar impulso y levantarse. Se apagaron las farolas. Blanca asistió a la invasión de la luz. Cuando levante el sol, te dará en la cara. Queda poco tiempo. Una cuadrilla de barrenderas uniformadas de verde atravesó la explanada arrastrando sus carros de limpieza. Esperas. Yo también espero. Nos queda poco tiempo. Blanca dio la vuelta a la fuente, miró la espalda del ángel, hendida en el espinazo, sosteniendo el peso de las alas. Mantente, álzate. Empieza el vuelo. Retuércete, escapa.

No esperó a que el sol iluminara la estatua. Estás solo. Se alejó despacio, girando la cabeza. Te miro. Pero tú, ocupado en levantarte, no me mirarás. Todos estamos solos. Contempló al ángel armado, recordando dolores antiguos, el ala, reconociendo el miedo al dolor, la espada. El primer paso.

En el Molino El Tejar.
En Villanueva del Rosario, 1996.

... hasta su misma caída fue para él
sólo un pretexto de ser: su nacimiento último.

RAINER MARIA RILKE

A Miguel Ángel

A Sharon y Pepe

HÁBLAME, MUSA, DE AQUEL VARÓN

A mi madre, y a mi padre.

- The beginning of Odyssey →
  foreshadows how will end - all
dead except for Odysseus.

Háblame, Musa, de aquel varón de multiforme ingenio que, después de destruir la sacra ciudad de Troya, anduvo peregrinando larguísimo tiempo, vio poblaciones y conoció las costumbres de muchos hombres y padeció en su ánimo gran número de trabajos en su navegación por el ponto, en cuanto procuraba salvar su vida y la vuelta de sus compañeros a la patria. Mas ni aun así pudo librarlos, como deseaba, y todos perecieron por sus propias locuras. ¡Insensatos! Comiéronse las vacas del Sol, hijo de Hiperión; el cual no permitió que les llegara el día del regreso. ¡Oh diosa hija de Zeus!, cuéntanos aunque no sea más que una parte de tales cosas.

HOMERO
Odisea

PRIMERA PARTE

Habito donde la ciudad dormita
y se demora en largos suspiros,
en los campos de lágrimas,
en un lecho que tiene por frazada el llanto,
en el angosto corredor
que se abre entre el cielo y sus párpados.
... Murió el grito del retorno.

ADONIS

Τ

Tú nunca le pediste que te hablara de Ulises. Ahora ya es tarde. La fatalidad te ha enseñado que las palabras que evitabas decir, y también las que dijiste, forman parte de la distancia que alimentó el desprecio de Matilde hacia ti.

—Adrián —ella tenía que repetir siempre tu nombre—, Adrián.

—¿Me llamabas? —contestabas sin mirarla.

—Sí. Quería decirte que.

—¿Cómo?

—Que quería decirte que —tú seguías sin mirarla.

—¿Qué?

Y ella se cansaba de repetir.

—No, nada.

Gozaste del amor de tu esposa, durante casi dos años. La amaste, y ella te amó. Matilde no había comenzado a juzgarte, y tú aún no dudabas del amor de Matilde.

Tus limitados ingresos te permitían pagar tan sólo una habitación realquilada con derecho a cocina. Tiempos de penuria económica. Y ahora te preguntas, al recordar aquella escasez, si realmente erais felices. ¿Lo erais? ¿No os lo inventasteis? ¿No era más fácil afrontar las dificultades siendo «felices»? Malabarismo. Hicisteis juegos malabares con la palabra felicidad. Fuisteis cómplices. Y dejasteis de serlo.

Tú vivías en paz con tus grandes aspiraciones literarias y Matilde sin ninguna gran aspiración. Hasta que llegó Ulises. Tus sueños se convirtieron en codicia y no pudiste confesarlo. Entonces fue cuando ella comenzó a sentir el silencio.

Y empezaste a perderla. Matilde encontró la complicidad en una tercera persona; y al tiempo, y de forma paulatina y severa, se fue llenando de desprecio hacia ti.

Tú lo sabes, y por eso no puedes dormir. Sabes que el origen de su huida debes buscarlo en la primera cena con Ulises, a la que tú la obligaste a acompañarte.

—No quiero ir a esa cena —fue un ruego lo que ella te hizo.

Cuántas veces te había acompañado a los encuentros con tus colegas, cuántas. Matilde os escuchaba en silencio, convencida de que su opinión carecía de importancia; nadie se la preguntaba ni a ella le inquietaba expresarla. Se mantenía al margen a sabiendas de que su presencia pasaba desapercibida, a todos, excepto a ti. Ella nunca se negó a acompañarte, sabía que la llevabas para asegurarte un espectador, atento siempre a tu discurso. A Matilde le gustaba agradarte, te escuchaba, reía tus bromas, y a ti te bastaba su risa y su silencio, su discreción.

Ella sabía que alardeabas de mujer hermosa. Eso no le importaba. Pero esta vez era una reunión de trabajo. Un famoso productor había leído el ensayo sobre la *Odisea* que publicaste en una revista literaria; tu propuesta le resultó ambiciosa, y quiso conocerte. Así es como te ofreció escribir el guión de su próxima película, realizar tu sueño. Tú le habías hablado a Matilde de Ulises con admiración. Lo describiste como un gran conversador, un productor culto, inteligente, irónico y mordaz. Ella temía encontrarse con él. Insistió en su ruego:

—Los tres solos..., si fuera más gente... Mejor yo no voy.

—¿Cómo?

—Que mejor vayas tú solo.

—Ulises es muy amable. No tienes ni siquiera que hablar, no te preocupes. Ponte guapa, ya verás, se quedará impresionado.

Tú obligaste a tu mujer a acudir a esa cita. Ponte guapa, le dijiste. Y se puso el único vestido de noche que tenía. Estaba realmente hermosa. La recuerdas así, hermosa. Seda negra resbalando hasta sus pies calzados con tacones altos. La recuerdas, durante la cena, sujetándose sobre los hombros semidesnudos el chal blanco que le trajeron de Turquía, alguien, no sabes bien quién, su madre, su hermana, tú mismo, quizá.

Después de cenar, Ulises os invitó a una copa en su casa. Te interesaba ir, hablaríais del guión, y aceptaste sin consultar a Matilde.

—Lo siento —había dicho Ulises—, el coche sólo tiene dos plazas.

—Ve tú, Matilde. Yo cogeré un taxi.

La recuerdas subiendo al automóvil. Se inclinó para entrar, y viste su cuello más largo que nunca, su nuca despejada. Puedes ver incluso el pasador que adornaba su pelo recogido en un moño. Tu regalo en vuestro primer aniversario de boda. La plata destacaba en su cabello rojizo.

No quisiste ver la rabia en sus ojos mientras cerrabas la portezuela del automóvil, no la miraste.

Y ahora te preguntas qué pasó entre ellos en ese espacio que no te pertenece, que no compartiste con ella. Por qué no le pediste esa misma noche que te hablara de Ulises, por qué dibujaste con tu silencio una línea infranqueable.

El taxi en el que viajabas chocó contra un turismo; tú esperaste sentado en el interior hasta que los conductores terminaron de discutir. Tranquilo. Tardaste demasiado en llegar.

De qué hablaron durante aquel primer encuentro, los dos solos, mientras te esperaban más tiempo del previsto.

Y ahora no puedes dormir.

Tal vez si le hubieras pedido que te lo contara, habrías sabido entonces que el chal de Matilde resbaló de su hombro y cayó sobre la palanca de cambio; y que antes de que ella lo advirtiera, Ulises se lo colocó:

—Va vestida de ajedrez.

Matilde se sujetó el chal sobre el pecho con ambas manos.

—Blanco y negro —insistió Ulises—. Muy elegante, como el ajedrez. O como las damas —añadió sonriendo—, el juego de la elegancia.

—Gracias —y Matilde también sonrió.

—Vaya, he arrancado una sonrisa del cerco de sus dientes.

Ulises miró a Matilde buscando su reacción, pero Matilde no reaccionó, continuó con la mirada fija en el parabrisas.

—Es una frase de Homero. La *Odisea*.

—No la he leído —contestó ella sin rubor.

—Sí, lo sé, me di cuenta en la cena cuando felicitó a su marido por su ocurrencia, «La aurora de rosáceos dedos» es también de Homero. Los dos nos hemos pasado de pedantes.

Matilde supo entonces por qué le apretaste la mano cuando os servían los postres, y ella te dijo que era una frase preciosa, por qué la miraste condescendiente y sintió en tu mirada la vergüenza.

—Lo siento —añadió Ulises ante el silencio de tu esposa—. No era mi intención ponerla en evidencia.

Matilde le sorprendió con su candidez:

—No he leído el libro. Pero he visto una película. Es una historia muy bonita.

Ulises le pidió que le hablara de Ulises, de Penélope, de Telémaco.

—No sé gran cosa, sólo me sé la historia —contestó con timidez.

—En una adaptación al cine, lo que queda es la historia. Cuénteme la historia.

—¿Por qué? ¿Por qué quiere que yo le cuente algo que usted ha leído y yo no?

—Porque lo que usted conoce de la *Odisea* es lo mismo que saben los espectadores que irán a ver mi película, la mayoría de ellos sólo conoce la historia.

Ulises descubrió la versión de la *Odisea* de quien no ha leído la *Odisea*. Pretendía acercarse a una visión de Homero ajena a los prejuicios literarios.

El interés que Ulises mostraba era real, y a Matilde la desconcertó. El reputado productor de cine que iba a contratar a su marido la escuchaba con atención, a ella, como nadie hasta ahora. La miraba, preguntaba, asentía.

Aquella primera cita fue el punto de partida de tu desencuentro con Matilde. Cuando llegaste al salón de la casa de Ulises, ella dejó de hablar. Regresó a su discreción, a su recato. Recordó las palabras que usaste, Ponte guapa, se quedará impresionado, y se preguntó por qué habías tardado tanto. Te miró, y en los ojos castaños de Matilde adivinaste un reproche.

—Estábamos hablando de la *Odisea*. De los miedos de Penélope —dijo Ulises—. Es muy interesante la visión de su esposa.

Tú creíste que lo decía por hablar, por romper la frialdad que os rodeó a los tres en un instante.

—¿Ah, sí? —contestaste.

Miraste a tu mujer con cierta perplejidad. ¿Cómo podía tener ella una visión de la *Odisea*? Qué hermosa está —pensaste—, y te dirigiste a Ulises para exponer las diferencias que podrían encontrarse en la obra de Homero, según fuera contada por un hombre o por una mujer.

Ulises te escuchaba y miraba a Matilde. Tú no supiste ver en ello que deseaba incluirla en la conversación, y continuaste hablando.

Los dos hombres estabais de pie, y ella sentada y hermosa fumaba en el sofá, ruborizada. Ahora sí, ruborizada ante Ulises, por las palabras que había pronunciado cuando se encontraban los dos a solas, por las que no se atrevía a decir desde que tú llegaste. Habría sido mejor callar también antes.

La velada se desarrolló como tantas otras. Matilde permaneció callada, pero esta vez su conversación anterior con Ulises señalaba su silencio. Y su reserva habitual incluía un nuevo elemento: el rencor.

El rencor. Hacia ti, que habías hablado por ella. Hacia Ulises, que supo hacerla hablar y fue testigo de su incapacidad para seguir hablando. Hacia sí misma, que se avergonzó por primera vez, tanto de su palabra como de su mutismo.

—Escribir este guión es muy importante para mí —le dijiste al salir a la calle. Y le cogiste la mano.

—Entiendo —contestó ella. Y su mano escapó de la tuya como se escabulle un pez.

El punto de partida. El comienzo de tu carrera literaria. El primer guión. Y después vendrían otros. Y la fama. La
oportunidad de escribir una novela, de publicarla en la mejor
editorial. Las traducciones. Reconocerían el genio que había
en ti, y cultivaste tu aspecto de intelectual para facilitar el reconocimiento. Te dejaste crecer el pelo y estudiaste frente al
espejo ademanes que lo hicieran caer sobre tus gafas con naturalidad; para retirarlo luego te resultó más fácil encontrar
un gesto sencillo. Procuraste que tu vestimenta conservara el
desenfado del artista y te adornaste de un cierto aire de desa-
liño con una barba de tres días. Un escritor debía parecerlo.
Te encargarían obras de teatro que representarían los actores
más brillantes, las más bellas actrices, en los mejores teatros.
Tu nombre escrito en todas partes. Adrián Noguera. Tu nombre repetido en los círculos intelectuales de todo el país. Adrián
Noguera. La fama. Entrevistas en prensa, radio, televisión. La
superación de la penuria arrastrada.

Tu sueño crecía paralelamente a tu ambición, y eso no
podías compartirlo con Matilde. Ella era tu esposa, cómplice
en el terreno de lo doméstico, disfrutaría de las mejoras económicas. Le comprarías una casa, que ella podría amueblar a
su gusto.

Dos meses habían pasado desde el primer encuentro
de Matilde con Ulises. Ella quería olvidarlo, y tú no la dejaste olvidar. Ahora, la memoria te trae sus negativas a acompañarte a una segunda cena con tu productor, y tu insistencia. Y no puedes dormir.

—Ulises me pregunta siempre por ti. Le impresionaste.

Dijiste, para después añadir, como si hablaras de otro tema:

—Vamos a firmar el contrato. Me pagará un buen anticipo. Podré dar la entrada de un apartamento.

Habían pasado dos meses, y ella temía un nuevo encuentro. Tú no entendías su miedo, y para animarla le propusiste visitar la casa que deseabas comprar.

Recuerdas aquel mediodía soleado —lo recuerdas bien, porque has pensado en él muchas veces—. Intentas explicarte la reacción de Matilde, la alegría que viste en ella al entrar en el piso vacío. Intentas explicártelo, una y otra vez, y no puedes. Te limitas a considerar que el agradecimiento era motivo suficiente para su alborozo. Se agarró a tu brazo, y recorrió las habitaciones prendida a ti. Matilde no quería perderte. Prendida. Interpretaste mal su gesto, y también los siguientes, cuando te besó en los labios con una pasión insólita, cuando te acarició, y se entregó a tu boca, y te pidió, allí mismo, en el suelo desnudo, que le hicieras el amor. Ella no quería perderte, por eso se quitó el vestido y se ofreció desnuda en la casa desnuda. Te sorprendió, y no la entendiste porque jamás se había arrebatado de esa forma. Ella no conocía la desmesura, y tú no reconociste a tu esposa. Le hiciste el amor, o ella te lo hizo, y te asustó, porque era la primera vez que os entregabais así.

Respondiste a su ruego extravagante, disparatado, convencido de que te estaba agradeciendo la adquisición. Matilde no quería perderte. Después del amor se enredó en tus brazos, largo tiempo, ronroneando como un felino.

Y al salir de la casa, te rogó que la excusaras de acudir a la cena con Ulises.

—Ulises me pregunta siempre por ti.

Ulises os esperaba sentado en la última mesa del restaurante. Se levantó cuando os vio entrar y no dejó de observar a Matilde. Ella iba detrás de ti, advirtió la mirada de Ulises y mantuvo la suya en tu espalda. Cuando llegasteis a la mesa se encontraron los ojos de ambos, y fuiste tú quien sintió miedo. Te negaste a reconocerlo, pero tu miedo aumentó —ahora lo sabes—, cuando Ulises retiró la silla donde Matilde debía sentarse. Se inclinó hacia ella, le habló en voz baja:

—Tenía ganas de verla.

Lo oíste, lo oíste bien, a pesar de que las palabras de Ulises eran casi un susurro. Matilde no contestó, dejó que la ayudara a acercarse a la mesa y colocó su servilleta sobre las piernas, antes de que vosotros os hubierais sentado. Ese pequeño movimiento, demasiado rápido, te desveló que se esforzaba en controlar sus nervios.

—Usted y yo tenemos un tema pendiente —Ulises se dirigía a Matilde.

Y contestaste tú, sin mucha curiosidad, convencido de que era una forma de iniciar la charla:

—¿Ah, sí?

Matilde te miró a ti, y Ulises a ella.

—Dejamos a medias una conversación, Matilde.

Entonces te diste cuenta: a ti te llamaba Noguera, a ella la llamaba por su nombre. Matilde.

—He leído la *Odisea* —le dijo tu mujer a Ulises.

—¿Ah, sí? —volviste a decir, esta vez sorprendido, desconcertado.

Había leído la *Odisea* y no te lo había dicho. ¿Por qué? ¿Por qué la había leído? ¿Por qué no te lo había dicho? ¿Seguro que la había leído? Matilde carecía de iniciativa para la lectura, sólo leía lo que tú le recomendabas. Sentiste de pronto un desplazamiento, una leve molestia. Y ahora, al recordarlo, reconoces el orgullo en el tono de su voz:

—He leído la *Odisea*.

Y escuchas orgullo también en la voz de Ulises cuando se dirigió a ella, sólo a ella, después de que tú dijeras «¿Ah, sí?»:

—Bien. Bien. Ahora podrá decirme si el texto refuerza su teoría sobre el miedo de Penélope al futuro.

Tú ignorabas por completo que Matilde tuviera una teoría, que fuera capaz de tenerla. Tu asombro aumentó con su respuesta:

—Sí —dijo mirando alternativamente al plato, a la servilleta, a Ulises, a ti—. Penélope coquetea con los pretendientes, les da esperanzas, no los acepta, pero tampoco los rechaza. Ella teme, no sólo que Odiseo no regrese sino también escoger entre uno de los pretendientes, por eso retrasa la elección y espera a Odiseo. Casi veinte años son demasiados para esperar por amor, ella espera porque teme al futuro.

Sí, Matilde la había leído, por eso llamaba Odiseo a Ulises. Tú no entendías nada, ella veía la sorpresa en tu rostro y exponía deprisa su argumento, sin respirar. Tuvo que callar para tomar aliento. Encendió un cigarrillo.

—Claro, y la espera mantiene el presente —reflexionó Ulises en voz alta.

Matilde tomó seguridad, Ulises le había prestado atención, había entendido lo que ella quería decir. Siguió hablando ante tus ojos atónitos. Matilde locuaz. La mirabas sin escuchar y, sin embargo, recuerdas perfectamente sus palabras:

—Exacto, la espera mantiene el presente. Por eso teje y desteje, y no un tapiz como yo creía, sino un sudario, una mortaja para Laertes, padre de Odiseo, que no quiere morir hasta que su hijo regrese. Penélope entretiene la vida y la muerte.

—¡Magnífico! —exclamó Ulises—, entretiene la vida y la muerte —Ulises se volvió hacia ti, por primera vez en aquella conversación—. Entretiene también la muerte, hasta que Odiseo no vuelva su padre no puede morir. ¡Magnífico! ¿Qué le parece, Noguera? —te preguntó.

Recuerdas la tímida sonrisa de Matilde, que te miraba expectante, su expresión al escuchar tu respuesta:

—Me parece que tengo una mujercita muy bonita, y muy lista.

La parálisis fijó la sonrisa en los labios de Matilde, demasiado tiempo, hasta que encontró el disimulo exacto para dejar de sonreír.

Perdiste. Ella te amaba. Ahí comenzaste a perderla.

Matilde no se había avergonzado nunca de su ignorancia. Y en aquella ocasión, se abochornó de lo que sabía, poco, poco, pero más de lo que se esperaba de ella, de lo que tú esperabas de ella. Enrojeció.

Derivaste la conversación hacia otro terreno, sin atender a la perplejidad de Matilde. Tú habías llegado a la cita cargado de tu propio entusiasmo, habías tenido una idea. Y te urgía contársela a Ulises.

—Tengo una idea que le dará a la película un tono absolutamente original —dijiste, y zanjaste así cualquier intento de volver a los miedos de Penélope.

Desde aquel momento Matilde evitó mirar a Ulises, y Ulises evitó mirarla. Un pacto que no te incluía a ti. Desde aquel momento no se dirigieron la palabra, ambos te escucharon desde una intimidad recién descubierta, desde un silencio cómplice que no te incluía a ti. No te diste cuenta de que fue un acuerdo —ahora lo sabes—, de posponer su conversación. Matilde te observaba. Ulises también.

—Estoy impaciente por escuchar su idea —te dijo él, sin ninguna impaciencia.

Y tú no dejaste de hablar. Habías tenido una idea. Una idea sublime. Insólita. Tu idea. Y comenzaste a contársela a Ulises, orgulloso y feliz, pletórico.

—La *Odisea* en Irlanda —contestaste, buscando la sorpresa en su rostro.

—¿La *Odisea*... en Irlanda?

Lo habías conseguido, sorprenderle. Ulises dejó en el plato el tenedor que había comenzado a llevarse a la boca y se inclinó hacia ti para escucharte más de cerca.

—¿Cómo que la *Odisea* en Irlanda?

Tú comenzaste a explicarle las dificultades de encontrar las referencias homéricas en el *Ulises* de Joyce. La película haría esa búsqueda.

—Tanto la *Odisea* como el *Ulises* son una relación de capítulos inconexos que cuentan una historia. Nosotros haremos la fusión de los dos textos basándonos en lo que Joyce quiso que tuvieran en común.

—¿Está seguro de lo que dice? —replicó Ulises, incrédulo.

Continuaste explicando tu idea mientras Matilde te observaba. Sorprendida de tu entusiasmo, de tu vitalidad, de tu transformación. Y comenzó a juzgarte, y cuando lo hizo, aún te amaba.

Ella te había visto por la mañana, en el apartamento recién estrenado, trabajando en tu estudio. Permaneciste de pie, frente a la ventana, con las manos juntas delante de la boca, los dedos tamborileando unos contra otros, los ojos entornados, demasiado tiempo para estar sólo mirando. Y después, te había visto sentado ante tu mesa de trabajo, rodeado de libros y cuadernos abiertos, subrayados, anotados. Te había visto, un cigarrillo en la mano izquierda y la pluma en la derecha, y observó cómo te los llevabas alternativamente a los labios mirando al aire, demasiado tiempo para estar sólo pensando.

Cuando te vio relatar tu idea con aquel entusiasmo febril, excesivamente ingenuo para resultar convincente, supo que por la mañana te encontrabas perdido. Supo que no eras capaz de pensar, que esperabas. Habías tenido una idea. Qué hacer con ella. La idea que tú creías genial planteaba problemas. Esperabas que las soluciones te encontraran, como te había encontrado la idea, sin buscarla. Esperabas recursos ingeniosos que sorprendieran a Ulises. Epatar al productor. Esperabas.

Después de cenar, Ulises volvió a invitaros a su casa a tomar una copa.

—Estoy cansada —dijo Matilde antes de que aceptaras la invitación.

—¡Vamos! —replicó Ulises.

Ella te miró a los ojos, y tú no quisiste ver su súplica.

—¡Vamos! —repitió el productor—, será sólo un momento, aún no hemos acabado de hablar.

—Ah, sí. Por supuesto que no hemos acabado. Le revelaré a Ulises la relación entre Calipso y Molly Bloom.

Mientras le colocabas a Matilde su capa sobre los hombros, señalaste a Ulises con el dedo y guiñaste un ojo.

—Gibraltar —susurraste, como quien anticipa la clave de un secreto.

—Ya lo ve, Matilde. No podemos perdérnoslo. Nos espera una gran revelación. Gibraltar. Molly Bloom. Calipso —Ulises declamó los nombres, histriónico.

—Pero yo estoy cansada. Podrían ir los dos. Yo tomaré un taxi.

Te extrañaba la reticencia de Matilde. Te sorprendió que antes hubiera olvidado su discreción y ahora casi faltara a las normas de cortesía permitiendo que Ulises insistiera.

—De ninguna manera —le dijo él cogiéndole las manos; tú aún tenías las tuyas sobre sus hombros—, jamás la dejaría irse sola.

Ulises la miraba, le hablaba, por primera vez desde que la llamaste bonita y lista. Matilde te daba la espalda, por eso no viste que le miraba también. Sentía la presión de tus manos, la caricia en las manos de él.

—¡Vamos! —dijiste tú.

—¡Vamos! —le rogó Ulises.

Ella se desprendió de sus manos y de las tuyas, y contestó:

—Vamos.

De nuevo un coche de dos plazas para ellos, y un taxi para ti. Esta vez le pediste al taxista que corriera.

Y ahora te preguntas, como entonces, cuando seguías al deportivo rojo que llevaba a Ulises y a tu mujer, de qué hablarían. Veías sus cabezas desde lejos con claridad, hasta que un semáforo obligó a parar al taxista. Los perdiste, y te pareció que cuando se alejaban habían comenzado a charlar. Tu inquietud se convirtió en impaciencia al verlos desaparecer:

—Por favor, dese prisa. ¿No ve que vamos a perder a ese coche? —gritaste.

—Oiga, que no estamos en el cine. ¿No ve que está rojo?

Nunca había tardado tanto un semáforo en cambiar de color.

Tampoco entonces le pediste que te hablara de Ulises. Y ella no te contó lo que tú no habrías querido escuchar.

—Hay muchos hombres así —dijo Ulises en el interior del coche. Por el tono de su voz parecía que estuviera disculpándose—. Conozco a más de uno que se cree en la obligación de hablar en nombre de su mujer.

—Le ruego que no hablemos de él. Le amo —contestó Matilde, escudándose detrás del amor.

Matilde temía perderte. Y le dijo a Ulises que te amaba porque le temía también a él.

—Lo siento, no he querido ofenderla.

—¿Y por qué cree que me ofende?

—Es cierto. Perdóneme.

—¿Es que va a estar durante toda la noche pidiendo perdón?

—Creí que se sentiría mejor si hablara de lo que ha ocurrido esta noche.

—No ha ocurrido nada esta noche.

—Matilde, he descubierto que usted utiliza el silencio como una forma de reproche. Y no me gustaría que conmigo hiciera lo mismo.

—¿Cree que me ha descubierto y que por eso me ofende? Usted sabe ahora que yo hablo poco delante de mi marido, pero no crea por eso que me ha descubierto. Usted no sabe si yo quiero hablar, o no quiero hablar. Usted no me conoce. No sabe nada de mí.

—Es cierto, y siento no conocerla, pero también sé que su marido tampoco la conoce.

Matilde no pudo controlar por más tiempo su tono de voz. Le interrumpió. Gritó:

—Le he pedido que no hablemos de él.

Ulises quedó callado. Le sorprendió el placer que le provocaba el haberla enfurecido. Saboreó su ira unos instantes. Paró el coche. Respiró antes de volver a hablar:

—No la conozco. Es cierto. No se inquiete. No la conozco —repitió como para sí mismo—. No la conozco —entonces subió también el tono de su voz y levantó con brusquedad el freno de mano—, pero no se inquiete. Y aunque me gustaría conocerla, jamás la forzaré a hablar de lo que usted no quiera.

Ulises se giró hacia Matilde, la miró a la boca, advirtió que le temblaba ligeramente el labio inferior.

—No me inquieto. Pero le ruego que haga el favor de no meter a mi marido en esto.

—Bien. Bien. Hablaremos siempre sin mencionar a Adrián —replicó Ulises, recobrada la calma, con dulzura.

Adrián. A ella sí le dijo tu nombre. Callaron los dos. Matilde esperó a que él hablara de nuevo. Y Ulises temió que ella volviera a utilizar su mutismo. Matilde estaba desconcertada, le miró. Él jugó a desconcertarla aún más:

—Y a usted, Matilde, ¿qué le parece la *Odisea* en Irlanda? —arrancó el coche mientras lanzaba la pregunta.

Matilde sonrió ante aquel giro inesperado de la conversación:

—No lo sé —contestó—. No he leído a Joyce.

—Yo tampoco.

—¡¿Usted tampoco?! —exclamó sorprendida, estupefacta.

La tensión acumulada estalló. Ambos se miraron, y los dos comenzaron a reír.

Tú no podrías haber sospechado nunca que Ulises no hubiera leído el *Ulises*. Ahora lo sabes, cuando insistes en reconstruir el desastre. Rieron los dos, ante aquella insólita revelación, mientras tú viajabas inquieto hacia la casa de Ulises.

El semáforo cambió de color, el conductor del taxi arrancó de mala gana —te pareció— y condujo aún más despacio —volvió a parecerte—, fastidiado por el improperio que le habías dirigido.

—Ahí tiene el coche rojo —te dijo al llegar, viendo que estaba aparcado ante la puerta.

Le diste las gracias. Pagaste sin dejar propina. Saliste disparado hacia el portal. Te precipitaste hacia el ascensor y corriste a llamar al timbre.

La lentitud de los pasos de la doncella al salón te exacerbó. Te obligó a caminar despacio. Abrió la puerta y te invitó a pasar. Buscaste a Matilde con la mirada. Ella te observó desde que entraste. Sentada en el sofá, fumando, distante y bella, te miraba desde una lejanía que no abandonaría jamás.

—Creo que estoy aburriendo a su esposa, Noguera —te dijo Ulises cuando te vio entrar.

—Usted no podría aburrirme —le contestó ella.

—De todas formas —replicó Ulises mirándote a ti—. Me temo que lo conseguiremos si continuamos hablando de nuestro guión. Brindemos por Gibraltar —añadió ofreciéndote una copa—, pero hablemos de su relación con Calipso y Molly Bloom en otro momento. ¿Le parece?

—Te encuentro fatigado —te dijo Matilde sin levantarse, alzando la copa que Ulises le sirvió para brindar por Gibraltar. Y tú contestaste:

—¿Ah, sí?

Le diste la mano en el ascensor, al bajar de la casa de Ulises. Matilde, con el pretexto de colocarse el bolso bajo el brazo, la retiró. Se volvió hacia el espejo, casi dándote la espalda, y se arregló el peinado. Tú no volviste a cogerle la mano, ni ella te la pidió. Matilde ofendida.

Os dirigíais al nuevo apartamento, en silencio. Era la primera vez que dormiríais allí, lo habíais estrenado esa misma mañana. Matilde, con una actividad frenética, consiguió amueblarlo en tan sólo diez días.

Ella misma cosió las cortinas y confeccionó una colcha a juego para vuestra cama. Se había encargado del traslado de los pocos enseres que poseíais, y había organizado tu estudio. Compró una estantería, y colocó por orden tus libros, uno por uno, balda por balda, en el mismo lugar que ocupaban en la habitación realquilada, respetando la anarquía controlada que sólo dominabas tú. La pared frente a tu escritorio la adornó con una reproducción de Modigliani. Puso en tu mesa un jarrón de cristal y lo llenó de flores que ella misma compró. «Para que mires cosas bonitas cuando estás pensando», te dijo. Y tú te pusiste a escribir, nada más llegar.

Regresabais a vuestro hogar, donde Matilde te dijo por la mañana que se sentía como una recién casada, y os acompañaba el silencio.

Debería pasarla en brazos, pensaste, sin atreverte a decirlo. Pero lo dijiste, casi sin decirlo, casi sin atreverte.

—Debería pasarte en brazos —te arrepentiste en el momento mismo en que las palabras se escaparon. Te arrepentiste aún más cuando escuchaste su respuesta:

—Eso sólo se hace en las bodas.

—Pero esta mañana me dijiste que.

—Eso era esta mañana. Además, ya he pasado.

Matilde entró directamente al dormitorio, buscó un camisón en el armario y se encerró en el baño, con pestillo. Ella nunca echaba el pasador.

—¿Qué haces?

—Me estoy cambiando.

—Ah, sí. Claro.

No te atreviste a decirle que lo hiciera delante de ti, que te gustaba verla desnudarse.

—Has hecho un buen trabajo en la casa. Tenemos una casa preciosa.

—Sí —contestó—, ha quedado bien.

—Tenemos una casa preciosa —repetiste, apoyado en el quicio de la puerta cerrada, mientras la imaginabas bajándose la cremallera del vestido.

Sus dedos recorriendo su espalda, lentamente. La seda negra cayendo hacia sus pies. Lentamente. Sus manos resbalando en sus muslos, retirando las medias lentamente —lo has visto muchas veces, pero aquella vez no lo viste—. Su ropa interior, desprendida de su cuerpo. Desnuda. La ves, alzar los brazos, meterse el camisón, sus axilas sin sombra. Su cabello en desorden cayendo a lo largo de su espalda, lentamente.

—¿Qué haces ahí? —te preguntó al salir del baño.

—Esperarte.

Matilde te miró a los ojos, por primera vez desde que salisteis de la casa de Ulises.

—No quiero dormir contigo —te dijo.

Tú sentiste un golpe invisible, un dolor intenso en alguna parte inexistente del cuerpo. Tragaste saliva y apretaste los labios. Matilde supo de tu herida por la forma en que le cogiste los hombros.

—Me haces daño —gimió.

—¿Es que ya no me quieres?

—Sí, claro que te quiero. Me haces daño.

—Perdona —aflojaste los dedos, pero no la soltaste—, perdóname, no quiero hacerte daño.

—Pues me estás haciendo daño.

Dejaste caer tus manos de sus hombros, y buscaste las suyas, te aferraste a ellas.

—Pero ¿es que te he hecho algo?

Tú no podías saber que se sentía humillada, que por primera vez le dolía el silencio.

—No, no me has hecho nada.

Le soltaste las manos. Matilde salió de vuestro dormitorio dejándote solo, desarmado, abatido. Mi mujer. Mi esposa. Tú la mirabas caminar por el pasillo. Antes de entrar en la habitación de invitados se volvió hacia ti:

—Buenas noches.

Y tú, en un impulso dramático, desesperado, le gritaste:

—Déjame que te haga el amor.

—¿Ahora? —se sorprendió ella.

—Sí.

Fue un sí lastimero y suplicante, un sí que despertó algo en ella, algo, no sabes muy bien qué, un sí que la hizo volver. Caminó despacio hacia ti, y al llegar a tu lado te dijo:

—Bueno.

Se quitó el camisón y se tendió en la cama. Te hubiera gustado desnudarla tú. Besarle la nuca. Besarle los ojos, la nariz, la boca, el cuello. Te esperaba en silencio, con las piernas juntas.

—Ven —te dijo, viendo que ya te habías desnudado. Y separó entonces las piernas.

Te hubiera gustado que te desnudara ella. Decirle palabras de amor, y que te contestara con deseo. Olerla. Acariciarle el vientre, y darle la vuelta. Sentir en tu pecho sus muslos desnudos, abrazarlos. Recorrer con tus mejillas sus nalgas. Acariciarla. Hablarle. Besarla. Pero te diste cuenta de que fuiste directamente a poseerla, en silencio, y supiste entonces, y de golpe —otro golpe, otra herida—, que siempre había sido así.

No fue sólo tristeza lo que te produjo aquella revelación, ni fue sólo asco.

—Te quiero —le dijiste, y te retiraste.

Era una mezcla de impotencia y de miedo, de verdad y mentira, que se estrelló contra ti.

—Dormiré yo en el cuarto de invitados.

Y la dejaste en la que nunca sería vuestra cama. Y ahora, no puedes dormir.

Desde aquella noche, vuestra vida cambió, desde que fuiste consciente de que tu intimidad con Matilde no existía, de que en realidad no había existido nunca.

Antes de irte a dormir, entraste en tu estudio. Observaste la delicadeza con que Matilde lo había preparado para ti. ¿No era eso amor? Te sentaste en el sillón que ella había situado frente a la ventana, junto a una lámpara de pie, «Un rinconcito para leer —te había dicho al enseñarte la habitación—, para cuando te canses de trabajar».

No encendiste la luz. En la penumbra, veías las flores que Matilde había comprado, en tu mesa de trabajo desordenada por ti esa misma mañana, cuando te encontrabas perdido. Perdido. Penélope, Calipso, Molly Bloom. Matilde, Matilde, Matilde. Y de pronto, reconociste el lugar donde Matilde te había hecho el amor hacía apenas dos semanas. Un estremecimiento súbito te llevó al llanto. Era allí, en el estudio, bajo la ventana, en el lugar que ocupabas ahora sentado en el sillón.

Lloras, mientras te preguntas si aquella entrega en la casa desnuda fue un acto de amor. Y buscas respuestas. Sí, así podría ser siempre. Sí, su desmesura indicaba cómo podía ser vuestro matrimonio, o lo que podría haber sido. O quizá se había prostituido entre tus brazos en aquella ocasión. No. No. En la entrega con desgana de esta noche. Su entrega repetida y pasiva, la acostumbrada, la convertía en prostituta a tus ojos. Cómo acercarte, a partir de ahora, a Matilde.

Te levantaste del sillón como si hubieras sido despedido de él, catapultado, y te acercaste a los libros abiertos, a los cuadernos, a las notas, a tu ambición. El desorden que veías en tu mesa señalaba otros desórdenes. Y resolviste, de pronto, que la manera de recuperar a tu esposa pasaba por demostrar tu talento. Pero no a ella, se lo demostrarías a Ulises. Ulises lo reconocería, y Matilde asistiría a ese reconocimiento. Doble conquista. Y los uniste a los dos en el empeño.

Olvidaste las lágrimas, encendiste la luz, y te pusiste a escribir.

NOTAS

—El color de la película será el azul, como las tapas que Joyce quiso para la primera edición de *Ulises*.

—Se desarrollará a lo largo del día 16 de junio, fecha en la que Joyce sitúa su *Ulises* para recordar el primer paseo nocturno con su mujer, Nora Barnacle.

—Ha de ser una película donde lo que importe sea el pequeño detalle.

—Homero era ciego, se dice. La ceguera obliga a mirar hacia dentro, a la reflexión más profunda. En el *Ulises*, Joyce obliga a sus personajes también a esa mirada, y nos lo muestra con la palabra interior, lo que algunos llaman monólogo interior.

—Podríamos darle a las escenas los títulos que Joyce dio a los capítulos de *Ulises*. Encontraremos ahí suficientes referencias homéricas.

—Marion Bloom (Molly) nació en Gibraltar.

—Odiseo a la búsqueda de recuperar a su esposa, Leopold a la búsqueda de recuperar el sexo que Molly le niega desde que murió su hijo Rudy.

—Joyce escribe el 15 casi como un guión, es el más cinematográfico de todos.

Buscas las claves en tus libros subrayados. Consultas los diccionarios. Es frío este amanecer, pero tú no lo notas. Tienes tabaco, café, tu máquina de escribir, papel, y están contigo Homero y Joyce. Silencio. Lees los apuntes que hiciste en los márgenes de la *Odisea,* los comparas con los que escribiste en el *Ulises.* Y te detienes en un párrafo que te llama la atencion, un párrafo que no recuerdas haber subrayado, que te debió de gustar cuando lo leíste por primera vez: Nora, la esposa, fidelísima, de James Joyce, era una mujer inculta, criada de hotel cuando la conoció, jamás leyó sus libros. Tampoco Matilde lee lo que escribes tú.

Fumas mientras piensas. Perdido. Perdido de nuevo. Mejor pasar las notas que tomaste en la primera lectura de la *Odisea.*

NOTAS A LA *ODISEA*

—Primera aparición de los personajes en la *Odisea:* todos se quejan:

Zeus: se queja de que los mortales culpen siempre a los dioses de su infortunio.

Telémaco: se queja de que los pretendientes dilapiden su hacienda.

Penélope: llora al escuchar una canción que le recuerda a Odiseo. (Ya desde su primera aparición, representa la fidelidad conyugal.)

Odiseo: también llora, mirando al mar. Se queja de no poder regresar a Ítaca. Permanece obligado junto a Calipso, duerme con ella que le ama, él no la ama. (Los estudiosos sitúan la isla de Calipso en Gibraltar.) (Es infiel a Penélope, ya en su primera aparición.)

(Para la escena 1)

1. Exterior/día.

2. El escenario primero podría ser la torre redonda, a las afueras de Dublín, donde comienza el *Ulises*.

3. Penélope se mira en el espejo partido que le tiende Buck Mulligan después de afeitarse. El espejo es un símbolo del arte irlandés. El espejo partido de una criada.

4. Las voces de los pretendientes: el griterío juvenil en el cuarto de Clive Kempthorpe. (Aquí habría una toma de primer plano: una mano pulsando las cuerdas de un arpa.) Un fundido a Penélope que llora mientras escucha la música que le recuerda a Odiseo. Telémaco se aleja por la playa ante la mirada de su madre. Los pretendientes se disponen al festín del desayuno. Buck se queja de que no hay leche. Una nube de humo y vapores de grasa frita envuelven a Penélope mientras se escuchan en off las risas de los glotones.

Piensas. Fumas y miras la reproducción de Modigliani que Matilde enmarcó para ti. Una joven de cabello rojizo sentada en una silla, la cabeza ladeada y los ojos vacíos pintados de oscuro, una mirada que no ve en unos ojos que miran. Expresión lánguida, serena. Cabello rojizo. Ojos vacíos. Piensas en Matilde. Matilde, tumbada en la cama, diciéndote «Ven». Y ya no puedes escribir más.

Apagas el cigarrillo en el cenicero repleto de colillas y te diriges a la habitación de invitados. Y no puedes dormir, como ahora, no puedes dormir.

Recuperar a Matilde se convirtió en tu obsesión. Todo iría bien si la película conseguía el triunfo. El éxito dependía en gran medida de Ulises. Él debía escoger un director que rodara el guión tal como tú pensabas que debía rodarse. La gloria vendría acompañada de abundancia y le comprarías a Matilde un chalet adosado. Una casa grande, con un pequeño jardín. Una nueva oportunidad, un dormitorio común, Matilde no se atreverá a negarse a compartir su cama por segunda vez.

Conseguiste olvidar el dolor de aquella noche, la que ahora te duele, más, mucho más, en la memoria. Olvidaste el daño para poder seguir viviendo con él. Y un día, cualquier día de los días siguientes, no recuerdas cuál, te acercaste a ella; con las palmas de tus manos enmarcaste sus mejillas y le inclinaste la cabeza hacia un lado:

—¡Claro!, eres el Modigliani.

Ella sonrió de un modo casi imperceptible y te miró sin saber que te miraba:

—Entonces ¿valgo mucho?

—Ya lo creo.

Te hubiera gustado besarla. Ella lo supo, y permaneció con la cabeza inclinada.

Tú dudaste, aturdido por sus ojos cerrados. Cómo besarla sin estar seguro de que ella deseaba un beso. Mejor dárselo cuando te lo pidiera. No te lo pidió. Matilde aún esperaba todo de ti.

—Tengo que ir a ver a Ulises —dijiste.

Y la distancia entre los dos creció un poco más, hacia lo profundo, un poco más.

A partir de ese momento, cuando trabajabas, frente al cuadro de tu pintor favorito, veías a Matilde. Sentada en la silla, con la cabeza inclinada. Leías en voz alta para ella lo mejor de lo que hubieras escrito. Matilde te escuchaba en silencio desde la ausencia. Añadiste a tu mujer hermosa un nuevo valor, abandonaste la idea de que no podía leer tu obra porque sería incapaz de entenderla, y la transformaste en tu confidente. Un interlocutor mudo y extraño, clavado en la pared.

El despacho de Ulises se encontraba en la última planta de un moderno rascacielos acristalado. La vista de la ciudad desde los inmensos ventanales te llevó a pensar que no es extraño que determinada gente crea que tiene el mundo a sus pies. Si la miseria nos hace miserables, como habías creído siempre, qué hará con nosotros el poder —cavilabas, mientras te acercabas a Ulises—. Su mediana estatura se magnificaba en aquel entorno. Su sobrepeso se convertía en fortaleza. Sus ojos, pequeños y demasiado juntos, adquirían una proporción de sagacidad que no habías observado antes.

Ulises te esperaba con el director desde hacía rato.

—Lo siento, he llegado un poco tarde —te disculpaste.

—¿Otro accidente en un taxi? —replicó Ulises sonriendo.

—No, he venido dando un paseo —no le seguiste la broma—, y cuando he querido darme cuenta.

—No importa —te interrumpió Ulises—. No importa, en la espera hemos repasado sus notas. Adrián Noguera, Estanislao Valle —añadió a modo de rápida presentación—. Siéntense por favor.

El director te estrechó la mano. Estanislao Valle era una figura reconocida en el mundo del cine. Sus películas, aun huyendo del tono comercial, conseguían atrapar al gran público. Había comenzado en la profesión con el llamado en su tiempo «Arte y ensayo», y su trabajo conservaba un sello personal. Tú le admirabas, por sus premios en festivales internacionales, y nunca habías entendido el fracaso de su última película. La elección de aquel director suponía que Ulises confiaba en ti. Estanislao Valle era una vieja gloria que volvía a trabajar después de nueve años sin estrenar, y lo haría con tu guión.

—Su idea es arriesgada. Difícil. Pero interesante —te dijo—, muy interesante. Las dificultades que plantea suponen un reto para encontrar soluciones. Y a mí me encantan los retos.

Simpático, Estanislao Valle se te hizo simpático con la primera frase. El director sostenía una pipa apagada en la mano, mordisqueaba la boquilla; sus palabras resbalaban silbando desde la comisura de su boca y la pajarita anudada a su cuello se movía al ritmo que marcaba el movimiento de sus labios:

—Con su perspectiva se puede hacer un buen trabajo. Una buena película es un buen estímulo para hacerme volver.

—Hemos pensado —intervino Ulises— que sería bueno que Estanislao colaborase en el guión.

—Estupendo —contestaste sin pensarlo, creyendo que sería una colaboración limitada y externa: lecturas, consultas, aprobación.

—Bien. Estaba seguro de que aceptaría, Noguera —dijo Ulises, demasiado satisfecho a tu parecer por algo tan natural—. Estanislao y usted escribirán juntos el guión —a él le llamaba Estanislao, a ti Noguera—. Me he tomado la libertad de redactar un nuevo contrato. Por supuesto, las condiciones económicas no varían —extendió el documento sobre la mesa, y te ofreció su propia pluma sacándola del bolsillo de su chaqueta.

Firmaste. Qué otra cosa podías hacer. Tu simpatía inicial hacia el director se convirtió en recelo. Ya no aparecería tu nombre en solitario detrás de la palabra guión en los títulos de crédito.

En cada letra de tu nombre que garabateabas, sentías que te arrebataban una pequeña parte de tu idea; completaste tu nombre despacio, rubricaste, y aceptaste compartir la idea entera. Tu idea. La entregaste.

—¿Cómo está su esposa, Noguera? —te dijo Ulises mientras guardaba su pluma.

Y sin esperar tu respuesta añadió:

—Salúdela de mi parte. Por favor.

A continuación, Ulises os propuso que escribierais el guión en un cortijo que poseía junto al mar, una propiedad que heredó de su padre, muy cerca de Punta Algorba, la costa de moda que acogía a la intelectualidad y donde se celebraba todos los años un prestigioso festival de cine. Una zona tomada por pintores, escritores, cineastas, que habían acudido a la llamada de la inspiración, detrás del primero que se instaló allí. Tú siempre habías deseado ser uno de ellos. Algún día tendrías tu propio chalet, y sería otro el que te envidiaría a ti.

—Mi casa se llama Aguamarina, tiene nombre de color azul, como su guión.

—Y como la piedra preferida de Molly Bloom —replicó Estanislao Valle. Tú le miraste en silencio, imaginando que su pajarita se podría echar a volar de un momento a otro—. Me parece una idea estupenda. Conozco el cortijo, es ideal para la concentración, nadie nos molestará. Trabajando allí los dos juntos, podríamos acabarlo en un par de meses.

—Un lugar aislado. Un sitio tranquilo para trabajar. Lleve a su esposa, Noguera —te sorprendió que Ulises hiciera la invitación extensiva a tu esposa y no mencionase a la de Estanislao—, yo iré a verles. Tengo que asistir al estreno de la película de Fisher Arnld, podremos ir juntos.

Aceptaste, de nuevo sin consultar a Matilde.

La reacción de Matilde no te extrañó, la esperabas. Desde el momento en que le anunciaste el viaje empezó a quejarse, primero por no haberle consultado, después por abandonar su casa recién estrenada. Rincones recién descubiertos.

—¡Dos meses! ¿Por qué no puedes ir tú solo?

—Ulises insistió, no pude rechazar la invitación —mentiste—. Además, siempre hemos dicho que una de las ventajas de mi trabajo es que no tenemos que separarnos, que tú puedes estar a mi lado mientras escribo.

Inquieta. La veías inquieta. Revolver los armarios, los cajones, decidiendo qué ropa llevar. Excitada. Enfadada contigo. Nerviosa. La veías andar deprisa; olvidar el destino de sus pasos y regresar, recorriendo la casa de un lugar a otro. Nerviosa y triste. Nerviosa y alegre. Pero siempre nerviosa. Y a veces inmóvil, de pie, parada ante la puerta de tu estudio. Tú no te diste cuenta de que dudaba. Entrar, no entrar.

El miedo. El cortijo de Ulises. Tiempo. Oportunidad de estar a solas con él, a solas. Tiempo. Qué temía. Tú no se lo preguntaste. Tú nunca le pediste que te hablara de Ulises. Y cuando la veías ante tu puerta sonreías, vanidoso, suponiendo que te estaba observando. Y te hacías el interesante, al creer que te contemplaba trabajar. El Modigliani de pie frente a ti, con la cabeza inclinada y triste. Nunca la invitaste a pasar.

La víspera de vuestra partida, Ulises os invitó a cenar en su casa con Estanislao Valle y su esposa. Frente al espejo, Matilde se acicalaba con esmero. Tú no le habías dicho Ponte guapa. Pero ella se arregló, aunque no para ti.

Llegaste al cuarto de baño cuando perfilaba sus labios. La viste de espaldas, semiinclinada sobre el lavabo. Matilde no te vio. Un gran escote dejaba al descubierto su columna vertebral. Sus vértebras —pensaste— parecían un adorno que dividía su espalda; besarlas, una a una. Matilde se giró para coger la barra de labios, sus vértebras formaron una curva de cuentas palpables que arrancaba en la nuca, tocarlas, una a una. Y viste sus ojos sombreados, su mirada ciega, oscura, dirigirse hacia ti. Sin decirte nada, siguió arreglándose. El carmín se adhería a sus labios con una suavidad obscena. Rojo tierno. Rojo jugoso. Rojo. Un rojo cegador, luminoso y lascivo que hubieras querido robarle con tu boca.

—¿Me quieres? —se te escapó la pregunta. Se te escapó.

—Pues claro.

—Entonces déjame que te bese.

No pediste un beso. Pediste permiso para besar. Pediste permiso. En lugar de acercarte y ofrecerte a Matilde. En lugar de acercarte y que ella se ofreciera.

—Acabo de pintarme los labios —dijo por toda respuesta. Y se perfumó con el tapón de un pequeño frasco de esencia.

Matilde perfumada y radiante. Salió del cuarto de baño dejándote allí. El espejo te devolvió tu dolor en una mueca. El daño. Tu obsesión crecida: cómo acercarte a Matilde.

La espalda de Matilde regresa para señalarte su huida.

Ella seguía a la doncella en la casa de Ulises. Y tú, detrás de los dos, caminabas con la impresión de que Matilde tenía prisa. Cuando se abrió la puerta del salón, tu productor se dirigió a tu esposa. Fue Ulises quien apresuró sus pasos cuando la vio entrar. Fue él quien caminó hacia ella, con las dos manos extendidas.

—Prometo no pedirle perdón nunca más —oíste que le decía mientras estrechaba las manos—. ¿Me cree, Matilde?

—No sé.

Ulises se echó a reír. Ella se libró de sus manos y se apoyó en tu brazo. Matilde tímida. Ulises te saludó, efusivo y amable:

—¿Cómo está, Noguera? —sin darte tiempo a contestar—. Estupendas las notas que me envió ayer. Estupendas —añadió.

Tú no le escuchabas, ¿por qué debía pedir perdón a Matilde? ¿Se lo había pedido alguna vez? ¿Por qué se lo había pedido? ¿Por qué debía dejar de pedírselo?

—¡Qué hermosa está! —le dijo.

—En su honor —replicó ella, aunque no hubiera querido decirlo.

Matilde coqueta. ¡Coqueta! ¿En su honor? Caminabais hacia el director y su mujer, que se levantaron del sofá al veros entrar. ¡En su honor! Ulises hizo las presentaciones.

La mujer del director se llamaba Estela.

—Estela, buen nombre para la esposa de un director de cine —bromeó Ulises.

Estanislao Valle y su mujer se encontraban cómodos en aquel salón. Te diste cuenta enseguida. Pertenecían al mundo que tú querías alcanzar. Sabían moverse entre el lujo, sin asombro, conscientes de que les pertenecía por derecho. No esperaron a que Ulises os invitara a sentaros, ellos mismos os hicieron un ademán mientras tomaban asiento. Sus copas vacías señalaban que llevaban allí bastante tiempo. Ulises debió de citarlos antes que a vosotros, cavilaste desconfiado, casi envidioso. A los pocos minutos de vuestra llegada, el tiempo justo para no faltar al protocolo, os anunciaron que la cena estaba servida.

Estela era una mujer pequeña, casi diminuta. Su media melena, lisa y rubia, le tapaba la mitad de las mejillas y dejaba asomar la punta superior de sus orejas. Su cara ovalada enmarcada por el cabello, como en una figura del Renacimiento italiano, te sorprendió por su palidez. Envolvía la velocidad de sus movimientos con una elegante cadencia, y su registro de voz atiplado, estridente, le daba un contraste vulgar. Tú no dejabas de observarla. Si permanecía en silencio, te parecía un Boticelli en miniatura, y en el momento en que abría la boca, se transformaba en la prima donna de una mala opereta.

Estela era una mujer acostumbrada a acompañar a su marido, importante en los círculos importantes, y había sabido nutrirse como consorte de la importancia de él. Te impresionó su desenvoltura. Sabía manejar el barniz cultural con el que se adornaba, hacerlo brillar en el momento adecuado, demostrando que tonta, lo que se entiende por tonta, no era. Dominadora de situaciones, conseguía sin dificultad atraer la atención. Hábil sabiduría, centro del centro.

Intuitiva y perspicaz, a Estela no le pasó desapercibido tu interés por ella. Os sentaron juntos a la mesa; Matilde frente a ti, a su lado, Estanislao y presidiendo, Ulises.

La conversación partió de los orígenes brasileños de Estanislao y derivó hacia la cultura portuguesa. Estela se inclinaba mimosa sobre tu hombro mientras hablaba del sebastianismo de Fernando Pessoa. Sus conocimientos eran lo suficientemente amplios como para que no se notara que recordaba todo lo que sabía. Matilde la escuchaba en silencio y al oírla, le vino a la memoria aquella definición que oísteis juntos: La cultura es lo que queda después de haberlo olvidado todo.

La actitud seductora de Estela te asombró por su elegancia descarada, por la sutil complicidad que intentaba crear. Te miraba a los ojos con tanta ternura que tuviste que desviar la mirada, para no caer en su mimo con demasiada obviedad. Ocupado en ella, halagado por sus lisonjas, no advertiste que Estanislao Valle intentaba tocarle las piernas a Matilde por debajo de la mesa.

Estanislao practicó el arte de la seducción revestida del encanto de lo secreto —al contrario que su pareja, que actuaba sin ocultarse—. El director pasaba su brazo por el hombro de Matilde mientras acercaba su pierna a la de ella con notable intencionalidad y complacencia. Tú no te diste cuenta, pero Ulises miraba a Estanislao con recelo, y observaba la reacción de Matilde, su rigidez, su desconcierto.

—El sebastianismo de Pessoa es una idea demasiado romántica para una persona como él, ¿no le parece, Estanislao? —dijo Ulises para ayudar a Matilde.

El director retiró su brazo del hombro de tu esposa y deslizó con disimulo la mano bajo la mesa. Matilde se ruborizó de inmediato.

—La vuelta del rey don Sebastián es una metáfora —contestó Estanislao manteniendo la mano en la rodilla de Matilde—. Para Pessoa, es el regreso de la gloria a Portugal. La profecía de Bandarra se cumpliría con el advenimiento del Quinto Imperio.

—¿Cómo se encuentra, Matilde? —Ulises miraba a Estanislao cuando le hizo a tu mujer esa pregunta—. La noto un poco inquieta.

La mirada de Ulises hizo que la mano de Estanislao regresara a la mesa. Estela advirtió el movimiento, fijó sus ojos en los de su marido y dejó de coquetear contigo.

—¿Y a usted, querida, qué le parece el sebastianismo de Pessoa? —Estela se dirigía a Matilde, y ella sintió la pregunta como una agresión.

Tú viste que Matilde cogía aliento. Había asistido contigo, no hacía demasiado tiempo, a unas jornadas sobre poesía portuguesa. Allí, en uno de esos cenáculos de la cultura a los que acostumbrabas a llevarla, se habló del sebastianismo, y rogaste a los cielos que ella recordara algo.

—No conozco bien a Pessoa. Pero me gusta mucho la historia del rey don Sebastián. Me gusta el nombre de la batalla donde le matan, Qazalquivir.

—Alcazarquivir —le corregiste tú, y quisiste continuar por ella—. Estoy de acuerdo en que la metáfora de.

Matilde te interrumpió, recuperó la palabra manteniendo la mirada de Estela.

—Eso, Alcazarquivir. Las murallas de Alcazarquivir. Es un nombre precioso. Me gusta el nombre, da para crear la historia. Un rey al que nadie ha visto morir —Matilde había engolado su entonación, favoreciendo el contraste con la voz chillona de su oponente, y lanzaba su impostura contra Estela como quien lanza una piedra. Encendió un cigarrillo—. Un rey que muere tan joven; eso el pueblo no puede aceptarlo y crea el mito del regreso. El rey desaparece, para luego volver no se sabe cuándo.

Matilde elocuente. Respiraste aliviado.

Y ahora, al evocar la grandilocuencia de Matilde, ves la mirada ciega que te dirigió desde el espejo cuando se arreglaba para acudir a la cena; no se maquillaba el rostro, se pintaba la máscara para acompañarte a la representación.

La charla continuó con Matilde, no como mero figurante, en aquella ocasión tenía un papel, y tú la escuchaste con orgullo soltar su parlamento. Ignorabas entonces lo que descubres en este insomnio: que se burlaba de ti, de Estanislao y de Estela.

En cambio Ulises desentrañó la farsa íntima de Matilde desde que comenzó su verborrea, y respetó su actuación. Asistió en silencio a la comedia y tomó la réplica cuando ella dio por concluida la escena.

—Tomaremos el café en el salón —dijo.

Los ojos de Matilde se encontraron con los suyos, y ambos descubrieron en el otro la tristeza. Pero tú no lo viste.

No lo viste. No te extrañó que Estanislao buscara sentarse al lado de Matilde para tomar café. Ni advertiste el recelo de Estela, el especial cuidado en imponer su presencia y la forma en que llamaba a tu esposa: «querida», repitiendo la palabra detrás de cada frase, quitándole su sentido, cargándola de indiferencia.

Estela se sentó al borde del sofá, buscando una postura que no dejara sus piernas colgando, esforzándose en mantener los pies en el suelo. Se colocó a la derecha de Estanislao, que ya se había sentado junto a Matilde. Ulises y tú os acomodasteis frente a ellos, cada uno en un sillón, de manera que el juego a cuatro manos, practicado por el matrimonio en la cena, quedó reducido a una vigilancia estrecha.

La proximidad de Estela consiguió que los intentos de seducción de su marido fueran bastante más discretos, un leve roce en el hombro al dirigirse a tu mujer, una mirada furtiva a su escote.

Ulises no dejó de buscar los ojos de Matilde, pero ella no le miró ni una sola vez. Tú no te diste cuenta. Discutías con Estanislao la mejor manera de viajar al cortijo.

—No quiero causarle ninguna molestia.

No deseabas causar molestias. Tú no tenías ningún medio de locomoción, ni siquiera habías sentido nunca la necesidad de sacarte el carnet de conducir. Pretendías ir en tren, como te desplazabas siempre, con Matilde, a pesar de que Estanislao se había ofrecido a llevaros en su automóvil. No te diste cuenta de que el director te contestó girándose hacia Matilde. No viste que tu mujer tenía los brazos cruzados y que Estanislao le cogió una mano, y la mantuvo cerca de su pecho mientras hablaba:

—Es absurdo que ustedes vayan en tren —su mano demasiado cerca del pecho de Matilde—. Tengo un coche muy grande, amplio y cómodo. Para mí no es ninguna molestia, todo lo contrario. Me aburre viajar solo. No admito su negativa, Noguera.

La esposa del director no aceptó la copa que Ulises ofreció después del café.

—Es mejor que nos marchemos, Estanislao. Estoy muy cansada.

Estanislao se levantó al instante y estrechó tu mano y la de Ulises. Al despedirse de Matilde, la besó en los labios con tanta naturalidad que a ella apenas le sorprendió; habría creído que era una costumbre brasileña si no llega a advertir el reproche en los ojos de Estela. Se marcharon después de invitaros a cenar en su casa cuando se terminara el guión. Prometisteis ir.

Matilde aprovechó el movimiento de las despedidas para pedirte que os retirarais también.

—¿No quiere beber algo, Matilde? —como si fuera una súplica, Ulises repitió la pregunta—. ¿De verdad no quiere una copa, Matilde?

Matilde no le contestó. Se dirigió a ti:

—Es tarde.

Tú hubieras deseado quedarte. Los tres a solas. Aumentar vuestra intimidad con Ulises.

—Podríamos tomar una copa rápida.

—Es tarde, y todavía no he preparado el equipaje.

—Tendrás tiempo mañana, nos recogerán a las diez.

—Es tarde —repitió.

No quisiste insistir. No quisiste obligar a Matilde a quedarse.

SEGUNDA PARTE

Oye a quien responde en un murmullo:
necesitas una compañía ajena al universo,
explicar a lo invisible tus desgracias,
vivir la creación como tu propia naturaleza.

ADONIS

No estaba previsto que Estela acudiera a Aguamarina, pero en el último momento, y sin que tú sospecharas el porqué, decidió acompañar a su marido. Ulises llamó por teléfono para comunicártelo. Tú te encontrabas en tu estudio preparando los libros que querías llevar al cortijo. Matilde ultimaba detalles del equipaje, fue ella quien descolgó el auricular.

—¿Lo ve? Yo no tenía por qué creer que no volvería a pedirme disculpas —oíste que decía—. No, no. No se preocupe por eso, lo pasé muy bien —tú dejaste lo que estabas haciendo, y permaneciste inmóvil para oír mejor—. De acuerdo —dijo después de un silencio larguísimo—, hablaremos de eso. Le paso con Adrián.

Ulises te comunicó los cambios en los planes de viaje. Estela se unía a la aventura; y él también. El proyecto era demasiado importante, no le parecía oportuno limitar su presencia en Aguamarina a simples visitas.

—No quiero perderme la gestación de la criatura —te dijo riendo—, le prometo que no molestaré.

Palabras rápidas, un comunicado cortés. Su conversación con Matilde había durado más. «Hablaremos de eso», había dicho ella. Te hubiera gustado preguntarle qué era «eso» de lo que tenían que hablar. Pero no lo hiciste. Te limitaste a comentar que sería menos aburrida para ella la estancia en el cortijo con los dos acompañantes que se habían sumado al viaje.

Por su sorpresa, comprendiste que Ulises no le había dicho a ella que Estela y él irían con vosotros a Punta Algorba. Matilde cerró la maleta de un golpe seco al oír tus palabras.

—No soporto a esa mujer —dijo como excusa de su repentino mal humor.

Tú te echaste a reír. Interpretaste su reacción como un súbito ataque de celos. Matilde no era celosa. Asistió a las carantoñas que Estela te prodigaba divertida por la excentricidad de su juego. Divertida aún más por su incapacidad para soportar que su marido jugara a lo mismo.

—¿Estás celosa de Estela?

Matilde no contestó. No te había escuchado siquiera.

—Quien calla otorga.

Ella no pensaba en Estela. Le inquietaban los dos meses que tenía por delante. La convivencia con Ulises. Temía encontrarse de nuevo con su mirada, con su desasosiego ante el asedio de Estanislao, el que advirtió en su semblante la noche anterior. Matilde pensaba en Ulises. Y tú le volviste a decir:

—Quien calla otorga.

—Sí —te lanzó sin pensarlo—. Sí, sí —te dijo.

Y te llegó un mensaje equivocado, sin intención de mentir: Matilde estaba celosa.

A la hora convenida, las diez en punto, Estanislao y Estela acudieron a recogeros a la puerta de vuestra casa. Pocos minutos después y sin haberlo anunciado, apareció Ulises. Os disponíais a acomodaros en el automóvil de Estanislao cuando le visteis llegar, la sorpresa iluminó vuestros rostros.

—No sabía que usted viniera hoy. Me alegro, iba a ser eterno esperar su llegada en su propia casa —sin disimular su intención de halago, Estela le tendió la mano—. Me alegro de veras —añadió, y su voz estridente sonó como un mal canto.

—Bienvenido al club —bromeaste tú, pensando que era un detalle por su parte acudir a la puerta de tu casa.

—Vaya, haremos caravana —exclamó Estanislao como si anunciara un juego nuevo.

—Si están listos, podemos salir. Propongo que no hagamos parada si no es necesario. Llegaremos con el tiempo justo para tomar allí el aperitivo.

—De acuerdo —contestó Estanislao.

—Y usted, Matilde, ¿no se alegra de verme? —Ulises se dirigió a tu mujer con la mitad de una sonrisa.

—Sí —contestó ella con una sonrisa entera, y se miró la indumentaria. Se lamentó de haber escogido esos pantalones, cómodos para el viaje, aunque le habría sentado mejor una falda—. Me alegro de verle —en el momento de decirlo descubrió que se alegraba realmente. Y su alegría la desconcertó.

Ulises abrió entonces la portezuela derecha de su deportivo rojo. Dirigiéndose a Matilde, sonriendo ya abiertamente, preguntó, como si os lo dijera a todos:

—No me dejarán viajar solo, ¿verdad?

Matilde dio un paso hacia atrás y se agarró a tu mano.

—Vaya usted con él, querida —intervino Estela—. Nosotros cuidaremos de su esposo —y la empujó suavemente por la espalda hacia Ulises.

—Parece que Matilde desea viajar con su marido —replicó Estanislao—. Quizá sería mejor que fueras tú con Ulises, cariño —y enfatizó la palabra cariño al dirigirse a su esposa.

Ulises, señalando su automóvil rojo, bromeó:

—¡Hela aquí: la manzana roja de la discordia!

—Matilde, querida, no sea tan posesiva —insistió Estela, y volvió a empujarla—. Déjenos disfrutar a los demás de la compañía de su esposo.

Tú notaste que Matilde te apretaba la mano. Y sentiste en la presión que repetía su mensaje de celos. Le diste un beso en la mejilla.

—Anda, no seas tonta —le susurraste, al tiempo que la empujabas también hacia Ulises. Con ternura.

Matilde te lanzó una mirada furtiva. Con desprecio. Ella subió al automóvil de Ulises, y tú al de Estanislao.

El coqueteo de Estela durante todo el trayecto hacia el cortijo, en presencia de su marido, te hizo sentir incómodo, pero no hiciste nada por evitarlo. Tú viajaste en el asiento delantero, junto a Estanislao, y Estela se colocó detrás de ti; para hablar se acercaba a tu respaldo y colocaba las manos en tu reposacabezas. Contestaste a sus requiebros con las mismas galanterías sutiles con las que ella te obsequiaba, con el mismo disimulo. Los celos que pretendías haber descubierto en Matilde te llevaron a favorecer el equívoco de la falsa conquista. Entonces no lo sabías, pero ahora lo sabes. Entraste en el juego. Provocaste a Estela para provocar a Matilde. Creaste una corriente de seducción con la meticulosidad de un relojero, empujado por lo que no había dejado de obsesionarte: recuperar a Matilde. Disfrutaste con tu estrategia, coqueto y feliz, tranquilo, pensando que Matilde viajaba con Ulises angustiada por ti.

Y con la misma tranquilidad escuchaste las palabras de Estela, sin entender su intención, concentrado en el movimiento de sus dedos buscando la piel de tu nuca bajo el cabello:

—Ulises tiene prisa por llegar. Ya no se ve su coche.

Te duele haberla perdido, tanto como ignorar por qué la perdiste. Por eso, en esta noche de insomnio, buscas lo que no sabes de ella. Tú prefieres saberlo todo. Las palabras que pronunció en tu ausencia, las que escuchó en el viaje hacia Aguamarina, mientras el coqueteo de Estela se enredaba en ti.

—Matilde, cuando habla conmigo, del miedo de Penélope, por ejemplo, ¿también me está tomando el pelo? —le preguntó Ulises.

—¿Por qué me dice eso?

—La he descubierto.

—Siempre pretende haberme descubierto, Ulises.

Era la primera vez que pronunciaba su nombre. Y al hacerlo, abandonó la rigidez con la que había subido al automóvil.

—Dígalo otra vez.

—Que le diga qué.

—Mi nombre.

—¿Su nombre?

—Sí, mi nombre.

—Ulises.

Él sintió que las eses de Ulises resbalaban en la boca de Matilde, que acariciaban su lengua jugosa y tierna. Y Matilde volvió a decirlo.

—Ulises —ella supo el efecto que había provocado, lo repitió despacio, para arrepentirse enseguida y añadir—: ¿Por qué cree que me ha descubierto?

Entonces fue cuando Ulises pisó el acelerador del deportivo y escapó de Estanislao que le seguía de cerca. Matilde se volvió hacia el automóvil donde viajabas tú:

—Vamos a perderlos.

—No importa, Estanislao sabe llegar al cortijo. A él no le gusta correr, ganaremos más de media hora. Quiero enseñarle mi secreto.

La velocidad a la que puso el vehículo exigía la concentración de Ulises. Condujo sin dirigirse a Matilde, ajeno a los signos evidentes del pánico de su acompañante; su espalda apretada contra el respaldo, la cabeza inclinada hacia atrás, el cuello rígido, las manos aferradas al cinturón de seguridad, los ojos fijos en el cuentakilómetros.

Ante la puerta del caserón de Aguamarina encontrasteis a los guardeses. Habían oído el motor del automóvil de Estanislao y salieron a recibiros. No viste a Matilde, ni a Ulises, y te extrañó que no fueran ellos los que esperaban. Supusiste que estarían dentro, tomando el aperitivo anunciado por el anfitrión antes de salir.

El guardés se acercó a coger el equipaje, su mujer le ayudó. Estanislao y Estela se dirigieron a la entrada de la casa con las manos vacías. Aún quedaban maletas en el portaequipaje. Tú miraste a los cuatro sin saber qué hacer. Te decidiste por imitar a los huéspedes.

—El señor Ulises no ha venido otavía. Yo me llamo Pedro, y ésta, Aisha, estamos pa servirles.

Pedro se dirigió a vosotros soltando las maletas de un golpe en el suelo del zaguán. Su mujer, Aisha, bastante más delicada que él, dejó las que llevaba sobre un banco de madera y se acercó a Pedro, le tiró del borde de su chaleco a modo de represión:

—Pedro, cuidao —se dirigió después a Estela—. El senior Ulises mi dijo prepara dos alcobas dobles. Dos parijas mi dijo vienen dos hombres con sus mujeras, ¿falta de venir una mujera o una parija, seniora? —a Estela le costó comprender que Aisha pedía una orientación para distribuir las habitaciones a los invitados.

—Aisha quiere saber si falta una señora o si sobra un señor —apostilló Pedro.

Tu llegada, sin Matilde, había desconcertado a la guardesa. Estela aclaró el enredo con desgana, fastidiada por tener que dar explicaciones a los sirvientes: Tu mujer vendría con Ulises.

—Los seniores mi acompanian por favor y Aisha ensenio alcobas que están arriba preparás y mi dicen maletas cuales son cada uno y Pedro y Aisha la subemos arriba, seniora —dijo Aisha, como si se tratara de un rezo aprendido, dirigiéndose siempre a Estela.

—¿De dónde eres? —le preguntó ella.

—De Marroco, seniora.

—¿De Marruecos?

—De Marroco, seniora.

Subiste inquieto las escaleras detrás de Aisha. Inquieto, ahora sí. Inquieto entraste a la habitación que te indicó, un amplio espacio decorado, como el resto de la casa, con una mezcla de mobiliario conforme a la estética moderna. Los muebles rústicos antiguos y los de diseño conseguían juntos una extraña armonía. Miraste la cama de matrimonio y aumentó tu inquietud. Matilde dormiría contigo. ¿Dónde estaban Ulises y Matilde? ¿Por qué tardaban tanto en llegar? La lógica te señalaba que ya deberían estar allí. El tiempo de su retraso alimentaba tu ansiedad.

Cuarenta y cinco minutos. Ulises había mirado el reloj cuando se aproximaba al cortijo y calculó que faltarían al menos cuarenta y cinco minutos para que vosotros llegarais. Tiempo suficiente.

Pedro y Aisha se encontraban en la casita de los guardeses, una pequeña vivienda aislada del edificio central. Aisha afeitaba a su marido para que el señor lo encontrara presentable. Utilizaba la maquinilla eléctrica que Ulises le había regalado, reservada para las grandes ocasiones. Las cosquillas que Pedro sentía en la cara les hacían reír a los dos.

—Si tú no eres quieto llega senior Ulises y ve pelo en cara, feo eso es. Y a mí no gusta —Aisha le propinó una palmada sonora en el trasero.

—Pero adónde se ha visto cosa iguá. Ven aquí, morita, que te vas a enterá, que te voy a dá una zotaina pa arreglarte er cuerpo.

Aisha salió corriendo, y Pedro la persiguió por toda la casa sin intención de atraparla demasiado pronto.

—Enredaban los diablos cuando te conocí, reina mora, en qué estaría yo pensando. ¿Tú no tas enterao otavía que er macho es er que tiene que zurrá?

La algarabía que formaron con sus juegos les impidió oír el ruido del motor que se acercaba.

Matilde y Ulises habían llegado a la puerta principal de la casa, pero él no detuvo el automóvil. Disminuyó la velocidad y bordeó el edificio para tomar un camino de tierra. Un sendero arbolado y estrecho, flanqueado por arbustos tupidos que arañaban el deportivo rojo a su paso. Ulises aceleró, y los ramales golpearon con violencia los laterales del coche.

—Cierre la ventanilla, Matilde. Podría golpearle una rama.

—Conduce demasiado deprisa —se atrevió por fin a decir ella.

—Normalmente voy a pie por este camino —replicó Ulises—, otro día lo haremos a pie, pero hoy no tenemos tiempo.

—Va a destrozar su coche.

—No se preocupe por el coche.

—¿Dónde me lleva? ¿No podríamos esperar a los demás?

—Tampoco se preocupe por los demás. No tema, regresaremos antes de que ellos lleguen.

—Pero ¿dónde me lleva?

—No tenga miedo, Matilde. No debe tener nunca miedo.

No era miedo lo que le rondaba a Matilde. Era algo que ella no sabía descifrar. Un cosquilleo efervescente. Una agitación extraña. Un impulso de huir y una voluntad de permanecer junto a Ulises. Una emoción eléctrica. Una rara ansiedad. El deseo de sentir, y de no hacerlo.

El camino acababa en una gran explanada rodeada de rocas al borde del mar. Ulises detuvo el automóvil y volvió a mirar el reloj. Siete minutos. Y otros siete para volver. Tenemos el tiempo justo.

—Quítese los zapatos —dijo mientras él se apresuraba a quitarse los suyos.

Matilde obedeció. Se liberó primero del cinturón que la ataba al respaldo. Abrió la portezuela buscando comodidad para desabrocharse las sandalias, tres tiras abrazaban los empeines de sus pies. Ulises ya se había descalzado, dio la vuelta al automóvil. La observaba, de pie frente a ella inclinada. Las manos de Matilde liberaban uno a uno los pequeños botoncillos de sus ojales. Sus pies desnudos se mostraron a los ojos de Ulises sin que ella lo viera.

—Vamos —le dijo tendiéndole una mano, sin dejar de mirarle los pies; ella los puso en el suelo, pero hubiera deseado ocultarlos.

Matilde aceptó la ayuda que le tendían para levantarse. Ulises tomó su mano, pero no la soltó cuando ella estuvo en pie. Comenzó a correr hacia las rocas con una alegría infantil. Arrastró a Matilde tras de sí, un chiquillo seguido de una chiquilla.

Tú viste llegar el deportivo rojo, desde la ventana del dormitorio. Apoyado en el alféizar, te inclinaste para verlos bajar del automóvil. Los guardeses se habían acercado a recibirlos. Matilde estrechó la mano de Pedro y le dio dos besos a Aisha. No hiciste intención de bajar. Esperaste a que le indicaran a tu mujer la habitación que os habían destinado y te sentaste en la cama.

—Es un cortijo precioso —te limitaste a decirle cuando entró.

Ella, por respuesta, te dijo que necesitaba ducharse:

—Me molesta la arena en los pies.

Tú no le preguntaste por qué tenía arena en los pies. Y ahora te lamentas de no haberlo preguntado. Continuaste sentado al borde de la cama, muy al borde.

—Es una casa preciosa, ¿verdad? —dijiste.

—Sí —contestó Matilde abriendo una maleta.

Te dijo que le molestaba la arena. ¿Por qué lo hizo? Piensas. Piensas. Quizá deseaba que le preguntaras, contarte lo que pasó, o lo que ella temía que pasara. A Matilde no le gustaba mentir. Si le hubieras preguntado —no preguntaste—, te habría contado por qué tenía arena en los pies. Ella no toleraba el engaño. No te mintió. Piensas. Piensas. Tengo arena en los pies, era pedirte que le evitaras la traición de amar a Ulises. Tú siempre le habías dicho que no soportabas la traición. Ella no podía soportarla. Matilde te lo habría contado si tú hubieras sido capaz de hacerle la pregunta exacta. ¿Te lo habría contado?

Quizá habría empezado por decir que siguió a Ulises por la playa con los pies descalzos. Y que corrían. Desde que bajó del automóvil no dejó de correr detrás de Ulises. Se paró cuando él lo hizo y se hincó de rodillas en la arena cuando él se arrodilló.

—Ya hemos llegado —dijo jadeante.

—¿Es éste su secreto? —Matilde también jadeaba.

—Mire —Ulises señaló una roca—. Vamos a descansar un momento y se lo enseñaré. Ya casi hemos llegado —se desprendió de la mano de Matilde con una suave caricia—. ¡Abracadabra! —gritó.

—¡Abracadabra! —Matilde se sumó a su grito y los dos se echaron a reír.

A él le hubiera gustado que se abriera la roca, para Matilde. Comenzó a trepar invitándola a que lo hiciera también. Matilde se alegró de haberse vestido con pantalones y le siguió hasta una cueva horadada en la piedra.

La entrada a la gruta se encontraba semioculta por unos matorrales. Ulises no los apartó para entrar, se deslizó por el hueco que los separaba de la roca, y desde dentro le extendió la mano a Matilde.

—Sólo se puede entrar cuando la marea está baja. Le tengo cogido el tiempo a la marea. Vengo aquí desde que era un niño y nunca me ha pillado, aunque una vez estuvo casi a punto —Ulises sonrió al recordar su travesura, pero no quiso aburrir a Matilde con ella y no acabó de contársela—. Éste es el secreto de mi abuelo, que se lo enseñó a mi padre, y él a mí. Yo no tengo hijos, no se lo he enseñado a nadie, pero voy a enseñárselo a usted.

—Entonces, soy como su hija —bromeó ella.

—No. No. Mi hija no —sorprendido por su tono, vehemente en exceso, Ulises procuró seguir hablando, disimular—, no soy tan mayor como para ser su padre —una torpeza, presumir de mediana edad, pensó—. Quizá podría ser mi ahijada —no hay arreglo, qué palabra tan fea: ahijada—. Aunque mejor, dejemos las cosas como están.

Y como un niño que muestra a otro su tesoro escondido, sin ocultar su excitación, Ulises buscó una linterna en una hendidura de la roca, la encendió, dirigió el haz de luz hacia un rincón de la cueva que el sol no alcanzaba, y alumbró una caja metálica del tamaño de una maleta.

—Mi secreto —exclamó.

El metal devolvió un reflejo anaranjado. El brillo de la maleta en la oscuridad sorprendió a Matilde:

—¡Vaya!, y ¿qué hay dentro? —dijo corriendo hacia ella.

—Ábrala.

—¿Yo?

—Sí, usted.

Una colección de fotografías borrosas en color sepia, y daguerrotipos de diferentes tamaños, se amontonaba a la izquierda del interior de la caja. En el centro, varios cuadernos, apilados uno sobre otro. A la derecha, en desorden, un montón de libros. Matilde intentaba ver todo a un mismo tiempo, sin atreverse a tocar.

—Pero ¿qué es todo esto?

—Mi secreto —Ulises se agachó junto a ella, emocionado por compartir una emoción—. Mire —iluminó una de las fotografías—, cójala —Matilde la cogió—. Mi abuelo era fotógrafo, se ganaba la vida, como muchos, cubriendo actos sociales, bodas, comuniones, ya sabe. Éstas son las fotografías malogradas, las que le hubiera gustado hacer bien y le salieron mal. Él encerró aquí sus frustraciones, no se las enseñó a nadie, excepto a su hijo —Ulises tomó un cuaderno y se lo mostró a Matilde—. Mi padre era abogado, un hombre de letras, los cuadernos los escribió él, novelas, malas novelas que escondió junto a las fotos mediocres de su padre.

Matilde leyó la primera página del cuaderno que Ulises sostenía en la mano, una sola palabra, escrita a plumilla en caligrafía gótica: *Hiel.*

—*Hiel.*

—*Hiel,* su tercera novela —Ulises la colocó sobre las otras, con cuidado, como si temiera romperla.

—¿Y los libros? —Matilde se lanzó a coger el que tenía más cerca.

—Mi frustración: los libros que nunca he podido leer. Los que me avergüenza no haber leído.

—¿Y por qué le avergüenza?

—Quizá porque no la conocía a usted.

Matilde buscó entre los libros, y encontró lo que buscaba: *Ulises,* de James Joyce. Sonrió, y volvió a dejarlo en la caja.

Ulises descubrió su sonrisa. Y sus labios, en la penumbra, se abrieron para él.

Llegaron a Aguamarina con el convencimiento de que no deberían haberse besado. Ninguno de los dos lo lamentó, pero ambos decidieron, sin decírselo al otro, que no volverían a hacerlo. Regresaron a la casa hablando del paisaje, del sol, de las rocas, del bosque, del mar. Ulises y Matilde acordaron así el olvido de un beso. Ese acuerdo fue el que impulsó a Matilde a decirte, cuando salió de la ducha y tú permanecías sentado al borde de la cama:

—Quiero irme de aquí.

Tú pensabas todavía en la arena de sus pies.

—¿Cómo?

Matilde refrenó su impulso de repetirlo, y no lo hizo. Tú no volviste a preguntar.

Aisha os anunció que el aperitivo estaba servido en el porche. Matilde se puso un vestido azul estampado con flores pequeñas. Sobre sus hombros desnudos reposaban unos finísimos tirantes, que, inservibles, resbalaron por su piel dando a su caída una provocadora indolencia.

Bajaste detrás de Matilde mirando su cabello rojizo, se lo había anudado en una trenza que le llegaba al comienzo del vestido y, al moverse en su espalda, se le colaba por el escote. Estanislao Valle se dirigió a tu mujer nada más verla, le dijo que le favorecía el peinado y aprovechó para tocarle el pelo. Ulises y Estela los miraron mientras tú mirabas a Estela.

—Es muy traviesa, se le mete por aquí —Estanislao movía la trenza de Matilde acariciando con ella su espalda.

—Han tardado más que nosotros en llegar —la voz metálica de Estela estalló en los oídos de Matilde—. Ulises conduce más rápido que Estanislao, ¿dónde se han metido, querida?

Matilde, por respuesta, se apartó de Estanislao y se dirigió a Ulises:

—Me ha gustado mucho el paisaje que me ha enseñado.

—Me alegro —replicó él mirándola a los ojos—. Me alegra muchísimo que lo haya visto.

—Ah, sí —dijiste tú—, el paisaje es precioso, deberíamos tenerlo en cuenta para los exteriores.

Zanjaste la cuestión, pero en tu mente resonaban las palabras de Matilde. Me molesta la arena en los pies. Quiero irme de aquí. Recuerdas el comentario que Estanislao añadió:

—La mezcla perfecta de lo escarpado de Ítaca y el verdor de Irlanda. ¿Qué le parece, Matilde?

Recuerdas. Las frases se mezclan en desorden. Me molesta la arena en los pies. El paisaje que me ha enseñado.

—No conozco Ítaca, ni Irlanda. Y no he leído *Ulises,* lo he intentado varias veces, no puedo leer más de diez páginas sin que me entre un sueño mortal.

—Hay gente que no se atreve a decir eso —la voz de Ulises se funde en tu recuerdo con la de Matilde.

—¿Por qué?

—Porque Joyce es un genio.

Recuerdas que Estela mencionó a Virginia Woolf. Me molesta la arena. Me alegra muchísimo que lo haya visto.

—La Woolf despreció el manuscrito de Joyce y se negó a publicarlo. No se preocupe, querida.

—No me preocupa en absoluto, querida.

Intentas poner orden en tu memoria, y recuperas a Matilde haciendo hincapié en la palabra querida, que pronunció separando las sílabas: que-ri-da.

Ahora es tiempo de que sepas que tu réplica aumentó el desprecio de Matilde hacia ti:

—Debemos disculpar a Matilde, no es fácil entender a Joyce —dijiste.

—No es fácil —intervino Ulises—, pero no creo que haya que disculpar a nadie por eso —sonrió a Matilde—. Yo lo he leído esta misma semana, y no por gusto, sino por exigencias del guión. Y no pido disculpas.

—Debe rescatarlo entonces del destierro —le contestó ella en voz baja.

Ves a Matilde acercándose a Ulises, contestándole apenas con un murmullo. Debe rescatarlo entonces del destierro. Y oyes a Estanislao al mismo tiempo:

—Es usted un hombre sagaz, Ulises.

Y a Estela añadir:

—Bueno, la Woolf también lo reconsideró, más tarde.

Eres incapaz de recordar cómo llegó Estela a hablar de las depresiones de Virginia Woolf. Por qué contó que la obligaban al reposo, y que el reposo la hacía engordar. Por qué relató con detalle el ambiente en el que vivía y la forma en que murió. Por qué enumeró a los componentes del grupo de Bloomsbury. Por qué se deleitó con la variedad de sus relaciones amorosas. ¿Por qué lo contó? ¿Para qué?

Pero no te preguntas ¿Para quién? Quizá por eso no sabes que desde ese momento Matilde detestó a Virginia Woolf. Se formó una imagen de la escritora sin haber leído sus libros, y decidió que no los leería nunca. Le bastó la admiración con que Estela se refería a «la Woolf» para sentir una antipatía profunda por ella. Virginia Woolf apareció ante los ojos de Matilde como una señorita privilegiada, histérica y gorda que se podía permitir el lujo de admitir que no le gustaba el *Ulises,* sin que nadie le dijera por ello No se preocupe, querida.

Las conversaciones se confunden con los días y con las horas, todo se confunde en Aguamarina, las noches también. Sin Matilde. En la cama, en la misma cama los dos, la distancia entre ambos era más grande aún que en vuestro apartamento, donde os acostabais en habitaciones diferentes. En Aguamarina, ella dormía a tu lado, tan cerca que podrías tocarla sin moverte apenas, y tú intentabas dormir, inmóvil, para no tocarla.

Te levantabas, agotado por tu parálisis voluntaria, y bajabas a desayunar sin que os hubierais dicho al despertar ni una sola palabra. Después del desayuno Matilde se marchaba a la playa con Estela y Ulises. Y tú y Estanislao os encerrabais en la biblioteca a trabajar. Os volvíais a reunir a la hora de la comida; tomabais juntos el café y en la tarde, vosotros regresabais al guión y los demás leían, escuchaban música, paseaban o jugaban a las cartas hasta la hora de cenar.

Matilde no soportaba la compañía de Estela, de manera que al quinto día de resistir sus chapoteos en el agua, bajó a desayunar con un libro de recetas y se excusó diciendo que no iría a bañarse porque le apetecía cocinar. Ulises no lo esperaba, pero fue rápido en buscar una excusa para evitar ir a la playa con la mujer de Estanislao. Dijo que debía resolver problemas burocráticos en la ciudad y desdeñó la insinuación de Estela:

—No conozco Punta Algorba.

—Hoy tienen la noche libre Pedro y Aisha. Si le parece, podríamos cenar todos en el paseo marítimo.

Deshecho el grupo. Estela se marchó sola a darse un baño. Ulises se sintió aliviado de la facilidad con que Matilde lo consiguió. Y tú recelaste de la libertad de movimiento que significó para ellos, de la búsqueda de oportunidades para encontrarse a solas que sospechaste en los dos. Una realidad que ambos desearon, y temieron.

—Quizá cuando regrese le apetezca acompañarnos, nos serán de utilidad sus opiniones acerca del guión —dijiste.

Ulises aceptó la invitación y tomó por costumbre trabajar con vosotros todas las mañanas. Resolviste así tus cavilaciones para todo el día, porque él y Matilde pasaban las tardes con Estela.

TERCERA PARTE

Mi tienda beduina es una esposa
tan suave como mis orillas,
que se contrae, se curva, se cimbrea.
Mas se cubrió de herrumbre: El resplandor
es peñasco sentado en el borde del rostro,
profeta de su propio llanto...

ADONIS

La primera mañana que Matilde se negó a ir a la playa con Estela, se dirigió a la cocina después de desayunar. Aisha se sorprendió al verla, porque hasta entonces ninguna invitada había traspasado su puerta, le gustó que le pidiera permiso para entrar y su sonrisa al darle las gracias, y le extrañó que una cocinera llevara un libro para guisar:

—¿Tú miras palabras y haces comida?, ¿todo junto, seniora?

Tu mujer nunca tuvo habilidades culinarias, su torpeza en el manejo de los utensilios y la sencillez con la que se burlaba de sí misma conmovieron a Aisha. La miraba preparar los ingredientes, consultando antes las recetas, pesándolos, colocándolos en el mostrador, y repasando luego las cantidades en el libro una y otra vez.

—Creo que se me olvida algo —Matilde esbozaba una sonrisa y la guardesa sonreía con ella.

Aisha se divirtió con las reacciones de tu esposa desde el primer día. Y esa misma mañana ya compartieron las carcajadas, cuando su gata entró por la trampilla de la puerta que daba al jardín. Tu mujer no la había visto, la gata pasó a su lado y le rozó las piernas con el rabo. Matilde pegó un grito y el animal se escondió en la alacena.

—No asuste, seniora, es *Nigrita* —Aisha buscó a su gata y la cogió en brazos—. Tú das miedo, ella susto tamién. Gatita bunita no asuste, seniora Matilde buena —le acarició el lomo y la besó. La gata ronroneó contra el pecho de Aisha—. ¿Ves, seniora?, si tú carinio a *Nigrita*, *Nigrita* carinio a ti. Ven, toca.

—Es que me dan un poco de miedo los gatos.

—*Nigrita* hace no nada. Ven, toca a lo primero un poco pequenio. Tú más grande que gata y *Nigrita* no miedo a ti si tú toca. Ven, toca.

Aisha tomó la mano de Matilde y la pasó sobre el pelo suave y negro del animal. *Negrita* levantó la cabeza, Matilde dio un respingo y Aisha soltó una carcajada.

Trabajaron juntas, rieron juntas. Y a partir de entonces, Matilde acudió a la cocina cada día y pasó las horas hablando con Aisha y perdiéndole el miedo a su gata.

La confianza dio paso al cariño. Aisha descubrió que podía mantener con Matilde conversaciones de mujeres. Y Matilde descubrió el mundo de Aisha.

Aisha. Tú conociste su historia a través de Matilde. Tu esposa te contaba cada noche, con detalle, sus charlas matinales. Tú le pedías que te hablara de Aisha, tan sólo por escuchar a Matilde. Creías haber encontrado un tema que no os comprometía a ninguno. Y ella pensaba que lo hacías para participar de su intimidad. Y ahora te das cuenta —y ya es tarde— de que compartió contigo sus emociones sin que tú lo supieras. Y también las de Aisha.

La guardesa le contó a Matilde que salió de Marruecos con dieciséis años. Abandonó a su padre y a su madre, a sus hermanos, a sus tías y a sus amigas, y a pesar de que había pasado ya mucho tiempo ni un solo día había dejado de pensar en ellos.

Aisha llevaba siete años casada con Pedro. Se encontraron en una clase de alfabetización, ella había ido a aprender el idioma y Pedro a leer y a escribir. Los dos conocieron las letras a la vez, y a la vez supieron juntarlas para formar palabras.

—La vida empuje a Aisha a aprender, para papeles necisito español.

Había solicitado la nacionalidad, y uno de los requisitos indispensables consistía en una entrevista con un juez que valoraría su nivel del idioma.

Cuando conoció al que sería su marido, empezó a superar el dolor de un naufragio, y el pánico que la acompañaba desde que sobrevivió al hundimiento de una patera.

—Aisha no morí, mi Munir sí morió.

Ella recuerda cómo su novio cayó al mar, sus ojos de espanto, la profunda tristeza que vio en ellos cuando supo que la miraba por última vez. Sueña todavía con esos ojos abiertos, muchas noches. Aisha se lanzó tras él para intentar salvarle. Ella viajaba abrazada a su bolsa de basura, donde llevaba ropa seca como único equipaje, y la soltó cuando lo vio caer.

—Todo lo mío en borsa plástico, no sitio, muchos hombres y mujeras en barca pequenia. Noche, muy noche, no luna, muy noche. Mucho aire. Olas más muy grande que barca. Aisha mucho miedo agarré borsa y vi hundirse Munir y tamién hundió y escapó borsa. Todo lo mío agua.

No sabe nada más, del mar recuerda el peso de sus ropas adheridas a su cuerpo, tirando de ella hacia el fondo.

Y al despertar, estaba seca. Aisha le contó a Matilde que abrió los ojos en una casa de acogida. Alguien la llevó allí, no sabe cómo, no sabe cuándo, no sabe quién.

Un olor a desinfectante la espabiló, y se encontró sola y pequeña en un antiguo hangar, adaptado a dormitorio de mujeres en un centro de ayuda al refugiado. Desde la litera contigua a la suya, una mujer la miraba. Farida. Superviviente de otro naufragio. Ella le dijo que los que llegaban en pateras se reunían en casas abandonadas. Allí se volvían a encontrar los que se habían dispersado en la carrera hacia la playa. Entre escombros se recibían noticias de los que no habían conseguido alcanzar la costa, de los que fueron detenidos al desembarcar, y también de los ahogados. Con Farida asistió por primera vez a un encuentro con inmigrantes ilegales, ella buscaba a su marido y a sus tres hijos, y Aisha buscaba a Munir.

Día tras día acudió Aisha a aquellas ruinas que aumentaban su desolación. Al principio esperaba encontrar a su novio, y después a alguien que lo hubiera visto morir, o alguno que hubiera visto a quien lo vio.

Aisha y Farida transformaron juntas el motivo de su búsqueda, primero esperaban hallar a los suyos, después necesitaron rastrear los cadáveres. El ánimo de verlos con vida desapareció poco a poco. Ambas convirtieron su inquietud en certeza al mismo tiempo, y compartieron idéntico desaliento: la ausencia de la confirmación de sus difuntos. Y se resignaron a que jamás volverían a ver a los que amaban, ni vivos ni muertos.

Aisha encontró en Farida el consuelo. La aliviaba con su ternura y con la forma que tenía de llamarla: Auisha, el diminutivo de su nombre que siempre había negado a los otros porque la hacían sentirse una niña pequeña. Juntas rezaban sus oraciones y juntas pasaban hambre en el Ramadán.

De Farida aprendió que debía mentir a la policía si le pedían los papeles. Fue ella quien le enseñó a adaptarse a su situación de ilegal. Tenía que darles un nombre falso, y decir que era argelina, para que no la expulsaran del país. Farida le enseñó a Aisha los trucos que había aprendido nada más llegar.

A las dos las detuvieron juntas. Pidieron un recurso de acogida, pero sólo una vez. Tuvieron suerte. Juntas acudieron al programa de alfabetización, y juntas conocieron a Pedro, y a Yunes.

Pedro se enamoró de Aisha nada más verla. Y Aisha se fue enamorando poco a poco.

—Aisha pena nigra en alma. Tarda olvido.

Aisha consiguió la nacionalidad después de cinco años de trámites, cuando ya estaba casada con Pedro. Y Farida y Yunes no consiguieron papeles jamás.

—Guapo Yunes argelino moreno rizos en pelo. Farida enamora y casan antes Pedro y mí. Tú conoce algún día. Farida tamién guapa, grande pero guapa enamora a Yunes tamién.

Y Aisha le cuenta a Matilde —y después ella te lo contaría a ti— que Yunes escapó de Argelia huyendo del integrismo, cuando un grupo parapolicial asesinó a su hermana Maryam, casada con un profesor universitario, embarazada de ocho meses. Le atravesaron el vientre antes de degollarla, para que no naciera otro intelectual. Y después, mataron a su marido.

Fugitivo a través de Marruecos, Yunes llegó a pie a Calamocarro, un miserable campamento a las afueras de Ceuta, y allí volvió a sentirse acosado, recluido en un lugar infecto, rechazado por los ciudadanos que prefieren ignorar la miseria que les viene de fuera, y obligan a los fugitivos a alzar sus propias murallas.

—A Yunes aprieta corazón en Calamocarro. País de él está en muy dentro de Yunes. Dice muralias pero no muralias, sólo canias y yerba hacen pared y cartones tamién donde vive. Mucho tarda venir en España a vivir y llora.

Matilde se había llevado las manos a la boca para reprimir un grito, cuando escuchó la historia de Maryam. Ahora se tapaba la cara.

—Yunes busca en ruina noticias pueblo suyo. Dicía que a veces más muy bien alguno veniera de allí. Farida, Yunes, Pedro y Aisha todas semanas primero todos estamos en ruina después menos.

Yunes convenció a las mujeres de que dejaran de buscar a sus muertos. Y las dos comenzaron a esperar noticias de los que habían dejado en Marruecos.

—¿Y nunca escribiste una carta?

—Aisha mucha culpa dentro. A lo primero pena madre de Munir, espero que aparece para no dicir que no aparece, después pena más grande escribir que muerto, después vergüenza no escribido antes.

Con Pedro, y con sus amigos Farida y Yunes, asistía a las reuniones periódicas en casas abandonadas. Ella no había perdido la esperanza de encontrar entre los recién llegados a algún familiar o conocido que le trajera noticias de su pueblo. Pedro quiso llevarla a Marruecos en más de una ocasión, pero ella se negó siempre, Aisha pensaba que la añoranza era un castigo y que los castigos deben cumplirse para limpiar el alma. Los intentos de su marido para que abandonara la dureza con la que se trataba a sí misma fueron siempre en vano, y la llevaba a Punta Algorba cada vez menos, para evitarle la desolación del regreso de una búsqueda inútil.

La intimidad. Matilde escuchó las confidencias de Aisha, y ella las de Matilde. Con Aisha verbalizó tu mujer sus temores. A ella le confesó que estaba perdiendo al hombre que amaba. A ella le dijo que te perdía, sin saber el porqué, pero que no se sentía culpable, como Aisha tampoco debía sentirse por la muerte de su novio.

Matilde le contó a Aisha tu historia, y a ti te contó la historia de Aisha. De noche, frente a la ventana de vuestro dormitorio, conmovida, emocionada, compartiendo contigo el insomnio. Y tú, ahora, no puedes dormir.

No puedes dormir. Y pasas las noches sentado ante la reproducción del Modigliani que Matilde enmarcó para ti, recordando a Ulises, a Estanislao, a Estela, a Pedro y Aisha, a Yunes y Farida. Analizando el hecho que ves con claridad: la influencia que ejerció cada uno de ellos en Matilde, porque sabes que tu mujer comenzó a marcharse al tiempo que ellos comenzaron a llegar. Desmenuzando la historia, intentas reconstruirla con los detalles que puedes manejar. Soportando el sabor amargo de los datos que no conoces.

Sabes que Estanislao Valle comenzó a ausentarse del despacho cuando Matilde dejó de ir a la playa. Todas las mañanas abandonaba el trabajo durante cinco o diez minutos. Se ausentaba con una pequeña excusa, pequeña, para un período pequeño de tiempo, sin molestarse mucho en buscar: necesidades fisiológicas, tomar un poco de aire, algún objeto olvidado en su habitación. Pero no sabes que eran torpes intentos de encontrarse a solas con tu mujer, ni que Ulises lo sospechó enseguida y esperaba inquieto su regreso.

Matilde se dio cuenta de las intenciones de Estanislao la primera vez que lo vio entrar en la cocina. Ella untaba mantequilla con los dedos en el fondo de una flanera. *Negrita* se enredaba en sus pies. Aisha dejó de rallar limones y fue a coger a su gata para que Matilde no se asustara.

—¿Nicisitas algo el senior?

—Sí, por favor, un vaso de agua.

—Agua Aisha coloqué hielo tamién en el carrito de bibidas como siempre esta maniana, senior, o ¿olvidé?

Estanislao no respondió, se quedó absorto en las manos de Matilde, sus dedos resbalando en círculos, cremosos, acariciando el interior del molde. Matilde advirtió en su mirada su secreta lascivia. Se limpió en el delantal la mantequilla adherida a sus manos, sin lavárselas siquiera:

—Vamos, Estanislao. Le daré agua fresca.

Aisha se acercó a él, desconfiando de su posible despiste:

—¿Aisha olvidé agua, senior?

Él se marchó sin contestar mientras Matilde le servía un vaso.

Cuando Estanislao regresó al despacho, propuso trabajar en la escena donde Leopold Bloom prepara el desayuno para Molly. Planteó que podríais darle un ambiente sensual. Tú aceptaste su propuesta y comenzaste a escribir, sin saber que Estanislao te lo pidió pensando en Matilde.

Secuencia 2
Interior/día.
Leopold—Molly—Gata negra.
Leopold unta de manteca el fondo de una sartén para freír unos riñones. Los come con deleite. La gata ronronea, lustrosa y brillante, negra, pasea alrededor de la pata de la mesa haciendo sonar su cascabel. El sonido se funde a un tintineo de arandelas metálicas, de la cama de Molly, que espera su desayuno, semidesnuda. Tendida espera las tostadas que su marido unta de mantequilla en la cocina, una, dos, tres, despacio, la mantequilla se desprende del cuchillo y se adhiere cremosa al pan. Leopold deja el cuchillo, unta con los dedos la mantequilla que Molly se llevará a la boca, y se pasa la lengua por los labios.

Durante la comida, Estela quiso saber en qué secuencia habíais trabajado por la mañana. Preguntó a Estanislao. Y tú le contaste la escena delante de Matilde. Ella oyó de tus labios la sensualidad que pretendíais plantear, y se escandalizó al escucharte describir cómo Leopold Bloom untaba con los dedos la mantequilla. Se ruborizó, al escuchar a Estela:

—Genial, no es necesario dar más claves, Bertolucci ya usó la mantequilla como una referencia sexual.

En ese momento Aisha se disponía a servir el flan de limón que Matilde había preparado. Tú no supiste por qué Matilde se levantó mirando a Estanislao. Por qué le arrebató a Aisha el postre de las manos.

—Lo siento, Aisha. Perdónenme, acabo de recordar que no le puse azúcar, no podemos comerlo.

Se retiró con Aisha a la cocina y lo arrojó a la basura. No estaba dispuesta a que Estanislao se llevara el flan a la boca. Ahora lo sabes.

Desde entonces, Matilde huyó al jardín por la puerta de la cocina siempre que llegaba Estanislao. Aisha entró en el juego, la avisaba cuando le oía acercarse y la rescataba de su escondite cuando ya se había marchado. Las dos mujeres se divertían con la torpeza del director.

—Corre, corre, seniorita, oigo pies en suelo de senior que pide agua y no bebe agua.

Matilde escapaba y *Negrita* se iba con ella. Cuando Aisha iba a buscarla, tu mujer regresaba con la gata en brazos.

—¿Ves? *Nigrita* carinio a ti. Aisha gusta que tú carinio a *Nigrita*.

Estanislao continuó yendo a buscar agua fresca y marchándose sin haber bebido, hasta que un día encontró a Estela a su regreso de la playa y abandonó sus excursiones.

—¿No estás trabajando, cariño?

—Vengo del baño —le contestó, señalando la puerta de la cocina.

—¿De qué baño?

—No, es que después he ido a beber agua —su turbación le delató.

—No mientas, Estanislao.

Había pasado más de un mes desde que llegasteis a Aguamarina. Se mantenía entre vosotros una entente cordial que evitaba que surgieran los afectos. Tú continuaste respondiendo al coqueteo de Estela para provocar los celos de Matilde. Estanislao medía sus galanteos hacia ella, vigilado de cerca por su esposa, intimidado por las miradas de Ulises. Y él y Matilde reprimían su deseo de recordar un beso.

Tu mujer alimentaba el cariño de Aisha en sus conversaciones de cocina, a las que ambas permitían que se sumara Pedro, pero sólo de vez en cuando.

—Anda, Pedro, vete que seniora y Aisha hablan de mujeras y tú no entiende.

—Señora Matilde, tenga cuidao con ésta, que es muy mandona. Y aunque le parece chica es más grande de lo que parece.

A Matilde le gustaba escuchar a Pedro, le exigía mucha atención poder comprenderle, y el esfuerzo le valía después para entender mejor a Aisha, porque ella había aprendido a manejar el idioma con él.

—A mí me hizo que me hiciera musurmán, porque ésta no se casaba con un cristiano. Ven mal eso de casarse con un cristiano, ¿sabe? Y yo tuve que pasar por el aro, y pasé, claro que pasé, porque esta cosa tan chica me tenía sorbío el seso. Y otavía me lo tiene y son muchos años pa mayo. Pero el nombre no me lo cambió, no señora, el nombre que me dio mi madre no me lo cambian a mí tan fácilmente, aunque por casi lo consigue la morita y a lo primero de conocerla atendía yo por

Butrus —Pedro se quedó pensativo unos instantes—. ¿A usted le gusta Butrus, señora Matilde?

—La seniora y Aisha hablamos la mitad de una cosa que a ti no interesa, Pedro.

—Aisha, déjale que se quede un ratito.

—Seniora, tú sabe que Pedro tiene cabezota, se queda cuando quiere cuando no quiere no se queda pero Aisha no hablo de boda delante de Pedro.

Aisha siempre encontraba un tema del que no pudiera hablar delante de Pedro. Y él se marchaba refunfuñando.

—Butrus, Butrus, ésa no es manera de llamarse ninguno que tenga argo de conocimiento.

En el fondo, a Aisha le gustaba más conversar con Matilde, las dos solas. A ella le podía contar que no le molestaba que Pedro no hubiese arabizado su nombre. Aisha le llamó Butrus el día que lo conoció, porque le costaba mucho pronunciar Pedro, pero después aprendió, y como Butrus no era un nombre musulmán, sino la traducción del San Pedro cristiano, le daba igual llamarle Butrus que Pedro. Y él siempre creyó que Aisha había cedido en algo.

Con Matilde podía lamentarse de las diferencias de sus bodas. La real, la que hizo con Pedro, y la imaginaria, la que podría haber celebrado con Munir en Esauira.

Si Aisha se hubiera casado en Esauira, su boda habría durado tres días. La fachada de su casa estaría adornada con bombillas de colores y dentro no dejarían de sonar las arbórbolas, el pandero y la gaita; toda la vecindad se enteraría de la fiesta. Fatma y Malika, sus dos tías más pequeñas, casi de su misma edad, habrían ido a su casa una semana antes y se habrían quedado a dormir con ella, como todas sus primas, las demás tías, sus hermanas, las amigas, las amigas de su madre y las vecinas. Las mujeres habrían llegado con sus maletas, alborotando, cantando arbórbolas desde el momento de traspasar el umbral y ver a Aisha. Entonarían canciones de boda mientras amasaran harina para las pastas de té, y gritarían el uel uel cada vez que apareciera la novia o se cruzaran con ella por la casa.

—Fatma y Malika persiguen a Aisha toda la casa para cantar todo el rato, si caso en Esauira. Siempre mucho reímos juntas siempre más amigas que tías de Aisha.

Aisha resplandecía al contar su boda en Esauira. Al imaginarla en voz alta se emocionaba de tal modo que parecía que la hubiera vivido realmente.

Los regalos del novio llegarían en bandejas, en procesión por la calle, acompañados de música y al descubierto, sin envolver en papel. Munir le habría enviado un cinturón de oro, ropa interior de nailon, y una caja de maderas de diferentes colores hecha con sus propias manos. El padre de Munir mandaría aceite, azúcar, harina, una jarra de miel, y un toro, para dar de comer a todos los familiares que acudieran a casa de la novia.

Su madre habría contratado a Salima para que embelleciera a Aisha, la misma mujer que había adornado a Malika y a Fatma. A ella le alquilaría los collares, los pendientes, unos aros enormes con colgantes de abalorios y flecos de oro, las pulseras, y una diadema jalonada de piedras brillantes que Aisha ceñiría en su frente, y que también sus tías alquilaron.

Salima le pintaría las manos y los pies con alheña, el primer día. Las mujeres amasarían los dulces y Aisha, vestida de blanco, con una túnica sencilla y un velo, miraría los dibujos finísimos que la alheña dejaba en sus manos, diferentes en cada palma, intentando aprendérselos para que fueran un regalo en su memoria. Con paciencia, soportando la postura incómoda, se abandonaría al frío de la alheña en su piel, sin dejar de mirar los dibujos florales y geométricos que parecían enfundarla en guantes de encaje.

Fatma y Malika habrían sido las encargadas de venderle las manos y los pies con trapos blancos, cuando Salima hubiera acabado su trabajo. Aisha permanecería sentada y envuelta durante varias horas, hasta que la alheña se secara. Y esa noche, alquilarían el hamam y lo convertirían en una fiesta exclusiva para las invitadas a la boda de Aisha, que la habrían acompañado cantando canciones y arbórbolas hacia el baño público, donde el agua arrastraría el barrillo negro de alheña y sus manos y sus pies aparecerían teñidos de filigranas rojizas. Durante los quince días siguientes, el tiempo aproximado que tarda en desaparecer el tinte, Aisha seguiría memorizando cada línea dibujada en sus manos para que no se le borraran nunca.

Toda la vecindad se enteraría al verlas en procesión hacia el hamam, al escuchar los cantos de boda, de que la madre de Aisha casaba a su hija.

—Por si alguno no sabe con bombillas en casa de Aisha, y panderos y gaitas y uel uel.

—Aisha, nunca he oído una arbórbola. ¿Puedes gritarla para saber cómo suena? —le suplicó Matilde.

—Mala sombra si no es en fiesta, seniorita Matilde. Sólo en fiesta.

Aisha se negó a gritar, pese a la insistencia de Matilde.

—Sólo en fiesta. Contrimás, los seniores trabajan más muy cerca. Susto grande si Aisha uel uel.

Matilde no escuchó las arbórbolas, pero hablaba, al contarte la boda que Aisha imaginaba en Esauira, como si las hubiera escuchado. El sonido del uel uel que no has oído jamás se te cuela hasta el fondo. No puedes evitar el dolor. Matilde. Matilde, contándote la historia de Aisha, regresa, y te hiere.

—Explícame cómo suena una arbórbola, Aisha.

—Muy fuerte. El grito sale de garganta pero es lengua quien grita —Aisha le mostró la lengua, en movimientos rápidos y mudos. Y continuó su relato.

El segundo día de la boda en Esauira, en casa de Aisha, se habría ofrecido un té con pastas, sólo para mujeres. Todas se habrían ataviado con sus mejores caftanes, y una orquestita, también de mujeres, tocaría en el patio y las haría bailar entre ellas. Quemarían incienso traído de La Meca, su perfume rebasaría las tapias y las azoteas, y anunciaría su boda a los que aún no se hubieran enterado. Las invitadas serían rociadas con agua de azahar en almarraxas de plata.

—¿Y qué es almarraxa?

—Un frasquito pequenio con pitorrilio largo, ven seniorita Matilde te enseño almarraxa Farida regala a boda de Aisha con Pedro. Guardo en alcoba de mí. Ven, seniorita.

Abandonaron la cocina y se dirigieron a la casa de los guardeses. Matilde siguió a Aisha, y la gata las siguió a las dos.

El dormitorio era una pequeña habitación ordenada y limpia. Aisha se arrodilló en el suelo frente a un arcón. Antes de abrirlo, se frotó las manos en el delantal.

—Mira seniorita Matilde almarraxa de Farida —Aisha depositó en las manos de Matilde un pequeño frasco de metal labrado. Lo dejó sobre sus palmas extendidas, con mimo, con cuidado, después de haberle sacado brillo con el pañito de terciopelo en que lo guardaba—. Farida no mucho dinero no plata parece plata, Aisha limpia de vez en vez para que siempre brilia, ¿gusta?

Matilde mantuvo la almarraxa en sus manos abiertas, sin atreverse a tocarla, asintiendo con la cabeza, imaginando a Farida, tomándole cariño a través del objeto que ella escogió para Aisha.

—Este cofre pequenio regaló Yunes a Pedro y Aisha, incienso que sobra de boda para entierro guardo dentro. El senior Ulises regaló incienso de La Meca —Aisha sacaba uno a uno los recuerdos del arcón y los iba dejando sobre la cama—. Y esta mantilia espaniola regalo tamién a mí el senior Ulises. Yunes y Farida y el senior Ulises y Pedro y Aisha solos en boda en Aguamarina. Boda bunita pero no grande. Farida pintó pies y manos con pequenia jeringa. Incienso de La Meca arde en boda de Aisha y huele pueblo mío. Farida canta en boda de Aisha arbórbolas olor a Esauira. Boda bunita no grande pero bunita.

Aisha mostraba sus regalos de boda reales con la expresión iluminada con que antes había enumerado los imaginarios. Con idéntica ternura acariciaba los recuerdos que podía tocar y los que nunca había tenido.

—Boda bunita tamién si Aisha casado a Esauira a Munir el día segundo.

Matilde te contaba por las noches las historias que escuchaba por las mañanas, con el mismo detalle que Aisha se las relataba a ella, con la misma dulzura en su voz. Sentados los dos en las mecedoras de vuestro dormitorio, frente a la ventana, ella te hablaba hasta que te llegaba el sueño. Entonces te acostabas, Matilde se tendía a tu lado, y aún tú le pedías que siguiera hablando de Aisha, sabiendo que con ello aumentaban las palabras que podía decirte. La escuchabas en silencio y te quedabas dormido.

Arrullado por la voz de Matilde te dormías. Ella callaba entonces, y la siguiente noche le volvías a pedir que te hablara de Aisha. Matilde recuperaba la palabra, para ti, contenta de no haberlo perdido todo, y continuaba el relato de sus conversaciones en la cocina. Te miraba, balanceándose en la mecedora, y te sorprendía al cambiar el registro de su voz cuando imitaba la de Aisha.

—Y el día segundo, si Aisha caso a Munir, en Esauira...

Si Aisha se hubiera casado con Munir, en Esauira, el segundo día, a la caída del sol, las mujeres la habrían bajado al patio, la habrían acompañado con panderetas, panderos, arbórbolas, con canciones de boda, con fórmulas de bendiciones y felicidad. Y con velas encendidas entonarían la oración de las nupcias: «Rezos y Paz para ti, Profeta de Dios. Nuestro Señor Mahoma». Ella habría mantenido la mirada baja en señal de pureza. Siempre la mirada baja. Se habría dejado balancear sentada sobre una mesita redonda y achatada, a hombros de cuatro mujeres. Habría hecho esfuerzos por no llorar durante aquella danza. Se dejaría llevar por las mujeres, al ritmo de violines y panderos. Sentada la bailarían con canciones de bodas, rodeada de las llamas de las velas, envuelta en perfume a incienso, a azahar, a hierbabuena, en aroma a cera que se derrite. Habría hecho verdaderos esfuerzos por no llorar. Y pensaría en Munir, porque después de dos días de boda aún no habría visto a su novio. También se emocionaría Munir así, cuando los hombres lo bailaran a él de la misma forma.

Te hubiera gustado ver la expresión de Matilde, sentada en la cocina con *Negrita* acurrucada en su regazo, mientras escuchaba a Aisha.

Y al día siguiente, cerca de la medianoche, el novio, con los amigos más íntimos, iría a buscar a la novia. Aisha le esperaría engalanada, con un caftán brocado y verde, y los collares de Salima cayendo hasta su cintura. Un velo de gasa transparente, cuajado de pequeñas flores bordadas en hilos de seda, rojos, azules, blancos, amarillos, verdes, cubriría su cabeza.

La novia abandonaría su casa para acompañar al novio que le ofrecía la suya. A ella le hubiera gustado llegar a su nuevo hogar como su madre, en una especie de casita de madera policromada, con andas, a lomo de mulas, acompañada por músicos con panderos y gaitas. Pero se habría conformado con un automóvil, como exigen los tiempos modernos, y que Munir hubiera ido a recogerla tocando el claxon por toda la calle. Aisha habría visto sus ojos oscuros, su cabello rizado y negro, destacar en su atuendo blanco.

—Pedro tamién guapo, más raro en chilaba blanca grande, zaragüel grande blanco, babuchas tamién raro en pies de Pedro. Tarbuch grande tamién en cabeza de Pedro. Pedro se pone de marroquí para boda pero no parece marroquí en ropa de marroquí.

Chilaba blanca, zaragüelles blancos, chaleco y camisa blancos, todo bordado y blanco habría acudido Munir a buscar a Aisha para llevarla a su casa.

Para entregar a la novia la acompañarían los hombres de su familia, y para prepararla en su noche de bodas irían dos de sus tías.

En el umbral de la casa, la madre de Munir esperaría a Aisha y le ofrecería dátiles y un tazón de leche, como símbolo de fertilidad. Los hombres de las dos familias rezarían una oración con las manos abiertas a la altura del pecho y la cabeza inclinada hacia las palmas.

—¿Así? —Matilde juntó las manos.

—No, eso rezo cristiano, nosotros abrimos manos como si lavamos cara.

Como si se lavaran la cara, como si las manos fueran un libro, los hombres orarían por la felicidad de los novios. Y Aisha entraría en la casa de Munir con la mirada baja, acompañada de Fatma y Malika, que se quedarían a dormir allí para quitarle el caftán de novia, para vestirla con el camisón nupcial, y dejarla en manos de Munir. Él descubriría su cuerpo. Y al día siguiente, ella alzaría los ojos.

La madre de Munir ofrecería un té a las mujeres de las dos familias. Fatma y Malika vestirían a la novia con un caftán diferente al de la víspera y la adornarían de nuevo con los collares de Salima. Azafrán, caftán de color azafrán, bordado en oro, habría escogido Aisha para esa ceremonia. Tomaría el té con la mirada alta. Las mujeres de su familia se marcharían y Aisha se quedaría en casa de Munir, para vivir con él.

—Mira, seniorita Matilde, ¿gusta? —Aisha sacó del arcón un caftán azafrán y se lo acercó a su cuerpo—, ¿gusta?

Azafrán escogió Aisha para su boda con Pedro, Matilde insistió mucho cuando te lo contó:

—Azafrán, el color que hubiera escogido para el día siguiente a la noche de bodas con Munir, ¿te das cuenta?, ella se entregó primero a Munir, y después se casó con Pedro. Por eso no escogió el color verde para el vestido de su boda real, porque lo llevaba puesto en la que imaginó con Munir.

Matilde te describió a Aisha, luminosa, apoyándose el vestido en el pecho.

—¿Gusta? —volvió a repetir—. Toca, seniorita Matilde, toca —le acercó la mano a la seda—, ¿suave?

Aisha dejó el caftán sobre una silla después de que Matilde lo acariciara y volvió a buscar en el arcón. Sacó un tarbuch rojo con flecos cortos negros.

—¿Ves? Raro en cabeza de Pedro.

Después, Aisha extendió sobre la cama una chilaba blanca y la repasó con los dedos como si la planchara.

—Farida y Aisha mucho cosimos medida de Pedro grande mucho bordamos.

Miró a Matilde, y las dos sonrieron.

Después de comer os reuníais en el porche. Un pequeño descanso antes de que Estanislao y tú regresarais al trabajo. El final de la sobremesa lo marcaba Estela. Siempre de la misma forma: besaba a su marido en la mejilla, parpadeaba coqueta para ti, dirigía a Ulises una sonrisa, y le hablaba a Matilde:

—¿Qué le parece que hagamos hoy, querida?

En su manera de preguntar llevaba implícita su determinación de que el grupo no se deshiciera también por las tardes. Le dejaba escoger a Matilde, y se incluía en sus planes. Matilde proponía la actividad vespertina según su apetencia, un paseo por el campo, una visita a Punta Algorba, unas partidas de juegos de mesa, o escuchar algún disco en el gabinete de música, que era la mejor forma de mantener la boca cerrada, la propia, y también la de Estela.

Ulises y Matilde aprendieron pronto a disfrutar de las tardes con Estela, a gozar de su presencia impuesta. Supieron aprovechar la ventaja de su incómoda compañía: sentirse juntos sin verse abocados al deseo de estarlo más. Descubrieron para el otro un lenguaje de signos secretos, un código que elaboraron sin darse cuenta, y que entendieron desde un principio sin haberse revelado las claves. Y sin saber cómo, comenzaron a tutearse sin que Estela se incluyera en el tratamiento de tuteo.

—Mueve usted, querida.

—Ten cuidado, Matilde, la dama está en peligro.

—Va a perder, querida.

—La dama siempre está en peligro. Alguien me dijo una vez que éste es el juego de la elegancia. Sabré perder con elegancia, pero a lo mejor es que no me importa que la dama se pierda.

Los mensajes pasaban a través de Estela, la utilizaban como puente entre los dos. Las fichas en las damas, las piezas en el ajedrez, los naipes en las cartas, los árboles en el paisaje, o el mar en la distancia, cualquier excusa era buena para usarla como pasarela.

Una de esas tardes en que Ulises y Matilde jugaban a ser cómplices en secreto, se dieron una cita relacionando las palabras en desorden que habían formado con las letras que les tocaron en los dados. Estela compuso GRUTA, 37 puntos; Ulises escribió MAÑANA, 22 puntos; y Matilde le siguió con MEDIODÍA, 32 puntos. Gana Estela.

Sobre la mesa de juego quedó escrito el mensaje.

Estanislao y tú entrasteis al salón. Estela se levantó al veros. Ulises y Matilde se quedaron un momento mirando los dados, ninguno de los dos hizo ademán de guardarlos en el cubilete, como solían hacer. Ambos leyeron en voz baja, moviendo imperceptiblemente los labios.

Aisha anunció la cena y cuando os marchabais hacia el comedor, extrañada de que no hubieran recogido el juego, preguntó:

—¿Quieres senior Ulises que Aisha guarda cuadrados?

—No, Aisha, déjelo así, por favor —contestó.

Estanislao se sentó a la mesa frente a Matilde. Y también después de cenar, en la tertulia que hacíais en el salón, se sentó frente a ella. Matilde llevaba un vestido estrecho y al sentarse en el sofá, la falda se le subió dejando sus piernas bronceadas al descubierto. Estanislao la miraba más allá de los muslos buscando otras oscuridades. La gata de Aisha le dio la oportunidad de encontrar lo que buscaba. El animal entró al salón y se dirigió a tu esposa, ella abrió las piernas para inclinarse a cogerlo, y Estanislao pudo deleitarse imaginando el vello rojizo oculto por el triángulo de seda negra que llegó a ver entre sus piernas. Ella no vio la mirada de Estanislao, pero se dio cuenta de que su vestido resultaba demasiado corto, por eso la viste levantarse del sofá, y buscar un asiento más alto, tirando de su falda hacia abajo mientras cogía a la gata. Se sentó en una silla con *Negrita* en sus brazos y comenzó a acariciarla.

A Ulises no le pasaron desapercibidas las miradas de Estanislao, ni a Estela tampoco. Ella tomó asiento en el lugar que había dejado libre Matilde y te pidió que leyeras la escena que habíais escrito por la tarde. Su voz pretendía ser seductora, pero su esfuerzo rechinó como la tiza cuando resbala en la pizarra.

Secuencia 3
Exterior/tarde noche.
Nausicaa-Gerty.
Secuencia de miradas.
Las jóvenes juegan con los niños en la playa. Hay dos gemelos muy revoltosos.
Gerty (vestida de azul-ojos azules) le da una patada al balón mirando coqueta a Ulises-Leopold, vestido de negro. «Él la observaba como la serpiente observa a su víctima», en palabras de Joyce. Pero es ella quien le seduce con el movimiento de sus piernas. Un juego de miradas, al fondo el sonido de campanas. Miradas, más miradas. Fuegos artificiales de color azul. Todas las chicas, con los niños, corren hacia los fuegos de artificio. Excepto Gerty, que permanece sentada. Al fin solos. Gerty se reclina hacia atrás, sobre la arena, más atrás, sujetándose las rodillas. Más atrás, más miradas. Gerty separa las piernas, mueve el pelo, y enseña sin pudor las bragas blancas. Leopold la sigue mirando, y ella le sigue enseñando las bragas mientras mira al cielo. Un fogonazo azul.

—¡Gerty! ¡Gerty! —la llaman sus amigos para que se acerque.

Y él sabe que se llama Gerty. Ella regresa de su ensoñación y se encuentra con la mirada de Leopold que la sigue observando. Le saluda con el pañuelo, él recibe el olor de su perfume y recuerda un baile con Molly. Gerty se levanta, los dos se miran. Gerty echa a correr. Leopold descubre que es coja. (Hay que mostrar bien la cojera de Gerty, y la sorpresa morbosa de Leopold.) Leopold la sigue mirando mientras corre al encuentro de los demás. Ella no vuelve la cabeza hacia él. Sigue corriendo. Él la sigue mirando esperando que vuelva la cabeza.

—Mírame, tierna putita —susurra.

Sigue recordando el baile con Molly, el olor de su cuello, el beso que le dio en el hombro.

Un nuevo fogonazo azul. Todos miran al cielo. Excepto Gerty, que mira por fin a Leopold, y él la sigue mirando.

Estela había conseguido su objetivo: desviar la atención hacia ti, hacer que su marido dejara de mirar a tu esposa, y te preguntó por Nausicaa, cómo tomaría cuerpo en Gerty, para que siguieras hablando. Tú creíste que le interesaba realmente tu trabajo. Te disponías a contestar, pero fue Estanislao quien tomó la palabra:

—Ya hemos hablado bastante de Ulises en Irlanda. No hagas que aburramos más a Matilde, cariño, creo que hace tiempo que la hemos aburrido —dijo mordiendo su pipa.

—Oh, perdóneme, querida, olvidé que usted no ha leído el *Ulises*.

Estela se dirigió a Matilde con el desdén que lo hacía siempre, y le preguntó, por preguntarle algo, qué hacía todas las mañanas en la cocina. Ella le contestó que cocinar, y charlar con Aisha.

—Y ¿de qué habla con una criada, querida?

—De la vida.

—¿De la vida? —aventuró, esbozando una sonrisa que parecía de plástico, pretendiendo burlarse de ellas.

—Una persona que ha estado a punto de morir sabe bastante más que tú de la vida —a Estela se le plastificó definitivamente la sonrisa.

Te diste cuenta de que Matilde tuteó a Estela por primera vez, y de que no quiso mostrar con ello confianza, sino desprecio.

—No sabía que Aisha hubiera estado cerca de la muerte.

—Pues se le ahogó el novio. Y ella casi se ahoga también al intentar sacarlo del mar.

Matilde se levantó, dijo Buenas noches y se retiró. No quiso trivializar el drama de Aisha, convertirlo en una charla de salón. No quiso entretener a Estela.

Tu error fue conocer la historia. Y caíste en la trampa de contarla. Matilde te la había relatado con detalle, sobrecogida por la fuerza que le había transmitido aquella joven menuda y capaz; conmovida por la añoranza que expresaban sus ojos negros pintados de kohol; sacudida por la ternura maternal con que dominaba a Pedro, un marido que casi le doblaba la edad y el tamaño, un hombre rudo, destinado por su naturaleza a proteger, protegido amorosamente por ella. Matilde te había contado la historia para compartir contigo las emociones que sintió al escucharla de los labios de Aisha, en su media lengua mal aprendida. Para volver a emocionarse al contártela. Y cada noche te hablaba de Aisha hasta que te llegaba el sueño, aferrándose a la idea de que no lo habíais perdido todo. Y ahora te das cuenta, y ya es tarde.

Y fue tarde para ti desde el momento en que abriste la boca y comenzaste a hablar de Aisha para satisfacer la curiosidad de Estela. Y te das cuenta de que, al menos, podrías haber esperado a que Matilde saliera de la habitación, pero no lo hiciste. Comenzaste a hablar antes de que llegara a la puerta —ahora lo recuerdas muy bien—, comenzaste a hablar mirando la espalda de Matilde. Se alejaba cuando te oyó nombrar a Munir. Fue en su espalda donde notaste un estremecimiento.

La historia de Aisha. La contaste. Y a partir de aquella noche, Matilde se negó a mostrarte sus emociones.

Ulises se levantó cuando vio que tu mujer se marchaba. La siguió, y tú continuaste hablando sin advertirlo siquiera. Le contaste a Estela las bodas de Aisha, en presencia de Estanislao —a ella se lo contabas—. Y que Aisha había nacido en Esauira, una ciudad al sur de Marruecos. Le contaste cómo su familia la prometió en matrimonio nada más nacer, al hijo menor de una familia de ebanistas. Cómo ella se enamoró de Munir, el novio que le habían destinado, y cómo él se enamoró de ella. Su prometido se dejó seducir por las alharacas de Europa. Y Aisha le siguió en su seducción hasta una patera. Le contaste.

CUARTA PARTE

... como si el día
fuera piedra que horadase la vida,
como si el día
fuera caravana de lágrimas.

ADONIS

Deberías estar más tranquilo, ahora que la realidad te ha alcanzado. Pero tú no sabes qué hacer con la realidad. Tú que prefieres saberlo todo, habrías preferido la sospecha de la infamia. Habrías preferido incluso descubrir una traición. Tú que siempre habías sostenido que no soportabas la traición. ¿Quién la soporta? Matilde, no. Matilde no te traicionó, y no puedes dolerte de ello. Sería más fácil si la encontraras culpable, si pudieras utilizar su culpa contra tu inocencia. Buscas su abandono en tu memoria, como si se tratara de un espejo, para reconocerte víctima.

Matilde te abandonó antes de que tú quisieras verlo; y cuando comenzaste a contarle a Estela la historia de Aisha, te dio la espalda para siempre.

Ulises la alcanzó cuando se disponía a subir las escaleras:

—No te vayas así. Toma una copa conmigo.

Ella aceptó, y le tendió la mano.

Caminaron hacia el gabinete de música, apreciando los dos el calor en la mano del otro. Sobre el tapete verde destacaba el marfil de los dados. GRUTA MAÑANA MEDIODÍA.

—¿Sigue en pie?

—Sí, necesito volver a esa cueva.

Era la primera vez que se encontraban a solas, desde que llegasteis a Aguamarina. Desde que los dos se bajaron del automóvil de Ulises con la decisión de negarse a otro beso. Matilde deshizo el mensaje, reunió los dados y los depositó en las manos de Ulises:

—¿Quieres que juguemos?

—Sí.

Mientras tú contabas la historia de Aisha, ellos se intercambiaron palabras con el juego de azar.

Le tocaba jugar a Ulises, escribió MATILDE, y Matilde contestó con ULISES, cuando Estela, Estanislao y tú entrasteis al saloncito.

Ulises repetía en voz alta el nombre de tu mujer. Tú lo viste en sus labios, y sentiste que lo perdías.

Estela se colgó a tu brazo y al de Estanislao; por su pequeña estatura, parecía ir en volandas entre los dos:

—Matilde, querida —la estridencia de su voz al pronunciar el nombre de tu mujer chocó con la dulzura con la que Ulises lo retuvo en su boca—. La historia de la guardesa es realmente un drama emocionantísimo. He propuesto a estos caballeros que vayamos un día a la casa donde se reúnen los moros —ante la dureza de la mirada de Matilde, rectificó—. Perdón, el colectivo magrebí. Me gustaría conocer también a Farida y a Yunes.

—¿Qué le parece? —añadió Estanislao—, a mí esas reuniones me recuerdan a los primitivos cristianos, que se escondían en criptas para celebrar sus ritos. La congregación. ¿Qué le parece, Matilde, cree que Aisha querrá llevarnos?

Toda la indignación de Matilde se reflejó en su gesto: apretó los dientes y frunció el ceño antes de hablar:

—¿Pretenden que Aisha les lleve al circo?

—No se enfade, querida —contestó Estela—. La solidaridad empieza por la sensibilización.

—Ésas son palabras bonitas. ¿Conoces también la de respeto?

—Vamos, vamos, querida —Estela se soltó de vosotros y buscó el brazo de Ulises—. Creo que es usted quien me está faltando al respeto.

Le falló la estrategia de atraerlo a su bando, de ponerlo en contra de Matilde, de dejarla sola ante los cuatro.

—Matilde tiene razón —le dijo, dándole palmaditas en la mano—. A usted tampoco le gustaría que un grupo como el nuestro la observara, ¿verdad, Estela?

Ella se zafó de Ulises, de las palmaditas que la convertían en una niña reprendida, instada a pedir perdón. Volvió a Estanislao, y lo encontró perplejo. La misma perplejidad la halló en tu reserva, porque tú aún no te habías pronunciado, seguías en silencio sin saber qué hacer ni qué decir. Resuelta a no dejarse abandonar por todos, recurrió a Matilde. Intentó haceros ver que tu mujer había creado el conflicto.

—Oh, querida, creo que ha sacado las cosas de quicio. Era sólo una idea, pero ya veo que si a usted no le apetece, a los demás tampoco. Vamos a dejarlo así. Será mejor que hagamos algo que a usted le guste, parece la mejor garantía para agradar a los hombres —Estela forzó una sonrisa—. ¿Le apetece escuchar música, querida? —sin darle tiempo a contestar, os preguntó a vosotros—: ¿Y a ustedes? —y se dirigió al tocadiscos sin esperar tampoco vuestra respuesta.

Un vals ocupó el silencio. Estela se movió al compás y entornó los ojos. Todos la mirasteis bailar sola. Tú te apiadaste de ella. Le pediste permiso para acompañarla. No percibiste la rabia con la que aceptó que abrazaras su cintura.

Matilde abandonó entonces el gabinete y se retiró a vuestra habitación. Cuando tú llegaste al dormitorio, ella fingía dormir.

La biblioteca era un espacio luminoso. Los libros estaban protegidos por cristales en cada una de las estanterías de madera de roble. Los reflejos del sol a mediodía obligaban a correr las cortinas para que no os deslumbrara la luz. Un rito que cumplía Ulises siempre a la misma hora. Pero Ulises se había excusado a las once y media, y se ausentó, de manera que fuiste tú quien se acercó en aquella ocasión al ventanal poco antes de las doce, y lo viste entrar en la cocina por la puerta del jardín.

Ulises se dirigió a Aisha, le dio cuatro invitaciones para la película de Fisher Arnld que se estrenaba en Punta Algorba por la noche:

—Las suyas, y las de Yunes y Farida, dígale a Pedro que tienen que llegar al Union Royal media hora antes.

—Muchas gracia, senior Ulises.

—Ah, Aisha, dígale también a Pedro que avise a los demás, deben cambiar el lugar de sus reuniones.

Aisha no podía creer que haberle revelado a Matilde un secreto supusiera un peligro. Ulises siguió hablando al descubrir que había alarmado a las mujeres:

—No se asusten, es sólo que hay que tomar precauciones. Han cometido las dos una imprudencia. Aisha al contártelo a ti, Matilde. Y tú por contárselo a Adrián. La mayoría de los que acuden a la casa abandonada del paseo marítimo son inmigrantes ilegales. Sólo ellos deben saber dónde se reúnen, es la única forma de evitar riesgos innecesarios.

—Perdóname, Aisha. Se lo conté a mi marido.

—Seniorita Matilde, no preocupes, Aisha todo tamién cuento al marido Pedro.

—Lo siento.

—Ahora digo a Pedro que senior Ulises dice a Aisha de cambio y problema ahora mismo arreglo. Seniorita Matilde, no pones esa cara de susto que asustas a mí.

Salieron los tres al jardín a un mismo tiempo. Tú ya habías corrido las cortinas, pero permaneciste apostado tras ellas, acechando por la rendija que dejaste abierta, un espacio suficiente para ver sin ser visto. Estanislao revolvía papeles en la mesa y no advirtió tu tardanza en regresar del ventanal.

Viste a Aisha caminar hacia la casita de los guardeses delante de su gata que la seguía, y observaste a Matilde y a Ulises hasta que desaparecieron por la parte trasera de la casa.

Tu mujer llevaba el vestido azul estampado de flores; lo último que pudiste divisar fue la mano de Ulises, subiendo un tirante del vestido de Matilde que había resbalado a su brazo desnudo, rozándole el hombro.

Sospechaste que irían a la playa. Tu sospecha era sólo una parte de la verdad, que ahora conoces entera.

—Tenía muchas ganas de hacer a pie este camino contigo —le dijo Ulises—, la primera vez te llevé demasiado deprisa.

Caminaron hasta llegar a la arena. Despacio, en silencio, disfrutando de su soledad y del paseo.

Las ramas secas se enredaron en el vestido de Matilde al entrar en la gruta y le desgarraron la falda.

—Por favor, Ulises, no enciendas la linterna.

—¿No quieres ver qué le ha pasado a tu vestido?

—No.

Adaptaban sus ojos a la penumbra, parados uno frente al otro, cuando Matilde exclamó:

—¿Por qué tuviste que llamar a Adrián para hacer esta película?

—Por su ambición.

—¿Por su ambición?

—Sí, por su ambición, y por la mía.

—¿Y adónde va a llevarnos vuestra ambición?

Matilde se mantenía al borde del grito, controlando el tono de su voz:

—¿Adónde? —volvió a preguntar.

Ulises se alegró de que el sol no entrara hasta el fondo de la cueva. Matilde no pudo ver su vergüenza. Sólo oyó su voz apagada:

—No voy a hacer esa película.

Se lo dijo a Matilde antes que a ti, antes que a Estanislao, incluso antes de decírselo a sí mismo, su decisión llegó a sus labios antes de tomarla siquiera.

—No voy a hacer esa película —repitió para Matilde, para sí, en voz decidida y alta.

—¿Y el guión?

—Lo guardaré en aquella caja. Hay películas que no llegan a hacerse nunca. Hablaré mañana con Adrián y Estanislao.

Pero no pudo esperar al día siguiente, esa misma noche, después del estreno en Punta Algorba, en comisaría, mientras esperabais para prestar declaración, os dijo que abandonaba el proyecto. Pensaste que el motivo era la desgracia que acababa de ocurrir, y no le preguntaste siquiera el porqué de su renuncia.

Matilde vislumbraba el rostro de Ulises, buscó sus ojos, su expresión la desconcertó.

—¿Te encuentras bien?

—Mejor que nunca.

Ella no se atrevió a decir que se encontraba peor que nunca. Pensaba en ti, en Estela, en Estanislao.

—Quiero irme de Aguamarina.

—Nos iremos.

Pensaba en la intimidad traicionada de Aisha.

—Necesito gritar —dijo apretando los puños.

—Pues grita, aquí nadie podrá oírte.

El grito de Matilde retumbó en los muros de roca. Un alarido. Una queja. Por su boca abierta escapaba de golpe todo su desasosiego. Ella sentía en los labios el roce de su aullido al salir.

Ulises la escuchaba sin alarmarse, buscó sus manos y encontró sus puños cerrados. Matilde abrió los dedos y los entrelazó a los de Ulises, apretaron los dos y él comenzó también a gritar.

Sus bocas se acercaron para unirse en el grito, para compartirlo de cerca. El grito les llevó al silencio, y los labios al beso.

Se abrazaron, con la misma energía con la que habían gritado; se buscaron, con la misma intensidad con la que hasta entonces se habían negado. La urgencia escapó de sus cuerpos, y se entregaron, recuperando el grito para lanzarse su amor, mezclando palabras soeces con arrullos, con peticiones obscenas y tiernas.

—Quiero irme de Aguamarina.

—Nos iremos —Ulises atrajo a Matilde hacia sí, para que siguiera mordiéndole el hombro—. Ven aquí —para que siguiera arañándole el pecho.

El vestíbulo del Union Royal se llenó de caras conocidas. Actores, actrices, productores, guionistas y directores se mezclaban con críticos, periodistas y literatos. Fotógrafos y cámaras de televisión corrían de un lado a otro persiguiendo con sus objetivos a las celebridades. La mirada de los curiosos que se arremolinaban a la entrada, agolpados contra las puertas de cristal que les cerraban el paso, convertía a los espectadores invitados al estreno en el propio espectáculo.

Los protagonistas llegaron con Fisher Arnld, al menos con media hora de retraso. Su aparición provocó una algarabía hollywoodiense. Las quinceañeras, que habían respetado hasta entonces la alfombra roja extendida en la calle, la invadieron para acercarse a ellos. Federico Celada intentaba proteger a Andrea Rollán del asedio de sus fans, al tiempo que se defendía de las manos que intentaban tocarle, sin perder la sonrisa, hizo un gesto enérgico a los de seguridad cuando sintió que le arrancaban un botón de la chaqueta. Consiguieron por fin llegar a la entrada en medio del griterío de los admiradores, envueltos por las espaldas de los gorilas.

Ulises charlaba con Estanislao y Estela. Fisher Arnld se dirigió a él nada más verlo, le saludó como a un viejo amigo, también Federico le estrechó la mano con efusividad, y Andrea le dio un abrazo y un beso. Todos los objetivos de las cámaras, todas las miradas, se dirigieron al lugar donde se encontraban. Tú soltaste el brazo de Matilde, y te arrimaste a ellos. Ulises te vio llegar al grupo y buscó a Matilde con la mirada. Tú no lo viste, pero ella os observaba. Vio cómo Estanislao te presentaba a Fisher y cómo Estela miraba fascinada el vestido de Andrea. Ulises le indicó con un gesto que se acercara, Matilde negó con la cabeza, sonrió y se dio la vuelta.

Andrea Rollán, Federico Celada y Fisher Arnld se despidieron de ti, de Estanislao y de Estela, en el momento en que Ulises se despidió de ellos para ir en busca de tu mujer.

—Nos veremos después de la proyección —les había dicho cuando Matilde se negó a unirse a vosotros, sin dejar de mirarla.

En un rincón apartado, junto al bar, Aisha, Pedro, Yunes y Farida, ataviados con sus mejores galas, se divertían señalando a cada famoso que reconocían. Habían llegado los primeros al Union Royal. Se colocaron ante la puerta cerrada, cada uno con su tarjetón en la mano, formando los cuatro una fila india durante más de media hora. El remolino que se formó a su alrededor, según fueron llegando los invitados, les obligó a deshacer su orden. Se juntaron los cuatro, y Pedro se quedó el último para proteger a los demás de los empujones. Defendieron su lugar, y cuando abrieron la puerta, entraron los primeros. Buscaron el mejor sitio, para poder observar la entrada, y escogieron el rincón junto al bar, que les ofrecía una panorámica perfecta para no perderse ningún detalle. Matilde caminaba en dirección al grupo cuando sintió que alguien la cogía por los hombros.

—Ven —era Ulises quien le hablaba al oído.

Sus manos en su piel desnuda. Sus labios rozando su oído. Era una caricia. Era un beso. Y tú lo viste, y también lo vio Estela, y Estanislao. Y Aisha y Pedro, que habían comenzado a caminar al encuentro de Matilde, también lo vieron. Y todos te miraron después de haberlo visto, y tú miraste al suelo. Como el día anterior, cuando Matilde regresó con el vestido roto, y tú no le preguntaste por qué, miraste al suelo, y viste que llevaba arena en los pies y tampoco le preguntaste por qué.

Lo recuerdas ahora, y quisieras llorar. Pero no puedes llorar, sólo puedes mirar a Matilde en el Modigliani que ella enmarcó para ti, y añorarla, aguantar el dolor, aprender a soportarlo, porque te duele el cuerpo y no entiendes nada. Quisieras llorar, u odiarla, mejor odiarla. Y no puedes llorar. Y no puedes odiarla.

Aunque veas el desprecio en sus ojos, su mirada vuelta hacia ti cuando entraba en la sala de proyección del brazo de Ulises, no puedes odiarla. La amas, más que nunca la amas. La recuerdas hermosa, vestida de negro, caminando delante de ti, el chal blanco resbalando en su espalda, su nuca despejada, su cabello rojizo sujeto en un moño, el pasador de plata. Vuestro primer aniversario. Tus labios en sus labios. Y otros labios. Otra boca abriéndose para ella. Otra piel, tibia contra su piel. Una entrega ajena a ti, que te sitúa a distancia de Matilde, que te obliga a reconocer que Matilde no era tuya, que te lleva a tener que imaginarla. Lejos de ti. Ausente de ti. Amar sin ti. Mostrarse sin ti. Desnudarse sin ti. Descubrirse ante otros ojos. Mirar otro cuerpo desnudo, sin ti. Otros dedos deshaciendo su peinado.

No puedes odiarla. Aunque sientas que su actitud provocó en Estela una ofensiva compasión, miserable y triunfante, hacia ti, hacia Estanislao:

—Cambio de pareja. Estanislao, cariño, no te importa que yo entre del brazo de Adrián, ¿verdad?

Matilde se sentó junto a Ulises y tú a su lado, seguido de Estela, que se colocó al borde de la butaca en un nuevo y torpe intento de que los pies le llegaran al suelo, y Estanislao se acomodó en el asiento contiguo.

Durante la proyección, le cogiste la mano a Matilde varias veces, y ella la soltó siempre. No recuerdas nada de la película, sólo sus dedos resbalando de los tuyos en la oscuridad.

El público comenzó a aplaudir cuando se fijó en pantalla el último fotograma, antes incluso de que las notas de un aria de Puccini marcaran la apoteosis final y aparecieran los títulos de crédito. Nadie escuchó *Nessun dorma*. Excepto tú, *Nessun dorma* llegó a tus oídos como una revelación —ahora también lo escuchas—. Un foco iluminó al equipo artístico. La intensidad de los aplausos aumentó y los actores principales del reparto, el director y el guionista, se levantaron para recibir de pie los agasajos. Después vinieron más saludos, esta vez también felicitaciones. Tú cogiste la mano de Matilde y no dejaste que ella la soltara, dispuesto a no separarte de ella.

Tu mujer había entrado a la sala del brazo de Ulises pero saldría de tu mano. Aún era tuya. Dispuesto a negarte a que la habías perdido, la sacaste al vestíbulo. Permanecisteis en silencio, juntos, sin saludar a nadie, y sin que nadie se acercara a saludaros. Estela y Estanislao se movían de un sitio a otro, prodigando besos y abrazos, y pidiendo opinión sobre la película, atentos siempre al parecer ajeno antes de exponer el propio, sin riesgo. Todo apariencia. Actuaban calculando la importancia del interlocutor para darle la razón o refutar sus argumentos y sobre todo, a la hora de ensañarse en la crítica o exagerar las alabanzas.

Ulises tardaba en salir, notaste que Matilde le esperaba.

—Suéltame, Adrián.

Tú no querías soltarla, apretaste más su mano, no querías perderla.

—Me estás haciendo daño.

Matilde tiró de su mano, la desprendió de ti y huyó en busca de Ulises. La miraste, se abría paso entre el gentío pidiendo perdón y adelantando un hombro. Antes de llegar a la sala tropezó con Aisha, que venía seguida de su grupo acompañando a Ulises.

—Seniorita Matilde, Aisha busco a ti presento Farida y Yunes tamién mucho ganas de conocer seniorita guapa de Aguamarina.

Yunes y Farida inclinaron la cabeza a modo de saludo. Matilde les tendió la mano, ellos se la estrecharon y despúes se acercaron la suya a los labios. Matilde les imitó, y se llevó los dedos a la boca como si sellara el saludo con un beso. En ese momento aparecieron Estanislao y Estela.

—Vaya, querida, ¿es que no va a presentarme a sus amigos magrebíes?

Matilde no contestó, miraba a Ulises, que llevaba en la mano la tarjeta que os habían entregado a todos a cambio de la entrada. «El equipo técnico-artístico de la película le invita a una copa al término de la proyección en la Almazara de los duques de Arcona.»

Tú llegaste a tiempo de escuchar las indicaciones que Ulises le daba a Estanislao:

—La Almazara de los duques de Arcona, al final del paseo marítimo. Pedro sabe ir, pueden seguirle. Yo iré despúes, tengo que esperar a Fisher.

—¡Esos moritos también están invitados a la fiesta! —te susurró Estela—, ¿no le parece extravagante?

A ti no te parecía nada, sólo pensabas en Matilde, en que Ulises llegaría tarde, en que quizá podrías recuperarla.

Ulises hizo ademán de marcharse, Aisha lo detuvo después de que Yunes y Farida le hablaran al oído.

—Muy bunita pilícula senior Ulises gracias. Yunes y Farida gracias tamién a ti.

No, no te parecía una extravagancia. Recuerdas la ternura que Aisha ponía siempre en cada una de sus palabras. La recuerdas ahora, en este insomnio, su gesto, sus manos menudas buscando hacia atrás las de sus amigos. Aisha se acercó a Ulises flanqueada por Yunes y Farida, que habían delegado en ella porque era la que hablaba mejor.

—Senior Ulises, ¿puedes que Aisha, Yunes y Farida hablan a muchachitos de película? Gustara mucho a nosotros. Y a Pedro. ¿Puedes?

—Claro que sí, Aisha, en la fiesta se los presentaré. Nos veremos allí.

No, la invitación de Ulises no tenía nada que ver con la extravagancia, ahora lo ves con claridad, y lo viste entonces, en el cariño profundo con que Ulises habló a Aisha. Los invitó por cariño, y se arrepentiría siempre de haberlo hecho, porque quizá, si no hubieran asistido a la fiesta, podría haberse evitado la tragedia.

ᒻ→ fate ?

Conservas un recuerdo claro del día del entierro, que se oscurece en la mirada de Matilde, o en la del Modigliani que ella enmarcó para ti, y que te mira sin verte. Cuánta inquietud en un rostro que siempre te había parecido sereno. Cuántas preguntas. Y quieres contestarlas ahora, cuando sabes que ya es tarde.

Ulises caminaba en el cementerio unos pasos por delante de ti. Abatido miraba hacia el suelo. Qué había visto Matilde en esa apariencia tosca, en su fisonomía vulgar. Qué vio en sus ojos pequeños, hundidos y achinados sobre su nariz negroide. Qué vio. En sus manos grandes. En sus dedos anchos y cortos, quizá torpes. Qué vio. Le observas, él saca de su bolsillo un pañuelo. Y tú sigues buscando una respuesta.

No puedes acusar a Matilde de traición. Te dejó una carta, la que reposa en tu escritorio. La carta que tocas mientras miras el cuadro, la que te niegas a leer de nuevo para evitar los sentimientos que te provocó la primera vez que la leíste.

Querido Adrián; hubieras deseado quedarte con eso, Querido Adrián: querido, pero sabes que es mera fórmula. *Hemos tenido tiempo suficiente para conocernos, y nunca nos hemos conocido,* tú te habías enamorado de ella sin conocerla, desde el mismo instante en que la viste, hermosa. La amaste porque era hermosa. No habías necesitado conocerla para amarla. *Durante el tiempo que hemos estado juntos,* era una despedida, lo supiste en el momento en que te entregó el sobre y te pidió que lo abrieses cuando ella no estuviera presente, *he vivi-*

do a tu lado, pero no contigo. *No quiero buscar un culpable, yo pensaba que amarte era estar a tu lado, tú me amabas para tenerme junto a ti,* ¿y no era eso amor?, ¿no se había quejado siempre Matilde cuando tú le anunciabas una ausencia por motivos de trabajo?, ¿qué quería decir?, *eso ya no me vale, y ahora te desprecio, por no haberme amado más allá, y me desprecio a mí misma, por no haber comprendido antes lo que buscabas en mí: complacencia.* Te desprecio, seguías sin entender nada, ¿complacencia?, Matilde siempre había estado dispuesta a complacerte, *He reconocido tu disfraz, y el mío. Los disfraces sirven para confundir a los demás, pero deben engañarnos también a nosotros si quieren ser eficaces. Yo ya no me engaño. Nuestro amor ha sido siempre una palabra, un sonido que se pierde en el aire.* Pero qué clase de carta te había escrito Matilde. Esta mujer ha leído demasiado últimamente, y no está preparada. *Te desprecio, y por eso debo marcharme, porque me avergüenzo ante ti.*

Matilde

Recuerdas la furia con la que arrugaste el papel. Cómo podía despreciarte Matilde. Cómo podía escribir así. Cómo podía decirte adiós de aquella manera. Cómo pudo entregarte la carta después de hacer las maletas ante tus ojos atónitos, separando sus cosas de las tuyas, justo después de asistir a un entierro. Cómo pudo hacerlo.

—Léela cuando me haya ido, por favor —te dijo, y cargó con una sola maleta, la suya.

Bajaste las escaleras con el papel apretado entre tus dedos. Necesitabas una explicación. Tenías derecho a una explicación. Exigirías una explicación. Bajaste las escaleras corriendo.

Matilde había subido ya al deportivo rojo de Ulises, te vio llegar con la carta en la mano. Dejó la portezuela abierta al verte avanzar hacia ella. Su mirada dirigida hacia el papel arrugado hizo que te encontraras más vulnerable que nunca, te llevó a detenerte, a que te sintieras descubierto, y al instante, te quedaste clavado, miraste a Ulises, y guardaste deprisa la carta en el bolsillo de tu chaqueta, como quien esconde una herida inconfesable. Y ella cerró la puerta.

Venciste tu parálisis y te acercaste a Matilde:

—Tenemos que hablar.

—No. Ya no —te dijo, acariciando la gata de Aisha.

QUINTA PARTE

Un tiempo agoniza y desde el alba
unos corceles desbocados
esbozan la imagen antigua
de mis amigos perdidos
en las riberas desoladas,
en el confín de los desiertos.

ADONIS

El amanecer mezcla en ti palabras de tu guión con frases que atribuyes a Penélope. El rostro de Estela se confunde con el de Estanislao, y oyes llorar a Ulises y a Matilde. Aisha viene hacia ti, con Pedro. Yunes y Farida te miran desde lejos. La Aurora con sus rosáceos dedos intenta cerrarte los ojos. Ahora podrías dormir, pero no quieres. Andrea Rollán recibe en la cara los disparos luminosos de los flashes, y eres tú quien se deslumbra. Habría hecho una buena Penélope en tu *Ulises*. Aunque quizá es demasiado joven. Tus párpados. Intentas fijar la vista. Federico Celada atiende también a la prensa con una sonrisa. Hermosos, los dos. El Modigliani que Matilde enmarcó para ti se desdibuja, se aleja. Federico estaría bien de Telémaco, demasiado mayor, puede ser, el maquillaje de Otelo le envejece, no, no tiene cara de Telémaco, tiene cara de Otelo moro y moreno. Matilde huye de ti, huye también de Estela, y de Estanislao. Hay huidas que requieren un lugar donde esconderse, le hiciste decir a Penélope. Su refugio fue el manto mortuorio de Laertes, mientras tejía, mientras destejía. Estela, Estanislao, iguales, sus nombres empiezan con las mismas letras, tres. Nausicaa, hija de reyes, princesita feacia que lava sus vestidos a la orilla del río y ordena a sus esclavas de hermosas trenzas cubrir la desnudez de Ulises náufrago. Sí, Andrea Rollán, hermosa Nausicaa escogiendo su mejor manto del carro, ofreciéndolo en sus níveos brazos extendidos, ofreciéndose, como Gerty en la playa, enamorada del recién llegado. Tus párpados. Tus pestañas, estás viendo tus pestañas tapar el papel blanco de la carta de Matilde. Apoyas los codos en la mesa y te ayudas con los dedos a abrirte los ojos. No quieres dormir. Necesitas recordar la fiesta. Reflexionar. Nessun dorma. Nessun dorma. Questa notte nessun dorma.

Qué hiciste que no deberías haber hecho. Qué dejaste de hacer. Crees que Matilde se marchó de tu lado el día del entierro. Pero no sabes que llevó la carta en su bolso al Union Royal. Que la había escrito la víspera, al regresar de la cueva, después de tomar un baño, y de liberarse de la arena de los pies. Mientras se bañaba decidió el momento adecuado para su huida: el día siguiente del estreno. Llevaba la carta en el bolso para decírselo a sí misma. Pensaba entregártela al acabar la noche, pero la llevó guardada durante tres días, y la recibiste la mañana del entierro porque esa noche no acabó para ella hasta entonces, tres días duró esa madrugada terrible que ahora recuerdas. El amanecer que no llegó a Aguamarina. La noche que se enredó en la playa, después de que abandonarais la Almazara de los duques de Arcona.

En la fiesta, viste a Matilde hablar con Ulises. Él escuchaba y asentía con la cabeza. Matilde estaba contigo cuando lo vio entrar, y corrió hacia él. Tú quisiste seguirla, pero Estela te cogió del brazo:

—Mire, Noguera, ahí están los moritos. ¿Ve lo que le decía? Son peces fuera del agua.

—Pero ellas son peces de colores —apuntó Estanislao, embelesado con la transformación de Aisha, mordisqueando distraídamente su pipa apagada.

—¡Hazme el favor, no caigas en la ridiculez de ponerte poético con el servicio!

Tu atención la acaparaba Matilde. Ahora era Ulises quien hablaba, y Matilde movía la cabeza para negar. No apreciaste la crispación de Estanislao, ni tampoco los intentos de Estela por dulcificar su acritud:

—Te engañan sus vestidos, cariño. Puede que en Marruecos sean bonitos, pero aquí resultan extravagantes, ¿no te parece?

Tú mirabas a Matilde, y viste cómo Aisha se acercaba a Ulises. Entonces registraste las palabras de Estela, y entendiste el embeleso de Estanislao. Aisha se deslizaba luminosa entre la gente, como un destello irresistible, y cada persona que dejaba atrás se volvía para mirarla. No era extraño que Estela recelara de su belleza, que envidiara la naturalidad de su encanto, la magia que desprendía su exotismo involuntario, su vestido color azafrán, la gracia con que paseaba sus babuchas por el salón repleto de mujeres calzadas con tacones altos.

—Seniorita Matilde está bunita.

—Tú sí que estás bonita, Aisha, estás preciosa con ese vestido.

—¿Tú acuerdas que en alcoba de mí enseño caftán este mismo, seniorita Matilde? ¿Acuerdas?

—Sí, claro que me acuerdo. Tu caftán de boda. Es más bonito todavía cuando lo llevas puesto.

—Es verdad que está muy guapa, Aisha. Es un honor que haya escogido su vestido de boda para esta ocasión. Muchas gracias —intervino Ulises.

—Honor es a mí, senior Ulises. ¿Puedes ahora conocemos a muchachitos pilícula?

Ulises le indicó el salón VIP, se reuniría con ellos enseguida. Necesitaba seguir hablando con Matilde.

—Es sólo un momento, Aisha. Vaya a buscar a los demás y nos veremos allí.

Ulises y Matilde quedaron de nuevo solos. Querrían haberse dicho muchas cosas. Matilde ya le había mencionado la carta, le había comunicado su decisión de abandonar Aguamarina, de abandonarte a ti. Se lo dijo a él antes que a ti.

Y Ulises le había rogado que te hablara, que no se despidiera con una carta. Querrían haber hablado de asuntos más tiernos, más dulces. Recordar los besos. La cueva. Verbalizar su amor para sentirlo cerca. Mirar hacia el futuro los dos juntos. Pero no les fue posible, porque Estela se acercó a ellos de inmediato al ver que Ulises señalaba el reservado, donde acababa de ver entrar a Fisher Arnld con Federico Celada y Andrea Rollán. Estanislao y tú seguisteis a Estela. Aisha sonrió al pasar a vuestro lado cuando regresaba a buscar a Pedro y a sus amigos. Estela ni siquiera la miró, casi corría en dirección a Ulises.

—Esto es una fiesta, querida. No se ponga tan seria —le dijo a Matilde.

—Íbamos ahora mismo a ver a Federico y a Andrea —terció Ulises—, ¿quieren venir?

Aisha, Pedro, Yunes y Farida llegaron antes que vosotros al salón VIP. Un joven uniformado les impidió el paso:

—Aquí no hay nadie. Este salón está cerrado —les dijo.

—Senior Ulises dice a mí entramos nosotros.

—Está cerrado.

—No ostante, sin en cambio, nos han endicado que esperemos ahí adentro, y por demás hemos visto de entrar a unas personas —Pedro se esforzó en encontrar palabras educadas.

—Este salón está cerrado.

Los cuatro se miraron sin disimular su desconcierto y esperaron a Ulises.

—Estos señores vienen conmigo —dijo él al llegar.

Y el joven uniformado abrió la puerta.

Hay huidas que exigen un lugar donde esconderse. Federico Celada y Andrea Rollán lo encontraron en el salón VIP. Habían logrado escapar de las entrevistas, de los focos; de los cinéfilos; de los aficionados que se cuelan en los estrenos con su guión bajo el brazo; de los compañeros de profesión que no soportan el éxito ajeno, de los que se sienten agredidos por el aplauso que no les pertenece, de los que culpan al mundo de que su teléfono deje de sonar; de los que saben venderse bien, productores y directores que se acercan buscando trabajo. Habían escapado de los críticos, que siempre van juntos, que tienen por costumbre no saludar, que apenas se les ve, que son la distancia, del temor que provoca su pretendida imparcialidad. Y escaparon también de los grupos de «entendidos» que se forman en las fiestas, y que aspiran, todos y cada uno, a incorporar a una estrella en su centro.

Federico y Andrea habían logrado alejar la necesidad de huir rodeándose de gente normal, protegiéndose con la normalidad de los amigos íntimos que no se acercan al glamour para que les ilumine su brillo. Esperaban en el reservado, junto a los componentes del equipo de rodaje, a que pasara un tiempo prudencial para marcharse sin que se advirtiera que se habían ido. Andrea vio entrar a Ulises y le ofreció una copa:

—Hemos organizado una fiesta en la playa. ¿Quieres venir?

—¿En la playa?

—Sí. Federico ha traído música de Fez. Extenderemos una gran alfombra y miraremos las estrellas.

—Una alfombra mágica para una noche de las mil y una. La estrella de celuloide volará en una alfombra mirando las estrellas de verdad. ¿Necesitas otra película, Andrea?

—Si no te conociera pensaría que te ríes de mí.

—Te equivocas, me estoy riendo de ti, pero no lo haría si no me conocieras.

—Pues no hagas bromas difíciles. Y no te rías de mí, chistoso —Andrea se apoyó cariñosa en su hombro—. ¿Quieres venir?

—Vengo muy acompañado —contestó él.

—No importa, que se vengan todos.

Estela, situada de modo estratégico junto a Ulises, aceptó la invitación. Se dirigió a Andrea como si se tratara de una íntima amiga:

—Claro que iremos, será una fiesta preciosa —la miró de arriba abajo—. Ese bolso lo llevabas en el último estreno, ¿verdad? Te lo vi en una revista. ¿Es de Versace? —Andrea miró a Ulises levantando levemente los hombros, achinando los ojos y arrugando la nariz—. De Versace. Sí —se contestó a sí misma dándole la vuelta al bolso que colgaba del hombro de Andrea—. Y el vestido, ¿de quién es?

—Es mío —contestó la actriz sin disimular su fastidio—, y el bolso también es mío. ¿Nos conocemos?

—Claro, querida, nos presentaron antes, en el vestíbulo del Union Royal.

—¡Ah!

—Ven, quiero presentarte a alguien —intervino Ulises, cogiendo a Andrea de la mano.

La llevó junto a Matilde. Estela los siguió.

—A Estanislao Valle y a Adrián Noguera te los presenté también antes del estreno —le recordó al acercarse a vosotros.

—Estás preciosa, Andrea. Preciosa —le dijo Estanislao.

Y tú cometiste la torpeza de pronunciar una de las frases que más le molestaba escuchar:

—A ver si trabajamos juntos pronto.

—Da mala suerte mencionar la palabra trabajo en una fiesta —te contestó Andrea.

—¿Ah, sí?

El temor de que su refugio había sido descubierto, invadido, causó en Andrea una sensación de nervios. Cuando Ulises le presentó a Matilde, su discreción la tranquilizó; y el encanto de Aisha y los suyos le devolvió por completo la calma.

—Seniorita Disdímona, ¿tú no duele en cuello por marido?

—No, mujer, no, si eso es el cine. Aunque por casi yo tamién me lo creo, ¡eh! —Pedro se quedó mirando a Andrea fijamente y añadió—: Mese figura a mí que usted está más guapa al natural.

El vestido de Andrea, de un blanco luminoso, se ajustaba a su cuerpo. Dos aberturas dejaban ver la piel de sus caderas y sus costados. Andrea levantó el brazo para colocarse la cadena del bolso, y Aisha temió que se le viera el pecho.

—Vestido bunito blanco como novia bunita, pero abujero quien te hace no sabe medida buena, mucho grande —se acercó a ella, cómplice—. Mueve poco brazo arriba, seniorita, por casi veo todo y todo el mundo.

La risa de Andrea se confunde en tu insomnio con los gritos de Aisha. Con la frase que escuchaste antes que el grito. ¡Buena caza! ¡Buena caza!

—¿Quieren venir a una fiesta en la playa? —les preguntó Andrea.

Aisha miró a Pedro, para buscar en sus ojos la respuesta. Estela, después de observar el interés que Aisha despertaba en Andrea, intervino para convencerlos de que acudieran a la playa:

—Oh, sí, vengan con nosotros, no lo piensen más, será una fiesta preciosa, miraremos las estrellas tumbados en la arena.

—Y tenemos música de Marruecos. Anda, sí, vente Aisha —añadió Andrea, acompañando su insistencia con una enorme sonrisa.

—¿Farida y Yunes tamién nosotros vienen, seniorita?

—Sí, claro que sí.

Farida y Yunes, que se habían quedado detrás de Aisha y de Pedro, se acercaron al escuchar sus nombres.

—Mira Farida ven conoce a muchachita de pilícula. Ésta es —Aisha se volvió hacia su amiga y le habló al oído—. ¿Digo nombre tuyo verdadero y Yunes o nombre que tú das policía?

—¿Amigos senior Ulises? —preguntó Farida.

—Sí, amigos invitan fiesta ti y Yunes.

—Nombre verdadero —dijo orgullosa Farida.

Andrea estrechó la mano de Farida, y despés la de Yunes. Ellos terminaron de nuevo su saludo llevándose la mano a la boca. Viste la fascinación en los ojos de la actriz, la ingenua emoción que traslucían al mirar a Farida y a Aisha, te recordó el candor de los niños cuando escuchan los cuentos de príncipes y princesas.

—Me encantaría que vinieran también a la fiesta de la playa.

¡A la caza! ¡A la caza! ¡Vamos a limpiar la playa! Confusión. Carreras. Sangre. La voz de Aisha, su cadencia, resuena en las últimas palabras que oíste de sus labios al preguntar a Andrea:

—¿Con vestidos bunitos fiesta en playa? ¿O cambia?

Con su vestido de boda acudió Aisha a la fiesta de la playa. Temía mancharlo, por eso se quedó en un banco del paseo marítimo, junto a Farida.

La intendencia corrió a cargo del equipo técnico, habían llevado a la playa dos grandes cestas de mimbre con las vituallas, sin olvidar las copas de cristal, y cava frío para brindar por el éxito. El elenco de actores se encargó de la escenografía. Desplegaron una gran alfombra, muy cerca de la orilla del mar, y colocaron en el centro un equipo de música. Rodearon la alfombra de pequeñas luminarias, consiguiendo un efecto de círculo de fuego que nadie que no estuviera invitado se atrevería a franquear. La brisa marina impedía que las llamas se mantuvieran encendidas por mucho tiempo, y Andrea Rollán se divertía volviéndolas a prender con un mechero que se le resistía. Matilde la ayudaba con el suyo, que se apagaba también, y ambas reían.

Tú contemplabas a Matilde. Hacía tiempo que no la oías reír. Las llamitas alumbraban su espalda, los reflejos se entretenían en sus vértebras, resbalaban en dibujos de sombras y luces, sinuosos, lentos. Y sentiste deseos de tocarla. Pero no lo hiciste. Ulises, detrás de ti, también le miraba la espalda.

—¿Dónde está Aisha? —preguntó Andrea.

—Ella y Farida han preferido quedarse en el paseo. Me ha pedido que te dé las gracias por invitarlas —contestó Matilde.

—Pero ¿no van a tomar nada?

—Sí, no te preocupes, Pedro y Yunes se lo llevarán.

—Me gustaría seguir oyéndola hablar, es divina.

—Luego vamos al banco si quieres.

Luego. Matilde se arrepentiría siempre de haber dicho luego. Ahora. Tendría que haber dicho ahora. Tendría que haberlas arrastrado a la playa, haberlas arrancado de ese banco. Andrea también lo lamentaría, y se culparía además de haber celebrado aquella fiesta, no sólo de haberlas invitado. Se reprocharía haber permitido que no se integraran, haber consentido que asistieran sin asistir. Al menos podría haber acercado la alfombra al paseo marítimo, pero no se le ocurrió, ni a ella ni a nadie, y permitieron que Aisha y Farida miraran desde lejos, y que sus maridos atravesaran la playa.

Yunes y Pedro caminaban por la arena hacia la alfombra iluminada, despacio. Y de pronto, y sin que ninguno de vosotros lo advirtiera, echaron a correr en dirección contraria, hacia el banco donde Aisha y Farida les esperaban. ¡Ahí van dos! ¡A por ellos! ¡Vamos a limpiar la playa! ¡A la caza! Los que estabais sentados al borde del mar no oísteis nada, ni Aisha ni Farida tampoco lo oyeron. ¡A la caza! ¡A la caza! ¡Corre, Aisha! ¡Corre! ¡Vete de aquí! ¡Corre! ¡Farida, corre! Una porra metálica agitada en el aire. Un ruido seco. ¡Farida!, un gemido. Un cuerpo que cae. ¡Farida! Un mango estrecho para una porra ancha.

Aisha y Farida se levantan del banco. Miran hacia la playa y distinguen a lo lejos las luminarias que Andrea y Matilde consiguen mantener encendidas. No ven tendido a Yunes. Pero oyen algo, oyen algo. ¡Aisha! ¡Farida! Pedro consigue dar un paso más, hacia ellas. Se levantan del banco y se acercan a la balaustrada. ¡Aisha, corre! ¡Largaros las dos de aquí, Aisha! Cinco hombres blandiendo porras muy cortas, cinco mangos estrechos en cinco manos que han perdido el miedo a matar. Otro cuerpo que cae. ¡Aisha!, otro gemido. ¡Aisha! Las mujeres distinguen a Pedro en el suelo. Cinco hombres le golpean con sus cortas porras metálicas de mango estrecho. ¡A por ellas!, dicen al verlas dirigirse a las escaleras que dan a la arena. Y vosotros estáis demasiado lejos. No veis a los cinco hombres. No son jóvenes. Atuendos elegantes. El pelo engominado y rizos en la nuca. Bien peinados. Han dejado atrás la cabeza rapada y las botas militares. Visten chalecos de gamuza verde para salir de caza. ¡A por ellas! No lo oís, no oís ¡A por ellas! ¡A la caza! ¡A la caza! Y no veis a Farida y a Aisha. Iluminadas por las farolas del paseo marítimo. Sus caftanes de colores. Bajan las escaleras. No huyen. Corren. Y en su carrera se dirigen hacia los asesinos. ¡Venid aquí, moras de mierda! ¡Bien, éstas no nos van a hacer correr! ¡Vienen a ver a sus cerdos! ¡Acercaos, que también hay para vosotras!

Tú creíste oír voces, desde lejos. Fuiste el primero en alarmarse:

—Allí pasa algo raro —le dices a Ulises.

Miráis en dirección a la noche. Unas sombras se mueven en la playa.

—Allí pasa algo raro —insistes.

Apagasteis la música. Y prestasteis atención. ¡Buena caza! ¡Buena caza! ¡Hay que limpiar la playa!

No reaccionasteis a tiempo.

—¿Qué ha sido eso?

—No lo sé.

Farida y Aisha avanzan hacia los cuerpos tendidos en la arena. No las visteis llegar junto a sus hombres, mientras los bien vestidos les hacían pasillo. Y estaban solas. Oísteis los gritos desgarradores de las dos mujeres, pero no alcanzasteis a verlas arrodilladas en la arena. Corristeis hacia las sombras que se movían. Corristeis hacia los gritos. Pero no llegasteis a tiempo. Los cazadores tenían acorraladas a sus presas. Las presas no hicieron intención de escapar. Los cazadores reían. ¡Hola, hola, cerdita! ¡Mírame, yo también quiero que me des un besito! ¡No seas guarro! ¡Dile a esta perra que me mire! ¡Díselo tú, a mí me da asco! ¡Mírame, putita! Aisha y Farida ahogan sus lamentos en los cuerpos de Pedro y Yunes. ¡Déjame a la vieja! ¡Llora, llora, llora, lloriquea, puta de mierda! ¡Para ti la puta vieja, yo quiero la putita! ¡Viene gente! ¡Yo también quiero la putita! ¡Dile que te mire! ¡Mírame! ¡Mírame! ¡Que viene gente! Una porra metálica levanta la barbilla de Aisha. ¡Mírame te digo, perra! Aisha obligada a levantar la cabeza, baja los ojos. ¡Sí, ésta es para mí! ¡Que os estoy diciendo que viene gente! No llegasteis a tiempo.

Farida recibió un golpe en el cráneo mientras abrazaba la cabeza de Yunes y miraba a Aisha. Unos ojos que miran más allá del dolor. ¡Auisha!, gimió, ¡Auisha!

Aisha fue la última en morir. Pero no lo visteis. Murió llorando. Con su vestido de boda empapado en la sangre de Pedro.

Lloras. Hacía mucho tiempo que no llorabas así. Ahora el dolor te mantiene despierto. Tus lágrimas te hacen solidario, piensas. Solidario, al menos en el dolor. Es fácil serlo cuando se ha perdido todo. Que nadie duerma después de haber descendido al espanto. Aún no te has recuperado de tu estupor. Recuerdas a Matilde. Nessun dorma. Tu pure, o Principessa, nella tua fredda stanza. No, tampoco la princesa podrá dormir esta noche. Matilde. Matilde.

Ella se abrazó a Ulises. Su llanto desesperado, su emoción primaria, se la entregó a él, ante tus ojos.

Los agresores escaparon sin que nadie los hubiera visto. Nadie. Salieron de cacería habiéndose asegurado bien la retaguardia. Uno de ellos había descubierto el lugar de reunión de los africanos ilegales. Y alguien les había asegurado que las fuerzas del orden se mantendrían al margen. Pero la casa abandonada estaba desierta cuando llegaron. Regresaban por la playa cuando descubrieron a Pedro y a Yunes. Nadie los vio. Nadie. Ni siquiera vosotros. A pesar de que pasaron por delante de la alfombra tendida en la arena.

Al salir de las ruinas, donde el vacío les había negado su particular coto de caza, vieron unas luces a lo lejos, en la orilla del mar. ¡Mirad, ahí los tenemos! ¡Quietos! ¡Escuchad!, oyeron la música y se acercaron con sigilo. Rastreaban sus piezas. Os confundieron. Pero cuando se encontraban a distancia suficiente para distinguiros, reconocieron a Andrea Rollán bailando descalza entre las luminarias. Ninguno de vosotros los vio alejarse.

La policía indagó lo preciso. Apareció en la playa sin que nadie les hubiera avisado, cuando los criminales ya habían huido. Llegó en un solo coche celular, donde iba también el juez que se encargó del levantamiento de los cadáveres. Les acompañaban dos ambulancias. Y se llevaron a las víctimas al hospital provincial con una rapidez sorprendente.

Pedro llevaba en el bolsillo su documentación y la de Aisha. Yunes y Farida estaban indocumentados. Al día siguiente, apareció una breve crónica en la prensa, en la página de sucesos, destacando que todo hacía sospechar un ajuste de cuentas entre traficantes de drogas. «Una banda compuesta por un español y tres magrebíes...» Ulises se indignó, y reclamó por vía judicial que se retractaran de la noticia.

En la comisaría, Ulises os anunció su decisión de cerrar Aguamarina después del entierro. Y os comunicó a Estanislao y a ti que renunciaba a producir la película. No pedisteis explicaciones, y él tampoco os las dio.

La sala donde os encontrabais se iluminaba tan sólo con un tubo fluorescente mortecino pegado al techo. Su único mobiliario consistía en un banco de madera contra la pared, pintada y desconchada de un verde pálido. La sordidez del ambiente añadía a vuestro aspecto derrotado una impresión de desamparo.

Andrea Rollán lloraba abrazada a Matilde, sentadas las dos, mientras Estela intelectualizaba el horror intentando una charla profunda con Estanislao que no la escuchaba.

Ulises se sentó al lado de Matilde. Hundido en su tristeza, repetía una y otra vez la misma frase mirando al vacío:

—No es posible, no es posible.

Federico Celada se colocó de pie junto a él.

—Les querías mucho, ¿verdad? —le dijo, y le pasó el brazo por encima del hombro.

Tú permaneciste de pie hasta que todos hubisteis declarado ante el comisario y un inspector de policía. Un funcionario recogió vuestras palabras aporreando con dos dedos una vieja máquina de escribir. Uno por uno traspasasteis la puerta que se encontraba frente al banco de madera, con idéntica inquietud, con un desasosiego contradictorio, que a un tiempo os hacía desear la denuncia contra los asesinos y temer revivir el asesinato. Las mismas preguntas os hicieron. Las mismas palabras usó el funcionario para redactar las respuestas en distintos folios, sin mucho detalle. Y el caso se cerró con vuestras declaraciones.

Matilde fue la última en declarar, ya había salido del despacho cuando se volvió hacia el comisario:

—Quiero ir a verlos —dijo.

—Eso no es posible.

—¿No es posible?

—No. Tienen que hacerles la autopsia.

—¿Y después?

—Estarán en una cámara frigorífica.

—¿Y cuándo podré verlos? Quiero velarlos.

—No puede ser. Ya se lo he dicho, estarán en una cámara frigorífica.

—¿Y nadie podrá velarlos?

—Si algún familiar reclama sus cuerpos y los saca del hospital, podrán velarlos. Si no, irán directos a la fosa común.

—Ellos no tienen familiares.

—Entonces...

—Entonces ¿qué?

—A la fosa.

Matilde se giró espantada hacia Ulises. Con los ojos muy abiertos susurró:

—A la fosa...

—No irán a la fosa —le dijo él, limpiándose las lágrimas—. No te preocupes. No lo permitiré. No irán a la fosa.

Ulises llamó a su administrador y a su abogado. Llegaron los dos juntos a Aguamarina a primera hora de la mañana.

Se encargaron de inmediato de que los cuatro cadáveres fueran trasladados al cortijo, y dispusieron cuanto fue necesario para que recibieran sepultura según la tradición musulmana.

Ninguno de vosotros pudo dormir esa noche, ni siquiera quiso intentarlo. Estela insinuó la necesidad de descansar un poco. Hizo intención de retirarse a su habitación, pero Estanislao no la siguió y ella no quiso irse sola. Nadie quería estar solo esa noche. Todos, incluso Andrea Rollán y Federico Celada, que se habían ido con vosotros a Aguamarina, esperasteis juntos la llegada del abogado y el administrador, y después continuasteis reunidos en el salón, en silencio, a la espera del resultado de sus gestiones.

Os encontrabais en un letargo insomne, entre la vigilia y el sueño, cuando os comunicaron que los cuerpos llegarían a Aguamarina en un par de horas. Agotados, en un duermevela involuntario, narcotizados por el dolor, os dispusisteis a una nueva espera. Matilde se levantó con la intención de hacer café.

—¿Por qué no duermes un poco? —le dijo Ulises.

—No. Nadie la vela allí.

—¿Cómo? —preguntaste tú.

—La estoy velando.

Se dirigió a la cocina y Andrea se ofreció a ayudarla. Cuando llegaron a la puerta, tu mujer se derrumbó en llanto cayendo al suelo. Agarrada al picaporte sin poder abrir, ni soltarlo:

—Aisha. Aisha, ¿qué te han hecho? ¿Qué te han hecho?

Andrea tuvo que pedirte ayuda para arrancarla de allí.

there is goodne

La sirena de las dos ambulancias que llegaban a Aguamarina os levantó a todos de vuestros asientos. El *Libro de las huidas y mudanzas por los climas del día y la noche* cayó de las manos de Ulises. Todos corristeis hacia la puerta, y visteis cómo bajaban las cuatro camillas.

—¿Dónde los ponemos?

Los cadáveres iban envueltos en sábanas. El abogado de Ulises se había encargado de que los trasladaran sin féretro, el rito musulmán exige que el cuerpo tome tierra en un sudario blanco. Ulises destapó la cara de Pedro, de Aisha, de Yunes, de Farida, y les quitó la venda que sujetaba sus mandíbulas. Después, indicó a los camilleros el camino hacia la biblioteca, y les pidió que los colocaran en el suelo, a Pedro junto a Aisha, a Yunes junto a Farida.

En ese momento llegó el colectivo magrebí, los hombres y mujeres que no se habían reunido en la casa abandonada del paseo marítimo. Las mujeres lavaron los cuerpos de las mujeres, y Matilde las ayudó. Cuando limpiaba la cara de Aisha, comenzó a llorar en silencio. Secaba el agua de las mejillas blanquísimas y luego enjugaba sus lágrimas. Ulises había dispuesto que envolvieran los cuerpos en sábanas de lino de Aguamarina, y así lo hicieron.

Cuando Aisha estuvo envuelta en su sudario blanco, Matilde salió corriendo hacia la casa de los guardeses. Regresó con la mantilla española que Ulises le regaló en su boda. Qué pequeña estaba al lado de Pedro. Colocó la mantilla sobre ella y dijo que ya podían entrar los hombres a lavar a los hombres.

Cuando esperabais todos en el pasillo, Matilde volvió a salir corriendo. «Este cofre pequenio regaló Yunes a Pedro y Aisha, incienso que sobra de boda para entierro guardo dentro.»

Sobre la almohada de la cama de Aisha, Matilde encontró a *Negrita* acurrucada. Le acarició el lomo, la cogió en brazos y la besó. Después volvió a dejarla sobre la almohada, buscó el cofrecillo en el arcón y regresó corriendo al velatorio.

Los hombres avisaron que podíais entrar. Matilde entregó el incienso de La Meca a las mujeres. Las mujeres prendieron el incienso y los hombres comenzaron a recitar el Corán. Se habían repartido entre ellos todos los capítulos, cada uno leía un rezo distinto, y todos a un mismo tiempo. Los versículos del libro sagrado se mezclaban en las diferentes entonaciones de las voces que los salmodiaban, en una cacofonía que no terminó hasta que los cuerpos alcanzaron la tierra. EN EL NOMBRE DE DIOS, EL CLEMENTE, EL MISERICORDIOSO. «¿Qué te hará entender qué es un abismo?» «... Nos, lo hemos hecho descender en la noche del Destino.» «¿Qué te hará entender qué es la noche del Destino?» EN EL NOMBRE DE DIOS, EL CLEMENTE, EL MISERICORDIOSO.

Matilde se sentó en un sillón a escuchar las oraciones, envuelta en el aroma a incienso que se quemaba, y en el arrullo de los cantos del Corán, se quedó dormida. EN EL NOMBRE DE DIOS, EL CLEMENTE, EL MISERICORDIOSO.

«¡Paz!, ella dura hasta que sube la Aurora.» «Me refugio en el señor del Alba, ante el daño de lo que creó, ante el daño de la oscuridad.» «Quien te detesta es el mutilado.»

Estela y Estanislao se retiraron entonces a su dormitorio y Federico y Andrea se fueron a descansar a los sofás del salón. EN EL NOMBRE DE DIOS, EL CLEMENTE, EL MISERICORDIOSO. «¡Por el cielo y el astro nocturno! ¿Qué te hará entender qué es el astro nocturno?» «¡No toquéis a la camella de Dios, ni a su leche!» Ulises se acercó a Matilde, y tú le seguiste. EN EL NOMBRE DE DIOS, EL CLEMENTE, EL MISERICORDIOSO. Fue él quien la despertó con suavidad:

—Es mejor que subas y te eches un rato. Ya puedes descansar, la están velando.

Y tú la acompañaste a vuestra habitación.

—Voy a dejarte, Adrián —te dijo mientras subía las escaleras apoyada en tu brazo.

—¿Qué?

—Que voy a dejarte.

—Estás cansada. Ahora descansa.

—Voy a dejarte —repitió cuando se quitaba las sandalias.

—Descansa —volviste a decir. Te acostaste a su lado y te quedaste dormido.

Fue la última vez que dormiste junto a ella. Matilde se despertó a las pocas horas y bajó a la biblioteca. Tú continuaste durmiendo todo el día. Despertaste al anochecer, desorientado. Los suras del Corán que subían hasta tus oídos te dijeron que no había sido un sueño. «Somos de Dios y a Dios volveremos.» EN EL NOMBRE DE DIOS, EL CLEMENTE, EL MISERICORDIOSO. «El golpe. ¿Qué es el golpe? ¿Qué te hará entender lo que es el golpe? Es el día en que los hombres estarán como mariposas desorientadas....» EN EL NOMBRE DE DIOS, EL CLEMENTE, EL MISERICORDIOSO. «La rivalidad os distrae hasta el punto de que visitáis los cementerios. ¡No! ¡Pronto sabréis! Luego. ¡No! ¡Pronto sabréis! ¡Si supieseis la ciencia con certeza! ¡Veréis el infierno! ¡Lo veréis con el ojo de la certeza! En ese día se os interrogará sobre la felicidad.»

Si no hubieras dormido tanto —te reprochas ahora—, si hubieras dormido cuando ella dormía. Si hubieras despertado cuando ella despertó. La habrías visto buscar en el armario un vestido negro, y entrar enlutada a la biblioteca. Habrías visto cómo Ulises se acercaba a ella:

—¿Quieres ponerte de luto?

—Ya me he puesto de luto —contestó extrañada.

—Es que el luto para ellos es blanco.

Matilde regresó al dormitorio. Pero tú no la viste buscar de nuevo en el armario. No tenía ningún vestido blanco. Encontró el chal que alguien le trajo de Turquía —tú mismo lo compraste, ahora lo sabes—, se lo colocó sobre los hombros y regresó junto a los muertos cubriendo de luto blanco su luto negro.

Las mujeres magrebíes trajinaban en la cocina. Todas habían llevado algo de comer, según la costumbre, y lo estaban colocando. Adornaban las fuentes como si se tratara de una fiesta. El ruido que hacían con la vajilla estremeció a Matilde al pasar junto a la puerta cerrada. Se paró un momento y encontró las fuerzas que la ayudaron a seguir caminando. Ulises la vio entrar en la biblioteca y temió por ella, a causa de su palidez, y del espanto reflejado en su expresión:

—¿Quieres que te traigan un caldo?

—Bueno —contestó mirando los cuerpos tendidos—. Siempre los vemos desde lejos. En el suelo están más lejos.

—Forma parte del rito musulmán.

—Llevaba su vestido de boda. Muy cerca de la tierra. ¿Los encontrarán?

—A quiénes.

—Ahora sí voy de luto.

—Sí, Matilde, ahora sí vas de luto. Ven, siéntate.

—No los encontrarán.

Ulises cogió a Matilde por los hombros y la condujo hacia un sillón. Ella se dejó llevar por sus pasos con la mirada perdida, se detuvo y miró a Ulises:

—A los bestias. Tú sabes que no los buscan.

Ulises no contestó. Matilde se dio la vuelta y fijó sus ojos en la mantilla que cubría el cuerpo de Aisha.

—Llevaba su vestido de boda. ¿Sabes que no los encontrarán?

—Ven, mi amor, siéntate.

Tú también habrías deseado darle alguna respuesta, si hubieras estado con ella. Si la hubieses visto con la mirada perdida en Aisha, con la mente extraviada.

Pero si hubieras estado con ella, Ulises no la habría llamado mi amor. Y fue cuando la llamó mi amor cuando Matilde reaccionó.

Los días se confunden con las horas, y no puedes distinguirlos. Han pasado ya cuarenta noches desde que Matilde se fue. Cuarenta días. Los que necesita el alma para despedirse según las creencias musulmanas, los que dura el luto blanco, mientras el alma ronda. Aprendiste mucho en Punta Algorba. Ahora sabes que en el séptimo día tiene lugar la separación definitiva, la despedida, pero que el alma ronda hasta el día cuarenta. Estela te lo explicó todo, ella lo aprendió muy bien, para poder contarlo. Y te reveló el significado de los nombres de los muertos.

—Aisha es «La que vive», y murió su novio en el naufragio, y ella no. Farida significa «La única», y fue la única que sobrevivió de su familia. Yunes se traduce por Jonás, «El que fue engullido por una ballena». Y Pedro, como sabrás, es «Piedra», y tenía aspecto de ser el más duro de todos ellos.

Matilde no sabe nada. No sabe tampoco que Algorba significa «Expatriación», «Abandonar la patria».

—Una alegoría muy cruel —te había dicho Estela—, que dejen su país y lleguen a Punta Algorba, y sea para morir.

Sin saber nada, sólo sintiendo, Matilde tomó parte en los ritos, y se emocionó como si creyera en ellos, ignorando que en unos podía participar y en otros no debía hacerlo.

Caminó detrás de las parihuelas que llevaban a Aisha, a Pedro, a Yunes y a Farida hacia sus sepulturas, a pesar de que las mujeres no deben ir al cementerio. Comió higos secos. Asistió a las exequias sin saber que las tumbas se orientan hacia La Meca, y que se abren en el suelo porque en tierra se debe enterrar a los muertos. Anduvo entre los hombres, la cabeza cubierta con su chal blanco, ensimismada en las aleyas del Corán. Los salmos acompañaron a Pedro y Aisha, a Yunes y Farida, hasta sus tumbas, y la cacofonía de voces no dejó de sonar hasta que sus cuerpos estuvieron cubiertos de tierra. EN EL NOMBRE DE DIOS, EL CLEMENTE, EL MISERICORDIOSO. «No seáis como aquella que rompía el hilo después de haberlo hilado sólidamente.» Sí, también en el Corán aparece una Penélope —lo sabes ahora—, aquella mujer árabe llamada Raita Bint Saad ibn Taym pertenecía a la tribu de los quraysh. Estela memorizó los nombres, acumuló los datos.

Matilde no sabe nada. La recuerdas hacer lo que los demás hacían, sin preguntar. No se dio cuenta de que las mujeres se quedaban y se marchó con Ulises, siguiendo al cortejo fúnebre. Tú fuiste con Estanislao y Federico. Estela y Andrea se quedaron en el cortijo, junto a las mujeres, esperando vuestro regreso. El abogado y el administrador se quedaron también, disponiéndolo todo para cerrar la propiedad cuando os hubierais marchado, porque Ulises deseaba irse el primero de Aguamarina.

Aguamarina. Punta Algorba. Y las lágrimas de Matilde se confunden con los días y las horas, y con las tuyas. En un pequeño cementerio al borde del mar. Y se confunden con los versos de Adonis, los que Ulises escogió como epitafio y leyó ante las sepulturas:

Oigo una voz que arrastra por la arena
sus pesados días
escucho sus ensueños asesinados.
Cada sueño es una cabila
y las jaimas son gargantas sujetas
con cuerdas que imploran:
«Plántanos allá, en el palmeral y la hierba,
donde la vida.

¡Amárranos al agua...!».
«No hay agua ni protector y murieron ya los
profetas.»
Oigo bajo los pañuelos
y entre los cúmulos del alba,
cuando se rompe contra la tierra el cielo,
por los peldaños de sombra que se alzan y desploman,
entre la ciudad y el sol,
entre el gemido y el eco,
oigo un lamento,
como un latido de dulzura en una roca inconmovible,
como un borbotar de manantiales.

Llora Ulises. Llora Matilde. Y tú los ves llorar a los dos. Te acercas al Modigliani que ella enmarcó para ti. Y te mira sin ver. Le hablas, y no te responde. Vuelves a escuchar *Turandot*. Mi beso despertará el silencio que te hace mía. Pero Matilde no volverá. Hace cuarenta días que soportas su ausencia. Cuarenta noches en las que obsesivamente esperas al alba, escuchando Nessun dorma. Al alba venceré. Venceré. Venceré.

Cuando el entierro acabó, Matilde subió al deportivo rojo sin dirigirte la palabra. Al llegar a Aguamarina, subió deprisa al dormitorio y se dispuso a hacer la maleta. Entonces llegaste tú, y ella te entregó la carta.

Te cuesta ordenar las despedidas. Andrea Rollán. Federico Celada. El administrador. El abogado. Estela. Estanislao. Todos se despidieron de Matilde. Todos la vieron meter su maleta en el coche de Ulises.

Todos la vieron subir. Todos la vieron dejarte.

—Tenemos que hablar.

—No. Ya no.

No. La última palabra que oíste en la voz de Matilde, mientras Estanislao estrechaba la mano de Ulises y le abrazaba palmeando su espalda, y Estela lo besaba en las mejillas. ¿Y Andrea Rollán? ¿Y Federico Celada? ¿Y el administrador? ¿Y el abogado? ¿Y los hombres y las mujeres magrebíes?, los pierdes. Los pierdes.

Pero ves a la gata de Aisha. Busca a Matilde. Y ella baja del coche, y vuelve a subir. Y ves a Matilde, con la gata de Aisha sobre sus piernas. ¿Y Ulises?, también ves a Ulises. Se dirige hacia ti para despedirse, te tiende la mano y dice lo siento. Un abrazo sería exagerado. Te ofrece la mano. Él sabe que Matilde te dejó una carta. Sabe que tú sabes. Te ofrece la mano y espera la tuya. Controla bien las lágrimas, pero los ojos se le ven de agua. Y por fin, estrechas su mano, y sin saber cómo, de tus labios escapan dos palabras que te escuchas decir a ti mismo:

—Lo siento.

Se te escaparon. Lo siento. Y te quedaste perplejo. Y los que os rodeaban interpretaron tu perplejidad como un involuntario perdón, un gesto espontáneo, irreflexivo, negado cuando llega a la consciencia. Y los que os rodeaban interpretaron la humedad en los ojos de Ulises. La culpa. Pero tú sabías que era dolor. Tú lo sabías. Y no quisiste comparar tu dolor con el suyo, pero te sentiste agredido por sus lágrimas.

Cuarenta días han pasado desde que Estela y Estanislao te dejaron en la puerta del apartamento que compraste para Matilde, y se marcharon dejándote solo, y se dieron la mano delante de ti por primera vez. Solo. Cuarenta días, desde que tú le dijiste que querías hablar; y ella te contestó: No. Ya no.

Las palabras que no dijiste rondan, como las almas. Y hablas con el Modigliani que Matilde enmarcó para ti. Y no te responde.

Allí murió mi voz,
allí vivió mi voz.
Mi voz era un profeta en cuyo sol arrojé mi túnica,
era un sol de llanto herido a mis espaldas.

ADONIS

Importance of voice?

A Federico Arbós, por su traducción de los poemas de Adonis.
A Maribel Verdú Rollán y a Federico Celada, que me dieron sus nombres.
Y a Malika Embarek y a Eduardo Alonso, que me ayudaron a escribir esta historia.